際學術研討會

古龍武俠小說 領先時代半世紀

【記者賴素鈴／報導】江湖代有才人出，這廂古龍凋零二十載，那廂今朝懸賞百萬獎新秀，浪淘不盡，唯有武俠熱愛，不隨時間變易，在學術研討會上更見分明。以「一代鬼才：古龍與武俠小說」爲主題，淡江大學第九屆文學與美學國際學術研討會昨起在國家圖書館，展開爲期兩天的議程，紀念武俠小說家古龍逝世二十周年，新生代學者與古龍故舊齊聚一堂，以文論劍話武俠。

日前與淡大中文系教授林保淳共同發表《台灣武俠小說發展史》，武俠小說評論家葉洪生昨天在專題演講中，直批胡適1959年底發表「武俠小說下流論」是「胡說」，學界泰斗的不當發言以及隨即展開的「暴雨專案」，反而促成1960年起台灣武俠新秀的繁興，「武俠小說迷人的地方，恰恰在門道之上。」，葉洪生認定，武俠小說審美四原則在文筆、意構、雜學、原創性，他強調：「武俠小說，是一種『上流美』。」

集多年心血完成《台灣武俠小說發展史》，葉洪生認爲他已爲從十歲起迷上武俠小說的半世紀畫上完美句點，並且宣布他「以後決心退出武俠論壇，封劍退隱江湖」。

雖然葉洪生回顧武俠小說名家此起彼落，套太史公名言「固一世之雄也，而今安在哉？」，認爲這是值得深思的嚴肅課題，昨天意外現身研討會而備受矚目的溫世禮，則爲了紀念同是武俠迷的哥哥溫世仁，推出第一屆「溫世仁武俠小說百萬大賞」，即日起至今年10月3日截止收件，經兩階段評選後於明年12月7日公布首獎得主，預料將會是一場武林新秀的龍虎爭霸戰。

看明日誰領風騷？風雲時代出版社發行人陳曉林眼中的古龍，其實領先他的時代半世紀，以致如今雖然古龍逝世20年，陳曉林認爲大家對古龍的了解仍然有限，預言未來世代更能和古龍的後設風格共鳴。

昨天這場研討會，也凸顯武俠小說作爲一項文學研究門類，仍有待開發學習空間。多位與會者都指出，武俠小說的發表、出版方式和管道具考證難度，學術理論與論文格式的建立待加強。而武俠名家的版權之爭、市場競爭力，也增加出版推廣困難，古龍武俠小說的版權糾紛、司馬翎作品的版權官司也成爲研討會的場外話題。

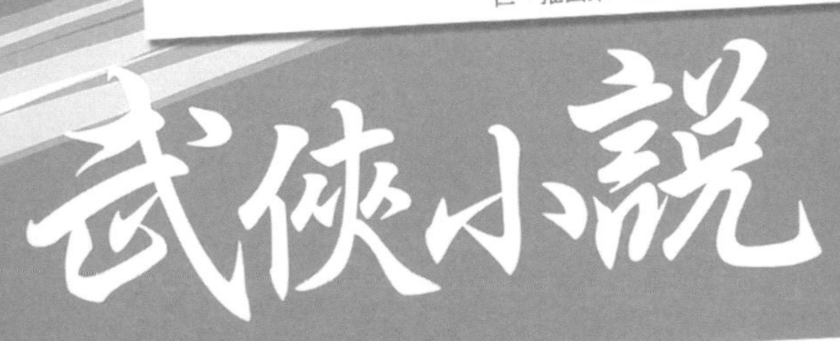

第九屆文學與美

古龍兄為人慷慨豪邁，跌蕩自如，變化多端，文如其人，且復多奇氣，惜英年早逝。余與古兄當年交好，且喜讀其書，今除不見其人，又無新作可讀，深自嘆惜。

金庸

一九九六．十．十一．香港

白玉老虎

(中)

古龍精品集 14

白玉老虎(中)

第五章

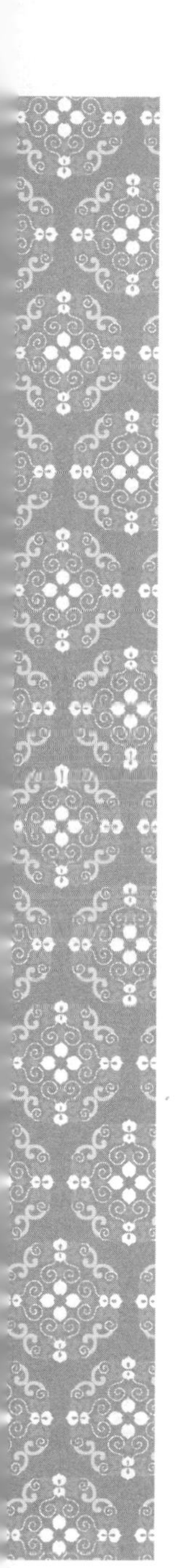

目錄

第六章

古龍精品集 14

白玉老虎(中)

第七章

目錄

五　辣椒巷

鳳娘的自由

一

酒也有很多種。

有一種顏色紅得像血一樣的，是波斯進貢的葡萄酒。

盛在水晶夜光杯裡更美，一種神秘而淒艷的美。

白衣人淺淺啜了一口，慘白的臉上仿彿也有了種神秘而淒艷的紅暈。

他慢慢的接著道：「我的行蹤雖然很秘密，可是近年來好像也漸漸洩漏了出去，我昔年仇家的門人子弟，已有人到九華山來尋找我的下落。」

他故意不看鳳娘：「那天被雷仔除去的那一個人，就是我一個極厲害的仇家門下。」

鳳娘垂下頭，盡量不去想那個奇怪的孩子，不去想那天晚上的事。

她已看出了他和這白衣人間的關係。

白衣人道：「我雖不怕他們，可是我的毒隨時都可能發作，那時我就難免要死在他們的手裡。」

他臉上的紅暈漸漸消褪，終於又轉臉凝視鳳娘，道：「只要我一旦死了，跟隨我的人，也必死無疑，而且可能死得很慘。」

鳳娘沒有開口。她實在不知道應該說什麼，他本不該把這些事告訴她的。

白衣人道：「我告訴你這些事，只因爲我……我想要你在這裡陪著我。」

他忽然說出這句話來，鳳娘也吃了一驚。

白衣人道：「這些年來，我一直很寂寞，從來沒有找到過一個合適的人能夠陪我說說話的。」

像鳳娘這樣的女人世上的確已不多。

白衣人道：「可是我對你並沒有別的意思，你應該看得出我已是個廢人。」

他雖然也在盡量控制著自己，可是一種誰也無法控制的痛苦和悲傷，已經從他那雙冷酷無情的眼睛裡露了出來。

鳳娘沒有讓他再說下去，忽然道：「我答應你。」

白衣人彷彿也吃了一驚，道：「你……你答應我？」

鳳娘道：「我可以留在這裡陪你。」

現在她還不能見到無忌，不管爲了什麼原因，這都是無法改變的事實。

她相信千千和曲平都一定能照顧自己，絕不會爲她傷心的。

她覺得自己現在唯一能做的事，就是讓這個又驕傲，又痛苦，又可怕，又可憐的人，過幾天比較快樂的日子。

白衣人臉上又泛起了那種紅暈，道：「我並不勉強你。」

鳳娘道：「這是我自己願意的，我不願做的事，誰也不能勉強我。」

白衣人道：「可是你……」
鳳娘道：「我只希望你也能答應我一件事。」
白衣人道：「你說。」
鳳娘道：「只要一有了無忌的消息，你就要讓我走。」
白衣人道：「你沒有別的條件？」
鳳娘道：「如果你還要答應我別的條件，你……你就是在侮辱我。」
白衣人看著她，慘白的臉上忽然發出了光，就像是一棵枯萎的樹木忽然又有了生機。
對某種人來說，「賜予」遠比「奪取」更幸福快樂。
鳳娘無疑就是這種人。
瞎子遠遠的站在一旁，那雙看不見的眼睛裡，卻又彷彿看到某種悲哀和不幸。

二

到了這裡之後，鳳娘也沒有中斷她每天寫日記的習慣。
她是根據一個精確的「滴漏」來計算日期的，每個月相差不會在半個時辰以上。
那時的曆法，每年只有三百六十天。
地底的生活，單純而平淡，只要選出其中三天的記載，就可以明白她在那幾個月之間的遭遇和經歷了。
這三天，當然是特別重要的三天，有很多足以改變一個人一生命運的事，就是在這三天中發生的事。

這些事有的幸運，有的不幸。

第一件不幸事，發生在九月二十三。

九月二十三，晴。

在這裡雖然看不到天氣的陰晴，我卻知道今天一定是晴天。因爲那位瞎先生出去的時候，衣服穿得很單薄，回來時身上和腳底都是乾的。

他出去，是爲了去找小雷。

小雷出走了。

我在這裡一直都沒有看見過他，「地藏」好像在故意避免讓我們相會。

「地藏」實在是個怪人，小雷也實在是個奇怪的孩子。

其實他們的心地都很善良。

尤其是小雷，我從來沒有恨過他，他那樣對我，也許只因爲他從來沒有得到過母愛——也許我長得像他母親。

在孩子們心目中，母親永遠都是天下最溫柔美麗的女人。

可是他爲什麼要出走呢？

我想問「地藏」，他的脾氣卻忽然變得很暴躁，對我也比平常兇惡。

我也不怪他，我知道他是在爲小雷的出走而生氣、傷心。

他對小雷的期望很高。

他們在找小雷的時候，我又發現了一件怪事。

這地方一共間隔成了十六間房，後面還有個石門，平時總是關著的，我猜那一定是「地藏」一個秘密的寶庫。

今天他們什麼地方都去找過，卻沒有到那裡去，難道他們認爲小雷絕不會躲在那裡，只是因爲那地方任何人都去不得？

我忍不住偷偷的去問那位瞎先生，他聽了我的話，竟像是忽然被毒蛇咬了一口，話也不說就走了。

我從未見他這麼害怕，他怕的是什麼？

十一月十五日。

算起來今天又應該是月圓的時候了，不知道今天外面是否有月亮？月亮是否還像以前那麼圓？

我已經在這裡度過四個月圓之夜了。

我常常想到無忌，天天都在想，時時刻刻都在想，可是我從來沒有說起過他。

因爲我知道說也沒有用。

無忌好像在一種很特別的情況下，我一定要等到某一個時候，才能見到他。

我有這種感覺，所以我定要有耐心。

而且我相信「地藏」，他絕不是個不守信用的人，他對我也很好，從來沒有對我「有別的意思」，這一點他就很守信。

可是自從小雷出走了以後，他的脾氣愈來愈奇怪，常常一個人躺在棺材裡，整天整晚的不說話，我也只有一個人坐在那裡發呆。

這種日子自然並不太好過，可是我總算已度過來了。

有人說我很軟弱，也有人說我像瓷器一樣，一碰就會碎。

我從來沒有反駁過。

人身上最軟的是頭髮，最硬的是牙齒，可是一個人身上最容易壞，最容易脫落的亦是牙齒，等到人死了之後，全身上下都腐爛了，頭髮卻還是好好的。

人身上最脆弱的就是眼睛，可是每人每天從早到晚都在用眼睛，不停的在用，眼睛卻不會累，如果你用嘴不停的說話，用手不停的動，用腳不停的走路，你早就累得要命。

所以我想，「脆弱」和「堅硬」之間，也不是絕對可以分別得出的。

直到今天我才知道，小雷出走，是爲了我。

原來他走的時候，還留了封信，信上只有幾句話：

「我喜歡鳳娘，你搶走了鳳娘，我走，總有一天我會搶回來的。」

小雷真是個奇怪的孩子，我一直不懂他爲什麼會這樣對我。

每個月圓的時候，「地藏」就會變得特別暴躁不安。

今天他脾氣更壞，而且還喝了一點酒，所以才會把小雷這封信拿給我看。

現在我才明白，那位瞎先生爲什麼會有那種眼色。

他一定認爲我來了之後，就會帶來災難和不幸，小雷的出走，只不過是個例子而已。

我並沒有爲小雷擔心，像他那樣的孩子，無論走到哪裡，都不會吃虧的。

我只希望他不會走入歧途，因爲他人聰明，劍法又那麼高，如果他走入歧途就要天下大亂了。

我是在八月十五那一天開始學劍的，到今天也有三個月了。

我連一點劍術的根基都沒有，除了小時候我從二叔那裡學了一點內功吐納的方法之外，我根本連一點武功都不懂。

可是「地藏」偏偏說我可以學劍。

他說我也很古怪，說不定可以練成一種江湖中絕傳了很久的「玉女劍法」，因爲我的脾氣性格很適合練這種劍法。

我從來不知道練劍也要看一個人的性格和脾氣，我練了三個月，也不知道究竟練到怎麼樣了。只不過「地藏」實在是個了不起的人，他說他以前「一劍縱橫，天下無敵」，好像並不是在吹噓。

他的劍法實在很驚人。

有一次他說，他可以從我頭上削斷一根頭髮，只削斷一根，然後再把這一根頭髮削斷，隨便我要他削成幾段都行。

他真的做到了。

我故意把頭髮梳得很緊，只看見他手裡的劍光一閃，我的頭髮就被他削掉了一根，等到這根頭髮落在地上時，已變成了十三段。

他的劍光只一閃，我的頭髮就不多不少恰好被他削掉了一根，而且不多不少恰好斷成了十三段。

我雖然不懂劍法，可是我也看得出他的劍法一定很少有人能比得上。

因爲他出手實在太快，快得讓人沒法子相信。

他說我已經把「玉女劍法」中的訣竅全都學會了，只要以後能常常練，別人就算練過十年劍，也未必能比得上我。

我相信他絕對是位明師，卻不能相信我會是個這麼好的徒弟。

不管怎麼樣，只要他一躺進棺材，我就會去找把劍來練。

我當然不敢去碰他放在神龕裡的那把劍，就連他自己都沒有碰過。

他常說，現在就連他自己都不配去用那把劍，因爲那把劍從未敗過，現在他已經不是以前那個天下無敵的劍客了。

三月二十八日。

不知不覺的，在這裡已經過了快八個月了，今天已經到了無忌父親的忌辰。

去年的今天，也正是我要跟無忌成親的日子，每個人都說那是個大吉大利的黃道吉日。

唉！那是個什麼樣的黃道吉日？那一天發生的慘案，不但害了老爺子的命，毀了無忌一家人，也毀了我的一生。

如果老爺子沒有死，今天我是個多麼幸福，多麼快樂的人，說不定我已有了無忌的孩子。

可是今天……

在「今天」這兩個字下面，有很多潮濕的痕跡，彷彿是淚痕。
難道今天發生的事，比去年的今天還要悲慘可怕？
如果你能夠看到她這些秘密的記載，看到這裡，你當然一定會看下去。
下面她的字跡，遠比平常潦草得多。

今天早上，「地藏」居然起來得比我還早，我起床時他已經在等著我，神情也好像跟平時不一樣。
他說在他這個洞府裡，我只有一個地方還沒有去過，他要帶我去看看。
我當然很興奮，因爲我已猜到他要帶我去的地方，就是那秘密的寶庫。
我猜得果然不錯。
他果然叫人打開了後面那個石門，我跟著他走進去後，才知道我還是有一點猜錯了。
那地方非但不是個寶庫，而且臭得要命，我一走進去，就覺得有股惡臭撲鼻而來，就好像是豬窩裡那種臭氣。
我雖然被臭得發暈，想吐，可是心裡卻更好奇，還是硬著頭皮跟他走進去。
裡面也是間大理石砌成的屋子，本來佈置得好像也不錯，現在卻已經完全變了樣子，那些繡著金花的紅幔，幾乎已變成了烏黑的，痰盂，便桶，裝著剩菜剩飯的鍋碗，堆得到處都是。
牆壁上，地上，到處都鋪滿了上面畫著人形的劍譜，每張劍譜都很破舊。
一個披頭散髮，又髒又臭的人，就坐在裡面，看到這些劍譜，有時彷彿已看得出神，有時忽然跳起來，比劃幾下，誰也猜不出他比的是什麼招式。

他的人已經瘦得不成人形，而且至少已有幾個月沒洗過澡。一張又髒又瘦的臉上長滿了鬍子，我簡直連看都不敢看。

他也好像完全不知道有人走了進來，連看都沒有看我們一眼，忽然抓起一張劍譜抱在懷裡放聲大笑，忽然又痛哭了起來。

我看這個人一定是個瘋子。

「地藏」卻說他並沒有瘋，只不過癡了，因爲他已經被這些劍譜迷住，迷得飯也不吃，覺也不睡，澡也不洗，迷得什麼都忘了。

我也分不出「瘋」和「癡」有什麼分別。

不管他是瘋也好，是癡也好，我都不想再留在這種地方。

「地藏」還在盯著他看，居然好像對這個人很感興趣。

我就悄悄的溜了出去，因爲我實在忍不住想吐，卻又不願在他面前吐。

不管怎麼樣，他到底總是個人。

我躲在屋裡好好的吐了一場，喝了杯熱茶，「地藏」就來了。

他又盯著我看了半天才告訴我，現在又到了他每年一度要去求解藥的時候，這一次路程不近，要一個月左右才能回來。

他問我，是願意跟他一起去？還是願意留在這裡？

我當然願意跟他一起去，我已經在這裡憋得太久了，當然想到外面去看看。

到了外面，說不定就有了無忌的消息，何況我也想知道千千和曲平的情形。

我總覺得他們兩個人倒是很相配的一對，千千的脾氣不好，曲平一定會讓著她，千千到處惹麻煩，曲平定會替她解決。

只可惜千千對曲平總是冷冰冰的，從來也沒有給過他好的臉色看。

「地藏」聽到我願意跟他一起走，也很高興，就倒了杯葡萄酒給我喝。

我喝了那半杯酒，就睡著了。

等到我醒來的時候，才知道我們已經離開了他的地底洞府。

我坐在一輛馬車上，全身披麻戴孝，幾個穿黑衣服的人，抬著「地藏」那口古銅棺材，跟在馬車後。

我知道他一定在那口棺材裡，我這樣打扮，也是種掩護。

晚上我們找到了家很偏僻的客棧落腳，而且包下了一整個跨院。

客棧裡的伙計，都以爲我是個剛死了丈夫的寡婦，對我都照顧得特別周到。

我一個人住一大間房，一直都沒有睡，因爲我知道「地藏」一定會來的。

深夜時他果然來了，我陪他吃了一點清粥，他又在盯著我看，忽然問了我一句很奇怪的話：「你真的不認得他了？」

開始的時候我還不懂，後來我看到他那種奇怪的表情，心裡忽然有了種又瘋狂，又可怕的想法——

那個又髒又臭，我連看都不敢看他一眼的人，難道就是我不惜犧牲，只想去看一眼的無忌？

「地藏」已看出了我在想什麼，就跟我說：「你沒有想錯，他就是無忌。」

我簡直快瘋了。

我想大哭，大叫，想把他活活扼死，可是我什麼都沒有做。

「地藏」並沒有失信，他遵守諾言，讓我看到了無忌。

他並沒有錯，錯的是我，他並不該死，該死的是我。

我竟不認得無忌了。

我日日夜夜的想見他，等我真的見到他時，竟不認得他了。

我還有什麼話可說？

等我情緒稍微平靜了一點之後，「地藏」才告訴我，無忌是找他學劍的，他也認為無忌是可造之材。

但是，在他們之間，有一項約定，在無忌劍術還沒有學成之前，絕不能會見任何人。

無忌也答應遵守這約定，所以我要見無忌的時候，他總說還沒有到時候。

「地藏」又說：「我們以一年為期，約定了今天我要去試他的劍，只要他能夠擊敗我，我就讓他走。」

他說出了這句話之後，我才知道他們之間的約定並不簡單。

我很瞭解無忌。

他知道「地藏」一定不會傳他劍術的，一定用了種很特別的法子，逼著「地藏」不能不答應把劍術傳給他。

所以「地藏」要他答應這條件的時候，他也不能不接受。

可是他又怎麼能擊敗「地藏」呢？他簡直連一點機會都沒有。

「地藏」顯然又看出了我心裡在想什麼，冷冷的對我說：「他並不是沒有機會，因爲我的劍術也是從那些劍譜上學成的，我做事一向公平。」

他又說：「可是我見到你之後，我的想法就變了，我生怕他劍術真的練成把你從我身旁奪走，我想殺了他，讓你永遠也見不到他。」

所以他心裡也充滿了矛盾和痛苦，所以他的脾氣才會變得那麼暴躁古怪。

可是他並沒有這麼做，因爲他絕不是這種卑鄙無恥的小人。

這一切都是因爲我。

現在我才明白，爲什麼那個瞎子總認爲我會爲他們帶來不幸。

「地藏」又說：「但是，我也想不到他練劍會練得那麼『癡』，竟好像完全變了個人！」

也許就因爲他知道無忌已變了個人，所以才讓我去見無忌。

「地藏」盯著我，又說：「我知道你心裡在想什麼，可是你想錯了，我本來已下了決心，要讓你回到無忌身邊去，因爲我已看出你對他的真情，你發覺我不讓你們相見，一定會恨我一輩子，我不想你恨我一輩子！」

他又說：「可是，現在他既然已變成了那樣子，你去見他，反而害了他，如果他劍術能夠練成，等到那一天，你們再相見也不遲。」

我沒有開口，因爲我已發覺他說的並不完全是真心話。

我不怪他，每個人都難免有私心的，他畢竟也是個人。

要等到哪一天無忌的劍術才能練成?才能擊敗他?

那一天可能永遠也等不到的。

但是我可以等到他回去的時候，那時候我就可以見到無忌了。

不管無忌是瘋了也好，是癡了也好，這一次，我再見到他，卻不會再離開他的了。

鳳娘是三月二十八離開九華山的。

四月初一的晚上，梅檀僧院的和尚們晚課後，忽然發現有個又髒又臭，疲得已不成人形的怪人躺在大殿前的石級上，看著滿天星光就好像已經很久沒有看到過星光一樣，竟似已看得癡了。

試劍

一

四月初二，天氣晴朗。

在天氣特別好的日子裡，廖八總是會覺得心情也特別好。

尤其是今天。

今天他一早起來，吃了頓很豐富的早點後，就去溜馬。

晚上他通常都要喝很多酒，有時甚至連午飯的時候都喝，所以他一向很注重這頓早點。

今天早上他吃的是一整隻雞，用酒燒的雞，一條活鯉魚，紅燒的活鯉魚，和一大盤用蝦米炒的包心菜。

除了可以大把花的錢，漂亮的女人，和好酒之外，雞、鯉魚、包心菜，很可能就是這位廖八爺最喜歡的三種東西。

今天早上，他在半個時辰之內，就繞著城跑了一個來回。

這是他最快的記錄。

他當然不是用自己的兩條腿跑的，他是騎著馬跑的。

他騎的當然是匹快馬，就算不是天下最快的馬，至少也是附近十八個城裡最快的一匹。

這匹馬本來並不是他的。

那天在「壽爾康」樓上，他眼看著無忌擊斃了唐家三兄弟之後，他就沒有一天能睡得安穩。

他也是江湖人，在江湖之間，這種仇恨是非報不可的。

如果無忌來報仇，他根本沒有抵抗之力。

所以他一方面託人到各地去尋訪高手來保護他，一方面也在暗中打聽無忌的行蹤。

等到他聽說無忌最後一次露面的是在九華山下「太白居」，他就立刻帶著人趕去，太白居的掌櫃夫婦卻已在一夕間暴斃。

他只看見了一個叫小丁的伙計和這匹馬，趙無忌的馬。

他和趙無忌之間的樑子既然已結定了，又何妨再多加一樣。

所以這匹馬就變成了他的。

這一年來，他的日子過得很太平，趙無忌在他心裡的陰影早已淡了。

現在他唯一的煩惱，就是他用重金請來，一直供養在這裡的三位高手。

他很想打發他們回去，卻又生怕得罪了他們，尤其是那位胡跛子，他實在得罪不起。

他決心要在這幾天內解決這件事，就算要再多花一筆，他也認了。

供養這三個人的花費，簡直比養三個姨太太還貴，他已感到有點吃不消了。

現在他才知道，世上最花錢的事並不是「快樂」，而是「仇恨」。爲了這件事，他已花了三十多萬兩，再加上無忌贏走了那一票，現在他表面看來雖然過得風光，其實已只剩下個空架子。

幸好他的「場子」還在，過年前後又是旺季，所以他還可以撐得下去。

用冷水沖了個澡後，連這個問題好像也變得不是問題。

他換了套乾淨的衣服，還準備抱著他新娶的小姨太再睡個回籠覺。

就在這時候，費老頭忽然來了。

費老頭是他場子裡的管事，是個不折不扣的老狐狸，在賭這一行裡，已經混了好幾十年，什麼樣的花樣他都懂，什麼樣的場面他都見過。

可是今天他卻顯得有點驚惶的樣子，上氣不接下氣的跑過來，幾乎被門檻絆得摔一跤。

廖八笑罵道：「看你急成這樣子，是不是你老婆又偷人了！」

費老頭嘆了口氣，苦著臉道：「我老婆偷人不稀奇，今天這件事才稀奇。」

廖八皺了皺眉，道：「難道今天場子裡面又出了事？」

費老頭道：「出的事還不小。」

做場子最怕的一件事，就是忽然憑空來了個手氣特別好的大贏家，就好像去年來的那個「行運豹子」一樣。

可是像「行運豹子」這種人，一輩子也難得碰到一個的。

廖八道：「你先喘口氣，坐下慢慢說，就算天塌下來，咱們也撐得住，你急個鳥。」

費老頭卻好像連坐都坐不住，道：「今天場子裡又來了個高手，狠狠的勾了咱們一票。」

「勾」的意思，就是贏了。

廖八什麼都不問，先問：「這個人現在走了沒有？」

費老頭道：「還沒有。」

廖八冷笑道：「只要人還沒走，咱們就有法子對付他。」

有賭不算輸，像費老頭這樣的大行家，當然應該明白這道理。

可是今天他卻不這麼想：「就因爲他還沒有走，所以才麻煩。」

廖八道：「爲什麼？」

費老頭道：「因爲他還要賭，而且看樣子還要再贏下去。」

廖八道：「你看得出？」

費老頭道：「他只帶了十兩銀子本錢，現在已贏了十四把。」

廖八道：「十四把是多少。」

費老頭說道：「十六萬三千八百四十兩。」

廖八臉色變了，用力一拍桌子，大聲道：「你是幹什麼的，怎麼會讓他連贏十四把！」

費老頭道：「我一點法子都沒有，因爲他把把擲出來的都是三個六。」

廖八一下子就跳了起來，變色道：「是不是那個行運豹子又來了？」

費老頭道：「我本來也懷疑是他，可是他們的樣子卻長得一點都不像。」

他想了想，又道：「那個行運豹子，是個長相很好的年輕小伙子，這個人看起來卻像是個癆病兒。」

廖八吼道：「他用的究竟是哪一路的手法？」

費老頭道：「我看不出。」

廖八又吼了起來：「他連擲十四把豹子，你連他用的是什麼手法都看不出！」

費老頭道：「他好像沒有用手法！」

其實他心裡也知道，天下絕沒有運氣這麼好的，能連擲十四把三個六。

費老頭道：「就算他用了手法，場子裡也沒有人能看得出來，所以我也不敢動他，只有先把他穩住在那裡。」

他愁眉苦臉的接著說：「現在場子裡根本已沒有錢賠給他了，他不但等著拿錢，而且還要賭，八爺你看怎麼辦？」

廖八冷笑，道：「難道你不知道應該怎麼辦？」

費老頭道：「可是他既然敢來吃咱們，就一定有點來頭。」

廖八怒道：「不管他有什麼來頭，你先去替我做了他再說。」

費老頭道：「就算要做他，也得先把賭注賠給他！」

這是做場子的規矩，規矩一壞，下次還有誰敢來賭？

這一點廖八也不是不明白，只可惜他根本已沒有錢可賠了。

「你再去把那小子穩住，我去想法子。」

他唯一能夠想得出的法子，就是去找他的賈六哥，可是他也知道這條路未必會走得通。

他們早已疏遠了，自從他把賈六投資在他場子裡的一十萬兩銀，也算成是輸給行運豹子之後，他們就已經疏遠了。

賈六的答覆果然是：「最近我也很緊，我正在想找你去調動。」

所以他只好去找胡跛子。

你永遠不必把賭注賠給一個死人。

這雖然不是做場子的規矩，卻絕對是無論誰都不能爭辯的事實。

一個人到了沒有錢的時候，就會把現實看得比規矩重要得多。

把很多事都看得比規矩重要得多。

二

胡跛子不但有一條腿跛得很厲害，身上其他的部分長得也不能算很健全。

他瘦小，禿頭，鼻子有點歪，耳朵缺了一個角，不但其貌不揚，而且髒得要命，看起來實在不是個值得尊敬的人。

這個人唯一的好處就是不太喜歡說話。

他來的時候，不但廖八看不起他，另外兩位被廖八重金禮聘來的好手更沒有把他看在眼裡，甚至不願跟他同桌吃飯。

這兩人以前據說都是遼北地道上的綠林好漢，「丁剛」，「屠強」，顯然都不是他們的真名實姓。

丁剛使雁翎刀，屠強用喪門劍，兩個人手底的功夫都很硬。

他們當然不屑與這個其貌不揚的跛子為伍，決心要把他好好的教訓一頓，讓他知難而退。

有一天晚上，他們喝了幾杯之後，就找胡跛子到後面的暗巷去「談談話」。

第二天早上，廖八就發現他們對胡跛子的態度已完全改變了，不但變得極恭敬客氣，而且簡直像怕得要命。

廖八並不笨，當然可以猜得到他們的態度是為什麼改變的。

所以他對胡跛子態度立刻也改變了。

胡跛子卻一點都沒有變，隨便別人怎麼樣對他，他好像都不在乎。

就算你打了他兩個耳光，他好像也不在乎。

他到這裡來了一個月之後，有個既輸了錢，又喝了酒的鏢師，真的打了他兩耳光。

這位鏢師當天晚上就「失蹤」了。

廖八本來以爲胡跛子未必肯管這件事的，這種事有屠強和丁剛去解決已足夠。
想不到跛子卻自動要去看看，因爲他想去看看那雙能連擲十四把三個六的手。

三

無忌看看自己的手。
這雙手雖然並沒有變，可是他知道他的樣子一定已改變了許多。
這地方居然沒有一個人認得出他了。只不過短短的十個多月，一個人怎麼會變得這麼多？
他照過鏡子，幾乎連他自己都認不出自己了。
他的臉已因長久不見陽光而變得蒼白而透明，他的眼睛已因用腦過度和缺乏睡眠而變得深深陷落，甚至連頭髮都比以前少了很多。
奇怪的是，他的鬍子反而長得特別快，有時甚至可以蓋住他臉上的疤。
在熱水裡泡了整整一個時辰後，他總算把身上的臭氣洗掉了。
但是他知道自己已永遠無法再恢復以前的樣了。
無論誰過了三百天那樣的生活之後，都會變成另外一個人的。
他能夠支持下去，只因爲他對自己還有信心，他相信自己一定能活著走出那地方。
因爲他知道那個殭屍在每年的四月之前，都要離開那裡去求解藥。
只要能夠讓那殭屍相信他已「癡」了，他就一定有機會逃脫。

這一點他無疑做得很成功。

所以他贏了。

他明知自己就算再練十年，也絕沒有擊敗那殭屍的機會，他把自己一生的自由都押了上去，來賭這一把！

他非贏不可。

現在他又連贏了十四把，贏得輕鬆痛快。

場子裡所有的賭台都已停了下來，但卻沒有一個人肯走的。

大家都在等著看這場好戲。

無忌也在等。

他一點都不著急，他比誰都沉得住氣，屠強和丁剛一走進來，他就知道是唱戲的來了。

四

丁剛走進來的時候，只覺得小腹下彷彿有一團火燄在燃燒。

每次要殺人之前，他都有這種感覺。

他一眼就看到了無忌。

廖八已經將這個人描述得很詳細。

「你們要去殺他，只因爲他跟你們有仇，並不是我叫你們殺他的，這一點你們一定要記住。」

丁剛當然明白廖八的意思。

他們既然是爲了尋仇而殺人的，就跟這場子完全沒有關係了，所以誰也不能說廖八破壞了做場子的規矩。

這個人看起來並不像很扎手的樣子。

他只希望能趕快解決這件事，讓他能趕快去找個女人，解決他自己的問題。

屠強想得更周到。

這個人是不是還有別的幫手？場子裡會不會有人伸手來管他們的閒事？

場子裡比較惹眼的只有兩個人。

一個人身長玉立，相貌堂堂，服飾也極華麗，年紀雖然最多只有三十左右，氣派卻很大，看起來不但一定很有錢，而且很有權力。

幸好一個人如果身家太大，通常都不大願意去管別人閒事的。

而且他看起來也絕不像是無忌的朋友，所以屠強已不再顧忌他。

另外一個人，長得更美，不笑的時候，也可以看得出兩個深深的酒窩，一雙大眼睛明亮靈活，無論在看什麼，都會露出很好奇的樣子。

如果他真的是個男人，顯然是個很少見的美男子，但嫌太娘娘腔一點。

幸好她不是。

像屠強這樣的老江湖，一眼就可以看出她是女扮男裝的。

對於女人的看法屠強也和丁剛一樣。

——女人的可怕之處是在枕頭上，不是在拳頭上。

所以丁剛用一個箭步竄到無忌面前時，他也立刻跟了過去，冷笑道：「原來是你。」

無忌笑了。

這兩個人果然是唱戲的，他早就算準了他們要來唱的是齣什麼樣的戲。

丁剛沉著臉道：「我們找了你五年，今天總算找到了你，你還有什麼話說？」

無忌微笑道：「你們找我，是不是因爲跟我有仇？」

他問的這句話，恰巧正好是他們準備要說的。

丁剛立刻接道：「當然有仇，仇深如海。」

無忌道：「所以你們今天一定要殺了我？」

丁剛道：「非殺不可。」

無忌道：「我能不能還手？」

丁剛冷笑，道：「只要你有本事，也可以殺了我們。」

無忌道：「真的？」

丁剛已懶得再跟他嚕嗦了，腰畔的精鋼雁翎刀已出鞘。

屠強也拔出了他的喪門劍。

他並不像丁剛那麼喜歡殺人，只不過這件事總是愈快解決愈好。

無忌道：「你們又有刀，又有劍，絕不能讓我空著手。」

他四面看看。「各位有沒有帶著劍來的？能不能借給我用一用？」

當然有人帶劍來，卻沒有人願意惹這種麻煩。

屠強道：「你也會使劍？」

無忌道：「會一點。」

屠強冷笑道：「我手裡就有劍，只要你有本事，就可以拿去。」

無忌道：「好。」

這個字說出口，屠強的劍已經在他手裡，他的手一轉，劍光匹練般飛出。

丁剛和屠強就倒了下去。

丁剛和屠強並不是容易倒下去的人。

在遼北，他們都是有名的「硬把子」，因爲他們手底下的確都有真功夫。

可是現在他們非但完全沒有招架閃避的機會，他們甚至連對方的出手還沒有看清楚，就已經像兩塊忽然被人劈開的木頭一樣倒下去。

就在這一刹那間，他們每個人都已被刺了兩劍，正好刺在讓他們非倒下去不可的地方。

他們倒下去之後，還不能相信這是真的。

無忌幾乎也不能相信。

他本來並不想用劍的，可是他實在忍不住想試一試。

試一試他的劍。

他付出了代價，他有權知道他得到的是什麼。

現在他知道了。

五

廖八的心已經開始在往下沉，卻還沒有完全沉下去，因爲他還有希望。

他唯一的希望就是胡跛子。

胡跛子忽然道：「我好像是去年七月二十三到這裡來的？」

廖八道：「好像不錯。」

胡跛子緩緩道：「今天是不是四月初二？」

廖八道：「是的。」

胡跛子道：「那麼我已經在這裡耽了兩百五十天。」

廖八道：「差不多。」

胡跛子道：「我每天吃兩頓，連飯帶酒，至少也要三兩銀子。」

廖八道：「我沒有算過。」

胡跛子道：「我算過，你前後一共給了我八萬七千兩銀子，再加上七百五十兩飯錢，一共是八萬七千七百五十兩。」

他忽然從身上掏出疊銀票，往廖八面前一擺：「這裡是整整十萬兩，就算我還給你的，連本帶利都夠了。」

善財難捨，十萬並不是小數目。

廖八當然覺得很驚奇：「你爲什麼要還給我？」

胡跛子的回答很乾脆：「因爲我怕死。」

看了無忌一眼，他又解釋：「我不還給你，就要替你去殺人，那麼我就是去送死。」

廖八道：「你去是送死？」

胡跛子道：「不管誰去都是送死。」

廖八的臉色變了。

胡跛子道：「今年我已經五十歲了，我本來是準備用這十萬兩銀子去買塊地，娶個老婆，生幾個孩子，好好的過下半輩子。」他嘆了口氣：「可是現在我情願還給你，因爲我實在怕得要命。」

廖八看得出他說的不是假話，幸好他拿出來的銀票也不假。

對一個已經快要垮了的人來說，十萬兩銀子當然很有用。

廖八一把抓住了這十萬兩銀票，就好像一個快淹死的人抓住了一根木頭。

場子裡的本錢應該還有七八萬兩。

他挺起胸，大步走到無忌面前大聲道：「這一注我賠給你，我們再賭一把。」

下一把他又輸了。

他搶著先擲，很想擲出個「豹子」來，只可惜骰子不能用假的，他又太緊張。

他擲出的是兩個六，一個五。

五點也不小。

無忌卻又隨隨便便的就擲出了三個六——骰子不假，他的手法沒有假。

他押的賠注更不假：「這一次你要賠我三十二萬七千六百八十兩。」

廖八的人已經完全沉了下去，冷汗卻冒了出來。

無忌道：「你要再賭，就得先把這一注賠給我。」

他淡淡的笑了笑：「你不賭，好歹也得把這一注賠給我。」

廖八在擦汗。

愈沒有錢的人，汗反而愈多，錢既然賠不出，汗也擦不乾。

廖八終於咬了咬牙，說道：「我賠不出。」

無忌好像覺得很意外，道：「連三十多萬兩你都賠不出？」

廖八道：「連三萬我都賠不出。」

無忌道：「明知道賠不出，爲什麼還要賭？」

廖八道：「因爲我想翻本。」

這是句老實話。

輸了錢的人，誰不想翻本？想翻本的人，有誰能不輸？

無忌道：「現在你想怎麼辦？」
廖八道：「我想不出。」
無忌道：「你爲什麼不去借？」
廖八道：「找誰去借？」
無忌道：「找你的兄弟，或找你的朋友。」
廖八忽然笑了，笑得卻像是在哭：「一個人已經要垮了，哪裡還有兄弟？哪裡還有朋友？」
這是他親身體驗到的慘痛教訓，他本來並不想說出來的。
現在他既然說出來，只因爲他實在已心灰意冷。
別的人也都認爲他實在已到了山窮水盡的時候，只有一個人是例外。
這個人忽然道：「你錯了。」

你錯了

一

「你錯了！」說話的這個人口音很特別，口氣也很特別。
他的口音低沉而生澀，就算是浪跡四海的老江湖，也聽不出他是哪一省來的。
他的口氣中好像總帶著種要強迫別人接受他意思的力量。

如果他說你錯了，你就是錯了，連你自己都會覺得自己一定是錯了。

這一點正和他那種高貴的氣派，華麗的服飾完全配合。

他以前絕對沒有到這地方來過，以前絕對沒有人見過他。

廖八也不認得他：「你說我錯了？」

這個異鄉來的陌生人道：「你並不是沒有朋友，你至少還有一個朋友。」

廖八道：「誰是我的朋友？」

這陌生人道：「我。」

他慢慢的走過來，兩邊的人立刻自動分開，讓出一條路。

他走到無忌面前，只說了一句話：「我替他還你三十二萬七千六百八十兩。」

說完了這句話，銀票就已擺在桌上。

他做事也像他說話一樣，簡單、乾脆，絕不拖泥帶水。

廖八怔住。

一個他從未見過的陌生人，居然在他窮途末路的時候，來交他這個朋友，而且隨隨便便就拿出這麼大一筆錢來幫助他。

廖八並不是容易被感動的人，現在卻忽然覺得眼睛有點發濕，喉頭有點堵塞，忍不住道：「我們真的是朋友？」

這陌生人看著他，緩緩道：「一年前，我有個朋友在這裡輸得精光，還欠了你的債，可是你並沒有逼他，還給了他盤纏上路。」

他伸出手，按住廖八的肩：「從那天起，你就是我的朋友。」

廖八道：「那……那只不過是一件小事。」

這陌生人道：「那不是小事，因爲那個人是我的朋友。」

只要一說到朋友這兩個字，他的口氣就會變得充滿尊敬。

他不但尊敬這兩個字中包含的意義，而且把這兩個字看得比什麼都重。

他拉起廖八道：「我們走。」

廖八道：「走？爲什麼要走？」

陌生人道：「這地方已然垮了，你就應抬起頭走出去，再重新奮鬥。」

廖八抬起頭道：「是，我們走。」

無忌忽然道：「等一等。」

陌生人的目光立刻如刀鋒般掃了過來，冷冷道：「你還要賭？」

無忌笑了笑，道：「我本來的確還要賭的，因爲只有賭，才能讓人家破人亡，一輩子抬不起頭。」

他一笑起來，臉上的疤痕彷彿就變成了一個陰沉奇特的笑靨，顯得說不出的冷酷。

他慢慢的接著道：「我本來已決心要他賭得家破人亡爲止。」

陌生人並沒有問：「爲什麼？」

他知道無忌自己一定會解釋：「因爲一年前，有個人幾乎死在他手裡，那個人恰巧也是我的朋友。」

無忌淡淡的接著道：「他幫助過你的朋友，所以你幫助他，他想要我朋友的命，我當然也

想要他的命。」

以牙還牙，以血還血。

這種報復雖然野蠻而殘酷，但是江湖人之間的仇恨，卻只有用這種方法解決。

陌生人沉默著，過了很久，才問道：「現在你想怎麼樣？」

無忌盯著他看了很久，才緩緩道：「你是個好朋友，能夠交到你這種朋友的人，多少總有點可愛的地方，所以……」

他慢慢的伸出手，把面前所有的銀票都推出去。「所以現在我只要你們把這些東西也帶走。」

說完了這句話，他就走了，頭也不回的大步走了出去。

二

天氣晴朗，風和日麗。

無忌深深吸了口氣，心情忽然覺得很愉快，很久以來都沒有這麼愉快過。

他一向是個有原則的人。

他從不願勉強別人，也不願別人勉強他，他從不喜歡欠別人的，也不喜歡別人欠他的。

這就是他的原則。

就像是大多數有原則的人一樣，了清一件債務後，他總是會覺得特別輕鬆。

何況他已試過了他的劍法，連他自己都覺得很滿意。

這是條偏僻無人的長巷，快走到巷口時，就聽到旁邊屋脊上有衣袂帶風的聲音，很輕很快，顯見是個輕功很不錯的人。

等他走出巷口時，這個人已站在巷子外面一棵白楊樹下等著他，居然就是那個不笑時也有兩個酒窩的姑娘。

現在她在笑。

用一隻手叉著腰，一隻手拎著根烏梢馬鞭，看著無忌直笑。

無忌沒有笑，也沒有望著她。就好像根本沒有看見前面有這麼樣一個人一樣，就往她面前走了過去。

他的麻煩已經夠多了，實在不想再惹麻煩。

麻煩通常是跟著女人一起來的，尤其是很漂亮的女人。

尤其是女扮男裝的漂亮女人。

尤其是這種別人明明全都看得出她是女扮男裝，她自己卻偏偏以為別人都看不出的女人。

如果這種女人手裡拎著鞭子，那麼你只要一看見她，最好的法子就是趕快溜之大吉。

無忌選擇了最好的一種法子，只可惜再好的法子有時也不靈的。

他才走出幾步，忽然間人影一閃，一個人右手拎著根馬鞭，站在他面前，他只要再向前走一兩步，就可能碰到這個人的鼻子。

不管這個人是男也好，是女也好，他都不想碰到她的鼻子。

他只有站住。

這位女扮男裝的大姑娘，用一雙靈活明亮的大眼睛瞪著他，忽然道：「我是不是個看不見的隱形人？」

她當然不是。

無忌搖頭。

她又問：「你是不是個瞎子。」

無忌當然不是瞎子。

大姑娘的大眼睛還在盯著他，道：「那你爲什麼不望我？」

無忌終於開口：「因我不認得你。」

這理由實在再好也沒有了，無論誰碰了這麼樣一個大釘子後都應該掉頭就走。

這位大姑娘卻是很例外。

她反而笑了：「不認得有什麼關係？誰也不是一生下來就認得的，你用不著不好意思，我絕不會怪你。」

無忌只有閉上嘴。

他忽然發現，就算你有天大的道理，在這位大姑娘面前也是說不清的。

大姑娘用馬鞭指了指自己的鼻子，道：「我姓連，叫連一蓮，就是一朵蓮花的意思。」

她又笑道：「你若以爲這是女人的名字，你就錯了，從前江湖中有位很有名的好漢，就叫做『一朵蓮花』劉德泰。」

無忌閉著嘴。

這位連一蓮大姑娘等了半天，忍不住道：「我已說完了，你爲什麼還不說？」

無忌道：「我只想說兩個字。」

連一蓮道：「哪兩個字？」

無忌道：「再見。」

「再見」的意思，通常就是說不再見了。

他說了再見，就真的要「再見」，誰知他居然真的又再見了。

這位大姑娘雖然好像不太明白道理，但輕功絕對是一等的。

無忌剛轉身，她已經在前面等著他，板著臉道：「你這是什麼意思？」

她的臉雖然板起來，兩個酒窩還是很深。

無忌絕不去看她的酒窩，也板起臉道：「我什麼意思都沒有，只想趕快再見。」

連一蓮道：「我們現在豈非又再見了麼？」

說著說著，她居然又笑：「你想趕快再見，我就跟你趕快再見，這還不好？」

無忌傻了。

他實在想不到大下居然真有這種人。

連一蓮道：「現在我們既然又再見了，就算已經認得了，你就應告訴我，你姓什麼？劍法是從哪裡學來的？」

原來她並不是真的不講理，也不是真的臉皮厚，她只不過想問出無忌的劍法和來歷。

無忌當然也不是真的傻了。

他好像在考慮，考慮了很久，才說：「我也很想告訴你，可惜我又怕。」

連一蓮道：「怕什麼？」

無忌道：「怕老婆，怕我的老婆。」

連一蓮道：「怕老婆的人不止你一個，你只管說，我不笑你。」

無忌道：「你不笑我，我更不能說。」

連一蓮道：「爲什麼？」

無忌道：「因爲我一向聽我老婆的話，她叫我幹什麼，我就幹什麼！她不准我幹什麼，我就絕不去幹那個什麼。」

他不但忽然變得話多了，而且簡直說得有點語無倫次，夾纏不清。

連一蓮道：「難道她不准你說話？」

無忌道：「她准我說話，可是她不准我在路上跟一些不男不女，女扮男裝的人打交道。」

連一蓮不笑了，臉已氣得發紅，忽然跳起來，冷笑道：「你不說，難道我就看不出？」

她一跳就有七八尺高，話沒有說完，忽然淩空一鞭子抽下。

她笑得雖然甜，出手卻很兇。如果在一年前，無忌就算能躲過這一鞭，也未必能躲過第二鞭。

她一鞭接著一鞭抽過來，出手又快又兇，如果是在一年前，無忌很可能已挨了七八十鞭了。

幸好現在已不是一年前。

她的鞭子快，無忌躲得更快，這根毒蛇般的鞭子，連他的衣角都碰不到。

他只躲，不還手。

她想看出他的劍法來歷，他也一樣想看看她的武功來歷。

可惜他也看不出，這位大姑娘的武功居然很雜。

也許就因爲她學得太雜，所以功力難免不純，無忌已聽出她的喘息漸漸急促，臉色也漸漸發白，忽然站住不動了。

無忌當然也沒有乘勝追擊的意思。

他只想快走。

他還沒有走，只因爲這位大姑娘忽然拋下手裡的鞭子，用兩隻手捧住心窩，喘息愈來愈急，臉色也愈來愈可怕，就好像受了重傷。

可是無忌自己知道，連一根小指頭都沒有碰到她。

連一蓮盯著他，好像想說什麼，可是連一個字都還沒有說出來，就忽然倒了下去，躺在地上不動了。

無忌怔住。

他並不是個疑心病很重的人，可是他不得不特別小心一點。

——這位大姑娘是不是在做戲？

他不想上她的當，又覺得如果就這麼一走了之，未免也有點不像話。

——如果她不是做戲？又怎麼會忽然變成這樣子？

他連碰都沒有碰到她，就算她有舊傷復發，也不至於這麼嚴重。

何況她剛才看起來健康得就像是個剛摘下來的草莓一樣，又鮮，又紅，而且長滿了刺。

無忌準備走了。

他不想在他低下頭去看她時，反而被她順手摑個大耳光。

他走出去很遠，她還是躺在那裡沒有動。

能小心謹慎些雖然總是好的，見死不救的事他卻做不出。

——就算上當，好歹也得上這麼一次。

他立刻走回來，遠比他走出去時快得多。

他先彎下腰，聽了聽她的呼吸。

呼吸很弱。

他再伸出手，摸了摸她的額角。

額角冰冷。

他立刻拉起她的手。

手冰冷，連指尖都是冰冷的，脈搏已弱得幾乎沒有了。

無忌也著急了。

——不知道她的心還跳不跳？

想到這一點，他立刻就要查清楚，他沒有那麼多顧忌，因爲他心裡沒有那麼多鬼蜮。

就在他手擺到她胸口上的那一瞬間，他已經證明了兩件事。

——她的心還在跳。

——她是個女人，活女人。

可是這個剛才還新鮮得像草莓一樣的活女人，現在卻已變得像是個風乾了的硬殼果了。

他應該怎麼辦？

他當然應該送她回去，可惜他根本不知道她住在哪裡？

他也不能把她帶回自己住的地方。

這兩天他住在客棧裡，抱著一個半死不活的大姑娘回客棧，好像也不像樣子。

如果把她拋在這裡不管，那就更不像話了。

無忌嘆了口氣，把她從地上抱了起來，準備先找個大夫看看她的病。

這時候居然有輛空馬車出現了。

看到這輛馬車，無忌簡直就好像一個快淹死的人忽然看到一條船那麼高興。

他趕過去攔住馬車：「你知不知道這附近哪裡有會治病的大夫？」

趕車的老頭子笑了：「你找到我，可真找對人了！」

三

趕車的老頭子看來雖然老弱無力，卻將一輛烏篷馬車趕得飛快。

草莓般的大姑娘，還是像硬殼果一樣，又乾又冷，全沒有半點生氣。

無忌忽然想到，他本來應該帶她去找喬穩的。

大風堂在這裡也有分舵，喬穩就是這分舵的舵主，他的人如其名，是個四平八穩的人，處理這種事正是最恰當的人選。

可是他後來又想，萬一喬穩也誤會了他跟這大姑娘的關係，豈非更麻煩？

一個人遇見這種事，看來也只有自認倒楣了。

他才剛在心裡嘆了口氣，馬車已停下，停在一個荒涼的河彎旁，非但看不見會治病的大夫，連一個人影子都看不見。

趕車的那老頭子，難道還是位「上線開扒」的綠林好漢？

只見他把手裡的馬鞭「劈啪」一抖，大喝道：「帶來肥羊兩口，一公一母，一死一活。」

河彎裡立刻有人回應。

「收到──」

蘆花還沒有白，光禿禿的蘆葦中，忽然盪出了一葉輕舟。

一個蓑衣笠帽的漁翁，手裡長篙一點，輕舟就筆直盪了過來。

他的笠帽戴得很低，無忌看不到他的臉。

無忌也不認得漁翁。

他居然沒有問那趕車的老頭子，他要找的明明是大夫，爲什麼把他帶到漁翁這裡來。

他也沒有問這漁翁是什麼人。

漁翁只說了一句話：「上船來。」

無忌就真的抱起那大姑娘，跳上了漁舟。

一個剛才還事事謹慎的人，現在怎麼會忽然粗心大意起來？

漁翁手裡的長篙又一點，輕舟就盪開了。

趕車的老頭子也打馬而去，嘴裡還在大聲吆喝！

「肥羊帶到，老酒幾時拿來？」

漁翁也大聲回答：「老酒四罈，明日送上，一罈不少。」

車馬急行，轉眼間就已經絕塵而去，輕舟也已盪入了河心。

無忌剛把連大姑娘放在船艙裡，那漁翁居然就放下長篙走過來！

輕舟在河上打轉。

漁翁看著無忌，微微冷笑，忽然問道：「你會不會游水？」

無忌道：「會一點。」

漁翁道：「會一點是什麼意思？」

無忌道：「會一點的意思，就是說我到了水裡雖然沉不下去，可是如果有人拉我的腿，我想不沉不去都不行了。」

漁翁道：「想不到，你倒是個老實人。」

無忌道：「我本來就是。」

漁翁道：「可是有時候老實人也不該說老實話的！」

無忌道：「爲什麼？」

漁翁道：「因爲說了老實話，就要破財。」

無忌道：「好好的怎麼會破財？」

漁翁冷笑，道：「你少裝糊塗，我問你，你是要錢？還是要命？」

無忌道：「我兩樣都要。」

漁翁道：「你不怕我先把你弄到水裡去，再拉你的腿？」

無忌道：「我怕。」

漁翁道：「那麼你最好就乖乖的把銀子拿出來，我知道今天你在廖八爺那裡刮了不少。」

無忌嘆了口氣，苦笑道：「原來你早就在打我的主意了。」

漁翁厲聲道：「你拿不拿出來？」

無忌道：「不拿。」，

漁翁道：「你想死？」

無忌道：「不想。」

漁翁好像有點奇怪了，忍不住問道：「你想怎麼樣？」

無忌悠然道：「我只想你把那四罈老酒拿出來，請我好好喝一頓。」

漁翁怔住。

這才叫強盜遇見打劫的。

漁翁又忍不住問：「你這人是不是有點毛病？」

無忌道：「我一點毛病也沒有。」

漁翁道：「那你憑什麼認爲我非但不要你的銀子，還要請你喝酒？」

無忌又笑了笑，道：「你憑什麼認爲我是個笨蛋？」

漁翁道：「誰說你是笨蛋？」

無忌道：「我若不是笨蛋，怎麼會隨隨便便的就上你的船？」

漁翁又怔了怔，道：「難道你早就認出了我？」

無忌道：「當然。」

漁翁道：「我是誰？」

無忌道：「你就是那個輸遍天下無敵手的倒楣賭鬼。」

漁翁傻了。

無忌大笑，就在他笑得最愉快的時候，忽然聽得「啪」的一聲響。

響聲是從他臉上發出來的，他的臉上已挨了一個又香又脆的大耳光。

無忌也傻了。

那位連大姑娘居然已趁他們不注意的時候站了起來，正用一雙大眼睛瞪著他，冷笑道：

「你憑什麼又摸我，又抱我？我不打你耳光，打誰的耳光？」

無忌沒有爭辯。

她自己應該知道，他摸她，只不過因爲要救她。

跟這種不講理的女人，還有什麼道理好講？

漁翁還沒有弄清楚這是怎麼回事，忽然又聽到「啪」的一聲響。

這次響聲不是從無忌臉上發出來的，是從大姑娘臉上發出來的。

她也挨了一個大耳光。

她也被打傻了，吃驚的看著無忌，道：「你……你敢打人？」

無忌說道：「你敢打，我爲什麼不敢打？」

連大姑娘道：「我可以打你，你不能打我。」

無忌道：「爲什麼？」

連大姑娘道：「因爲……因爲……」她急得直跺腳，道：「你明明知道我是個女人。」

無忌道：「女人是不是人？」

連一蓮道：「當然是。」

無忌道：「那麼女人既然可以打男人，男人也一樣可以打女人。」

連一蓮又急，又氣，偏偏又說不過別人。

女人說不過別人時，通常都會用一種法子——撒野。

她忽然跳起來，恨聲說道：「你摸我，抱我，還要打我，我不想活，我死給你看！」

她忽然衝出去，「噗通」一聲，跳下了水。

蓮花有刺

一

水流很急！

她一跳下去，就沒有再浮上來過。

無忌忍不住問道：「這裡的水，深不深？」

漁翁道：「也不算太深，只不過，要淹死幾個像她那樣的大姑娘，還不成問題。」

無忌冷笑，道：「又不是我推她下去的，她是死是活跟我有什麼關係？」

漁翁道：「沒有關係，一點關係都沒有。」

無忌道：「何況，像她這種不講理的女人，死了反倒好。」

漁翁說道：「好，好極了，好得不得了。」

他的話還沒有說完，無忌也「噗通」一聲，跳下了水。

水很清，而且不太冷。

在這樣的天氣裡，能夠在小河裡游游水，也是件樂事。

可惜無忌一點都不樂。

他一跳下來，就發現有人在拉他的腿，他一下子就喝了好幾口水。

河水雖然又清又涼，這麼樣喝下去，還是不太好受的。

尤其是喝到嘴裡之後，又從鼻子裡冒出來的時候，那種滋味更要命。

連他自己也不知道喝了多少，有多少灌進了肚子，有多少從鼻子裡冒了出來。

現在他才知道，不管多冷靜沉著的人，只要一掉下河，被灌了一口水，立刻就會變暈了，暈頭轉向，不辨東西南北。

好不容易他手裡總算抓到了一樣東西，好像是一根竹篙，他的頭也總算冒出了水面。

那位大姑娘卻已經在岸上了，他好像聽見她在笑，在罵！

「在地上，我打不過你，只有在水裡給你點小教訓，看你以後還敢亂打女人？」

等他完全清醒時，大姑娘已不見了，那漁翁卻在看著他直笑。

「原來你也是個倒楣鬼，我若是個倒楣賭鬼，你就是個倒楣的色鬼，看樣子你比我還倒楣。」

這個倒楣的賭鬼，當然就是軒轅一光了。

二

無忌承認倒楣。

可是他並不生氣。

人生本來就是這樣子的，有時候倒楣，有時候幸運。

幸運的時候他從來不會太得意，倒楣的時候也絕不會太生氣。

軒轅一光笑嘻嘻的看著他，道：「一個人的楣運，通常都是自己找來的。」

無忌道：「我的不是。」

軒轅一光道：「人家一個大姑娘，難道還會無緣無故的找上你？」

事實就是這樣子的，那位大姑娘硬是無緣無故就找上了他。

可是無忌不想再討論這問題：「你爲什麼不問我，我怎麼會認出你的？」

軒轅一光道：「我正想問。」

他把那頂戴得很低的笠帽摘下來，無忌才看出他的臉也完全變了樣子，變得陰慘慘的，死眉死眼。

無忌道：「你這副尊容看起來也不太怎麼樣，不如還是戴上帽子的好。」

軒轅一光道：「但是我這副尊容卻比原來那副尊容值錢得多。」

無忌道：「哦？」

軒轅一光道：「難道你看不出我臉上戴著人皮面具？」

他笑笑又道：「這只怕是天下最貴的面具了，據說還是昔年七巧童子親手炮製的，你看怎麼樣？」

無忌道：「很好。」

這張面具的確很精巧，如果他自己不說，縱然是在日光下，別人也很難看得出來。

軒轅一光道：「但是你還沒有上船，就已經認出了我。」

無忌道：「我用不著看到你的人。」

軒轅一光說道：「你能聽得出我的聲音？」

無忌道：「對了。」

軒轅一光道：「我們已經快一年不見了，剛才我只說了一句話，你就能聽出我是誰？」

無忌道：「就算十年不見，我也一樣能聽得出。」

軒轅一光嘆了口氣，道：「看來你的本事非但很不小，而且花樣也很不少。」

無忌道：「我的樣子，是不是也變了？」

軒轅一光道：「變得很多。」

無忌說道：「是你叫那輛馬車去接我的？」

軒轅一光道：「不錯。」

無忌道：「你怎麼知道我在哪裡？難道還有人能認出我是趙無忌？」

軒轅一光道：「別的地方我不知道，這附近好像只有一個人。」

無忌道：「誰？」

軒轅一光道：「我。」他笑道：「你的樣子雖然變了，可是你臉上這個疤的樣子卻沒有變，這是我親手留下來的記號，我怎麼會認不出？」

無忌臉上被毒砂刮破，的確是他親手爲無忌割下那一片有毒的血肉，留下這一條彷彿笑靨般的疤痕。

這一點無忌當然永生不會忘記。

軒轅一光又笑道：「你既然記得我輸錢的本事天下第一，就不應忘記我找人的本事也是天下第一，連蕭東樓我都能找得到，怎麼會找不到你！」

無忌道：「今年你又去找過他？」

軒轅一光道：「今年沒有。」

無忌道：「爲什麼？」

軒轅一光道：「因爲我不想把麻煩帶到他那裡去，他的麻煩已夠多了。」

無忌道：「所以你也沒有到梅夫人那裡去？」

軒轅一光道：「我更不能替她惹來麻煩。」

無忌道：「究竟是什麼麻煩？」

軒轅一光先不回答，卻從身上拿出個油紙小包。

他打開外面的油紙，裡面還包著兩層粗布，再打開這兩層布，才露出一枚閃閃發光的暗器，赫然正是蜀中唐家那名震天下的毒蒺藜。

在夕陽下看來，這枚毒蒺藜竟是用十三枚細小的鐵片組合成的，不但手工精細奇巧，而且每一枚鐵片上閃動的光彩都不同，看來就像是一朵魔花，雖然很美，卻美得妖異而可怕。

日色西沉。

這枚暗器軒轅一光也不知看了多少遍，可是現在他看著它時，還是不禁看得出神。

這種暗器的本身，就彷彿帶著種可以懾人魂魄的魔力。

他伸出手，彷彿很想去摸它一下，可是他的指尖還沒有觸及那些細小的花瓣，就忽然觸電般縮了回去。

他終於嘆了口氣，苦笑道：「這就是我的麻煩。」

無忌道：「唐家也有人找上了你？」

軒轅一光道：「不是他們要找我，是我去找他們的。」

無忌道：「你到唐家去過？」

軒轅一光說道：「我去過，他們也來了。」

無忌動容道：「唐家有人來了？」

軒轅一光道：「這一路上最少有三個人在盯著我，從蜀中一直盯到這裡。」

夕陽仍未消沉，他手裡的毒蒺藜仍在閃閃發光。

十三片花瓣，十三種光彩，彷彿每一瞬間都在流動變幻。

軒轅一光道：「這是唐門暗器中的精品，只有唐家直系子弟中的高手，才能分配到這種暗器。」

他嘆了口氣：「在西蜀邊境的一家小客棧裡，這東西幾乎要了我的命。」

無忌道：「這麼說來，釘著你的那三個人之中，至少有一個是唐家直系子弟中的高手。」

軒轅一光道：「說不定三個都是。」

無忌道：「你沒有看見他們？」

軒轅一光道：「那三個小王八蛋不但都有兩條兔子一樣的快腿，獵狗一樣的鼻子，居然還懂得一點易容術，這一路上三個人最少變了四十六種樣子，有一次甚至扮成一個挺著大肚子的孕婦。」

他大笑又道：「幸好我恰巧正是這一行的老祖宗，不管他們怎麼樣變，我都能看得出他們的狐狸尾巴來。」

其實這一路上他自己也改扮過十八次，有一次甚至扮成了一個大腳村姑。

可是不管他怎麼變，人家也一樣能看得出他的狐狸尾巴來。

易容術本就不是魔法，絕對沒法子把一個人變成另外一個人的。

無忌道：「唐家的直系子弟，人丁一向不旺，這一輩的祖孫三代，成年的一共只有三十多個人，男的好像只有二十個左右。」

對於蜀中唐家，他也瞭解得不少。

對於任何一個能給大風堂一點威脅的門戶和家族，他都瞭解得不少。

軒轅一光道：「他們的人丁雖然不旺，可是十個人中，至少有七個高手。」

無忌目光閃動，道：「你看他們這次來的三個人之中，會不會有唐傲和唐玉在內？」

聽見「唐傲」這名字，軒轅一光好像嚇了一跳：「你也知道唐家有這麼樣兩個人？」

無忌道：「我聽說過。」

軒轅一光道：「這次他們沒有來。」

無忌道：「怎麼知道？」

軒轅一光道：「如果他們來了，我還能活到現在？」

無忌眼睛裡又閃出了光，道：「他們真的有這麼厲害？」

軒轅一光的回答很乾脆：「真的。」

無忌沉思著，過了很久，才緩緩道：「如果他們真的是這麼厲害，你認爲他沒有來的時候，他說不定就已經來了。」

——你能夠活到現在，也許只因為他們的目標並不是你。

這句話無忌沒有說出來。

他忽然冷笑，道：「不管他們來的是哪三個，既然到了這裡，我總不能讓他們空手而回。」

軒轅一光道：「你想要他們怎麼回去？」

無忌道：「要他們提著腦袋回去。」

軒轅一光道：「提著誰的腦袋？」

無忌道：「他們自己的！」

軒轅一光吃驚的看著他，忽然用力地拍一巴掌，大笑道：「好，好小子，有志氣！」

無忌道：「現在他們三個人呢？」

軒轅一光道：「昨天我總算把他們甩掉了。」

無忌道：「可是，他們一定還留在附近。」

軒轅一光道：「很可能。」

無忌道：「只要你一露面，他們就會找來的。」

軒轅一光好像又吃了一驚：「你是不是想用我來釣魚？」

無忌回答得也很乾脆：「是的。」

軒轅一光道：「以前我有個朋友也喜歡釣魚，有一次他釣到了一條大魚。」他瞪著無忌：「結果你猜怎麼樣？」

無忌道：「結果他反而被那條大魚吞了下去。」
軒轅一光道：「一點也不錯。」
他嘆著氣：「我們要釣的那三條魚不但是大，而且有毒，毒得要命。」
無忌道：「你害怕？」
軒轅一光道：「我當然害怕。」
無忌道：「你不敢去？」
軒轅一光又嘆了口氣：「怕雖然怕，去還是要去的。」
無忌精神一振，道：「現在我還有兩件事要問你。」
軒轅一光道：「你問。」
無忌道：「剛才趕車的那老頭子，是你的什麼人？」
軒轅一光道：「是我的好朋友。」
無忌道：「他是不是可靠？」
軒轅一光沒有直接回答這句話，只說出了那老頭子的名字。
「他姓喬，叫喬穩。」
「大風堂的喬穩？」
「是的！」
無忌追問：「你沒有告訴他我是什麼人？」
軒轅一光道：「我只告訴他，你是我的朋友，也是我的債主。」

無忌道：「所以除了你之外，這裡沒有人知道我就是趙無忌？」

軒轅一光道：「大概沒有。」

無忌長長吐出口氣，眼睛盯著軒轅一光。

現在他只剩下最後一件事要問了，最後的一件事，通常也是最重要的。

他終於問：「你到唐家去，是不是爲了找上官刃？他是不是躲在那裡？」

三

這條巷子很深，很長。

根據衙門最近的統計，這條巷子裡一共住了一百三十九戶人家。

這一百三十九戶人家，有一個共同的特點——這裡每家人都喜愛吃辣椒。

所以這條巷子就叫做辣椒巷。

有人說：

貧苦的人家都喜歡吃辣椒，因爲他們買不起別的菜，只有用辣椒下飯，這條巷子裡的人們，都喜歡吃辣椒，因爲他們都很窮。

有人說：

滇、桂、蜀一帶的人都喜歡吃辣椒，因爲那一帶的濕氣和瘴氣太重，這條巷子裡的人喜歡吃辣椒，因爲他們都是從那一帶遷移過來的。

這條巷子裡的人究竟爲什麼喜歡吃辣椒，已經沒有人知道了。

可是大家都知道這條巷子叫辣椒巷。

傍晚的時候，胡跛子一跛一跛的走進了辣椒巷。

丁剛和屠強一跛一跛的跟著他走，甚至比他跛得還厲害。

因爲他們腿上都受了傷，傷在兩邊膝蓋內側的軟筋上。

他們跟著胡跛子到這裡來，並不是因爲他們想吃辣椒，而是因爲他們想出這口氣，他們認爲只有胡跛子才能替他們出這口氣。

因爲他們親眼看見過胡跛子的功夫。

那天晚上，他們把他叫出去「談談」的時候，胡跛了雖然沒有給他們吃苦，卻露了手很厲害的功夫給他們看。

他們相信胡跛子的功夫絕不在那個連擲一四把三個六的癆病鬼之下。

他寧願退還十萬兩銀子也不肯出手，一定是另有用意。

所以他們一直跟著他。

開始的時候，胡跛子還在裝糊塗，到最後終於答應。

「好，我可以替你們報仇，我甚至可以替你們打斷那小子的兩條腿，但是我有條件。」

他的條件是：

「不管我要你們做什麼，你們都得閉上嘴去做。」

閉上嘴的意思，就是不准發問。

這條件聽來有點苛刻，但他們還是答應了，他們絕不能讓一個無名小卒在他們腿上刺了兩劍之後就揚長而去。

胡跛子臉上露出滿意之色，道：「現在你們應該先請我吃頓飯，我想吃豆瓣鯉魚，和辣子雞丁。」

他又問他們：「你們倆喜不喜歡吃辣的？」

丁剛搶著道：「我們喜歡。」

胡跛子笑道：「那就好極了，我知道有個地方炒的辣子雞丁，可以把你辣得滿臉眼淚，滿身冷汗。」

所以他們就到了辣椒巷。

辣椒店

一

傍晚的時候，正是晚飯的時候，辣椒巷裡充滿了辣椒的香氣，家家戶戶菜鍋裡都在炒著辣椒。

在這些人眼中看來，吃飯時候如果沒有辣椒，簡直就好像走到路上不穿褲子，一樣不可思議。

如果你從來不吃辣椒，最好就不要走進這條巷子，否則你的眼淚立刻就會被辣出來。

屠強正在偷偷的擦眼淚。

他猜不出胡跛子要帶他們到什麼地方去吃飯，因爲他們根本不相信這條巷子裡會有飯館。

他簡直不能想像有人會到這種地方的飯館子裡來吃飯。

但是這時候他已經看見了一家飯館。

一家很小的飯館，門口掛著十來串鮮紅的辣椒，當做招牌。

所以這家飯館子就叫做「辣椒店」。

辣椒店的掌櫃，是個矮小臃腫的胖子，姓朱，天生的好脾氣。

就算有人當著他的面前叫他「豬八戒」，他也不會生氣。

如果你一年前曾經到過城裡最貴的那家大酒樓「壽爾康」去過，你一定會覺得很奇怪。

因爲這家辣椒店的掌櫃，正是當年「壽爾康」的大老闆。

據他自己說，他垮得這麼快，就是因爲去年四月間發生的那件慘案。

三個專程從蜀中趕來替他「幫忙」的老鄉，忽然同時慘死在他們樓上的雅座裡。

自從那次之後，客人就很少上門了，「壽爾康」也就關門大吉。

所以他只好到這裡來開一家小小的辣椒店。

這辣椒店生意居然還不壞，七八張桌子，居然有一半上了座。

丁剛覺得最奇怪的是，那位一向講究飲食的賭場大老闆賈六居然也來了。

他們剛坐下還沒有多久，賈六就來了，是一個瘦小枯乾，長得像猴子一樣的年輕人陪他來的。

他和胡跛子都見過這位賈老闆，賈六卻裝作不認得他們。

那個瘦猴子一樣的年輕人也叫了一樣豆瓣鯉魚，一樣辣子雞丁。

賈六正低著頭吃，辣得他滿臉眼淚，滿身大汗。

丁剛被辣得更慘。

他實在想不通，這些人為什麼一定要把自己辣成這樣子才覺得過癮，更想不通胡跛子為什麼一定要把他們帶到這種地方來。

可是他不敢問。

因為這是他們和胡跛子早已約定好的條件。

胡跛子真不怕辣，不但每樣菜都是特別「加重紅」的，而且還吃生辣椒，喝燒刀子，臉上連一粒汗珠子都沒有。

可是丁剛卻發現店裡居然另外還有個人比他更不怕辣。

這人是個老頭子，腰身特別長，腰板挺著筆直，穿著件已經洗得發白的藍布長衫，腰帶上插著根很長的旱煙袋。

跟他同桌的一個小伙子，卻連一口辣椒都不吃，只吃了碗用清湯煮的陽春麵。

他們就坐在丁剛旁邊的一張桌子上，丁剛的座位，正面對著這個小伙子。

他年紀看起來最多也只有二十左右，長得眉清目秀，皮膚白裡透紅，簡直就像是個大姑娘，而且比大姑娘還害羞。

別人只要看他兩眼，他的臉就紅了，若不是因爲丁剛早已注意到他的胸膛很平坦，也沒有用布條纏緊，幾乎要認爲他是女扮男裝的。

現在他們已經吃完了，那老頭子已經在抽他的旱煙。

客人也都在陸陸續續的結賬，店裡已經只剩下三桌人。

除了他們這兩桌外，賈六和那瘦猴子一樣的年輕人也沒有走。

和氣生財的朱老闆，當然也沒有催他們，卻將門板上了起來。

店已經打烊了，客人爲什麼還不走呢？

丁剛又在奇怪。

店裡忽然變得很靜，只有那老頭子在慢慢的，一口一口的抽著旱煙。

賈六還是在不停的流汗，擦汗。

丁剛忽然有了種很奇怪的感覺，只覺得這又小又破的辣椒店，忽然變得說不出的陰森詭秘，彷彿很快就要有大禍臨頭似的。

就在這時候，那瘦猴子一樣的年輕人忽然輕輕叫了聲：「賈老闆。」

賈六好像嚇了一跳，立刻站了起來，陪笑道：「有何吩咐？」

這位平日眼睛總是長在頭頂上的賭場大亨，對這瘦猴子一樣的年輕人居然特別客氣。

瘦猴子一樣的年輕人道：「我把你請到這裡來，只想問你幾句話。」

賈六道：「請問。」

這年輕人道：「去年的四月，你是不是和趙無忌一起到壽爾康去的？」

賈六臉色變了，道：「可是我……」

這年輕人冷冷道：「我只問你是不是，別的你都用不著解釋。」

賈六道：「是。」

這年輕人道：「那天你是和趙無忌一起走的？」

賈六道：「是。」

這年輕人道：「你是不是親眼看見他殺死那三個人的？」

賈六道：「是。」

這年輕人道：「事後他自己有沒有受傷？」

賈六道：「好像沒有。」

這年輕人道：「你真能確定他沒有受傷？」

賈六道：「我……我不能確定。」

這年輕人道：「你們就站在那裡，看著他揚長而去，因爲他就算受了傷，你們也不敢出手對付他？」

賈六道：「我們那時……」

這年輕人沉下了臉，厲聲道：「我只問你是不是？」

賈六道：「是。」

這年輕人看著他，臉上一點表情都沒有，緩緩道：「本來是你們想殺他的，可是，你們看著他走了，卻連屁都不敢放一個。」

他忽然嘆了口氣，揮手道：「我的話已問完了，你走吧。」

賈六好像想不到自己這麼容易就能脫身似的，顯得又驚又喜，站起來就走。

朱掌櫃笑瞇瞇的看著他，忽然道：「賈老闆是不是還忘了一件事？」

賈六道：「什麼事？」

朱掌櫃道：「你是不是忘了付錢？」

賈六陪笑道：「是是是，我付，一共是多少？」

朱掌櫃緩緩道：「今天這一筆帳，再加上去年的那一筆，一共是兩錢銀子，加一條命。」

賈六臉色又變了，道：「一條命，誰的命？」

朱掌櫃道：「你的。」

他笑瞇瞇的伸出手：「兩錢銀子請先付。」

賈六臉發青，立刻掏出錠銀子，用力往朱掌櫃臉上擲過去，大喝道：「不必找了。」

喝聲中，他的身形已撲起，想從旁邊的一扇窗子衝出去。

可是，本來坐在櫃台後那矮小臃腫的朱掌櫃，忽然間就已擋住了窗口，笑瞇瞇的看著他，道：「剩下的銀子是不是都算小賬？」

賈六道：「是。」

朱掌櫃笑著道：「小賬九兩八錢，謝了。」

賈六一步步向後退，忽然問仰天倒了下去，無緣無故的就倒了下去。

倒下去後，身子還在地上彈了彈，就不動了。

再看他的臉，已經變得烏黑，舌頭伸出，眼珠凸起，就好像被一根看不見的繩索勒斷了脖子。

二

小店裡又變得很靜。

又矮又胖的朱掌櫃，已坐回櫃台，老頭子還在一口一口的抽著旱煙。

丁剛和屠強也沒有動，兩個人都已嚇得連腿都軟了。

他們一直都張大了眼睛在看，卻看不出賈六是怎麼死的。

那瘦猴子一樣的年輕人慢慢的站起來，手裡拿著雙筷子，走到賈六面前，忽然伸出筷子，往賈六咽喉上一夾，夾起了一根針。

一根比繡花針還小的針，針尖上帶著一點血絲。

賈六的咽喉上也沁出了一滴血珠。

一根針，一滴血，一條命！

好厲害的毒針，好快的出手！

瘦猴子一樣的年輕人看著筷子裡夾著的毒針，搖了搖頭，嘆了口氣，喃喃道：「可惜，可惜……」

他慢慢的走回去，把這根針在酒杯裡洗了洗，掏出一塊雪白的手巾來擦乾淨，再用這塊布把這根針包起來，放進懷裡。

他連看都沒有再看賈六一眼。

他可惜的是這根針，不是賈六的這條命。

丁剛和屠強手心一直在冒冷汗，實在很想趕快離開這裡。

胡跛子卻偏偏連一點要走的意思都沒有，神態居然還好像很悠閒。

抽旱煙的老頭子，忽然把煙管交給了他。

胡跛子也不說話，接過來抽了一口，又遞了回去。

老頭子接過來，抽了一口，又再交給了他。

兩個人你一口，我一口，默默的抽著這桿旱煙，煙斗裡的火光明滅，吐出來的煙霧愈來愈濃，兩個人好像都在等著對方開口。

胡跛子終於道：「我等的人已經出現了。」

老頭子道：「很好。」

胡跛子道：「今年他又一連擲出了十四把三個六。」

老頭子道：「想不到今年他的手氣還是和去年一樣好。」

胡跛子道：「是的。」

老頭子道：「只可惜他永遠不會再有這麼好的手氣了。」

他接著旱煙，抽了一口，又遞給胡跛子：「因為現在他當然已經是個死人，死人當然絕不會再有好手氣。」

胡跛子道：「他還沒有死！」

老頭子道：「你沒有殺他？」

胡跛子道：「我沒有。」

老頭子道：「爲什麼？」

胡跛子道：「因爲我沒有把握確定他是不是去年那個人。」

老頭子道：「你沒有把握？」

胡跛子道：「他的樣子已變了，連廖八都已認不出他。」

老頭子道：「一個人的樣子，本來就時常會改變的。」

胡跛子道：「他的武功也變了。」

老頭子道：「你怎麼知道他的武功變了？」

胡跛子道：「我去看過唐洪他們的屍身，從他們致命的傷口上，就可以看得出那個人的出手雖然狠，力量卻不夠足，力量不足，當然就不會太快。」

老頭子道：「今年這個人呢？」

胡跛子不回答，卻轉向丁剛、屠強：「你們站起來，讓這位老人家看看你們的傷口。」

傷口並不深，所以他們很快就能夠站起來走動，而且走到了這裡。

可是在當時那一瞬間，他們卻非倒下去不可，因爲那一劍正好刺在要他們非倒下不可的地方，非但分毫不差，力量也用得恰恰是要他們非倒下去不可的程度，一分也不輕，一分也不重。

老頭子凝視著他們的傷口，臉上還是一點表情都沒有。

旱煙袋卻已滅了。

他慢慢的打出火鐮火石，燃起一根紙煤，點著了旱煙，才慢慢的問道：「當時你們是不是空著手的？」

丁剛道：「不是。」

屠強道：「我帶著喪門劍，他帶著雁翎刀。」

老頭子道：「你們沒有出手？」

丁苦笑著道：「我們根本來不及出手。」

老頭子道：「先中劍的是誰？」

丁剛看看屠強，兩個人同時搖頭，道：「我們已記不清了。」

老頭子道：「是記不清，還是根本分不出？」

屠強看看丁剛，兩個人都只有承認。

他們並不是記不清，而是根本分不出，那一劍實在太快，他們就像是同時中劍的。

他們甚至連哪條腿先中劍都分不出。

老頭子忽然長長吐出口氣，道：「好，好劍法！」

他又把旱煙遞給了胡跛子：「你看出了他用的是什麼劍法？」

胡跛子搖搖頭，道：「我只看出他用的既不是趙簡的迴風舞柳劍，也不是司空曉風的十字慧劍。」

老頭子道：「所以你就斷定他不是趙無忌？」

胡跛子沉默著，過了很久，才回答：「我不能斷定。」

老頭子沒有再說話。

旱煙袋在他們之間默默的傳遞著，吐出來的煙霧更濃。

在一陣陣閃動明滅的火光中，胡跛子額上彷彿已有了汗珠。

又過了很久，老頭子才緩緩道：「廖八你好像也沒有帶來？」

胡跛子道：「我不能帶他來。」

老頭子道：「爲什麼？」

胡跛子道：「因爲他已經被一個朋友帶走了。」

老頭子道：「他那朋友是誰？」

胡跛子道：「是南海張七兄弟中的『玉面小孟嘗』張有雄張二哥。」

老頭子臉上雖然還是全無表情，可是聽見這名字時，眼角卻在跳動。

南海七兄弟的俠蹤雖然很少出現在江湖，可是他們的俠義、富貴、權勢和武功，江湖中卻很少有人不知道。

尤其是這位張二哥，仗義疏財，千金一諾，無論誰，都會認爲他是個値得交的朋友。

沒有人願意得罪這位朋友。

老頭子緩緩道：「你到這裡已經快一年了，應該做的事，連一件都沒有做。」

胡跛子道：「我不能做。」

老頭子又閉上了嘴。

旱煙袋已經傳到他手裡很久，可是這一次他並沒有再交給胡跛子。

丁剛手裡已經在爲胡跛子捏著一把冷汗。

他看過胡跛子的武功，他相信胡跛子絕對可以算一等一的高手。

可是辣椒店裡的這些人，每個人都彷彿有一種神秘而邪惡的力量，可以隨他們的意思來主宰別人的生死。

他們好像隨時都可以要一個人倒下去似的。

三

夜已很深了。

朱掌櫃忽然站起來，清了清喉嚨，道：「我不知道跛哥今天看見的那個人是不是趙無忌，可是，我知道那天他一定受了傷。」

抽旱煙的老頭子不開口。

瘦猴一樣的年輕人也不開口。

那個很害羞的漂亮少俠當然更不會開口了。

胡跛子看看他們，再看看朱掌櫃，問道：「你有把握？」

朱掌櫃道：「有。」

胡跛子道：「可是，當時你並不在樓上。」

朱掌櫃道：「當然我雖然沒有親眼看見，可是我有把握斷定他一定受了傷！」

胡跛子道：「你憑哪一點斷定？」

朱掌櫃道：「唐洪來的時候，我查過他的票布，他出門的前一天，才領到二十三枚毒蒺藜，和十兩三錢斷魂砂。」

他又補充道：「他領到的兩種都是第九品的，是缺哥發給他的票布。」

胡跛子道：「不錯。」

朱掌櫃道：「他跟上官刃到了和風山莊後，為了殺一個趙家的家丁滅口，已經用了一枚毒蒺藜。」

胡跛子道：「他沒有把那枚毒蒺藜起出來帶走？」

朱掌櫃道：「據他說，那時時間緊迫，他已沒有機會。」

胡跛子道：「他殺的只不過是個家丁而已，為什麼要動用本門暗器？」

朱掌櫃道：「所以我已按家規處理過他，他在床上足足躺了半個月。」

胡跛子道：「好，說下去。」

朱掌櫃道：「除了那一枚之外，他身上只剩下二十二枚毒蒺藜，十兩三錢毒砂還是原封不動。」

胡跛子道：「不錯。」

朱掌櫃道：「事發前一天晚上，他要我們找人去趕製兩個鹿皮手套，給老奶媽那一房的兩個兄弟用。」

胡跛子道：「你答應了他？」

朱掌櫃點點頭，道：「因爲他說他要對付的人，是趙簡的兒子趙無忌。」

胡跛子道：「老奶媽那一房的人，怎會有本門暗器？」

朱掌櫃道：「他把自己的毒蒺藜，分了十六枚給他們，要他們跟他前後夾擊，一下子就把趙無忌置之於死地。」

胡跛子道：「後來呢？」

朱掌櫃道：「他們失手了之後，我立刻封閉了那地方，一共找回了十五枚毒蒺藜。」

胡跛子道：「他們發出的一共是十六枚？」

朱掌櫃道：「不錯。」

胡跛子道：「賈六和廖八當時也在場，是不是他們帶走的？」

朱掌櫃道：「絕對不是，他們根本連碰都不敢去碰。」

胡跛子道：「所以你們判定少掉的那一枚毒蒺藜，一定打在趙無忌身上了？」

朱掌櫃道：「而且他走得也很匆忙，有人看見他一走出去後，腳步就走不穩了，還有人說他眼睛已發直。」

他想了想，又道：「奇怪的是，幾天之後，又有人在九華山下的太白居看見了他，後來力哥和猛哥到那裡去找，竟然一去就沒有再回來。」

胡跛子道：「他既然已中了本門暗器，爲什麼還沒有死？」

朱掌櫃道：「這一點我也想不通。」

現在丁剛和屠強當然都已明白，這辣椒店裡的人，除了他們兩個外，都是一家的。

胡跛子既不姓胡，朱掌櫃也不姓朱，顯然都是蜀中唐家的人。

蜀中唐家的毒藥暗器，他們當然是早就知道的，但是他們卻想不到唐家的組織也如此嚴密，派出來的每個人好像都很不簡單，所有的行動都能配合一致。

那瘦猴子般年輕人的出手，已令他們吃驚，這位朱掌櫃的仔細，更加使他們佩服。

一直在抽旱煙的那個老頭子，一直安坐不動，穩如泰山，就憑這一點穩定的功夫，已經可以看出這個人一定更不簡單。

除了那個害羞的漂亮小伙子外，現在每個人都已把自己的任務交代清楚。

胡跛子的任務是監視廖八，等那行運豹子再次出現。

瘦猴年輕人的任務是對付賈六。

朱掌櫃的任務，是潛伏在這裡留守連絡。

他們有的能達成使命，有的卻失敗了，不論是成是敗，都要作一個報告總結。

作結論的人，應該就是那位一直在抽旱煙的老頭子，但是他也沒有開口。

難道他也在等人？

他等的是誰？

四

丁剛忽然有了種奇怪的感覺，覺得這老頭子並不是真正的主宰。

真正的主宰一定是另外一個人，一個他們看不見的人。
只有這個人，才是真正能決定別人生死命運的人！
從一開始，這個人就在控制著這裡所有的一切。
每個人都要把自己的行動報告給這個人，再等他裁決。
——這個人是誰？爲什麼他們一直都看不見他？
丁剛的心在跳。他已隱隱感覺到，這個人現在就要出現了。
夜更深，外面忽然颳起了風，風吹著破舊的窗紙，「噗落噗落」的響。
老頭子還在一口一口的抽著旱煙，一閃一閃的火光，照著他棺材板一樣的臉。
風吹不進窗戶，煙也散不出去。
辣椒店裡的煙霧更濃了。

高手

一

煙霧迷漫。
丁剛看見那個害羞的漂亮小伙子，好像已經有點忍受不了的樣子，忍不住要哼哼。

他不抽煙，不喝酒，不吃辣椒。

難道他也不是唐家的人？奇怪的是，他剛剛一開始咳嗽，這個煙癮奇大的老頭子立刻就放下了旱煙，而且用大拇指蘸了點口水，把煙斗裡的火也按滅了。

漂亮的小伙子看著他一笑，道：「謝謝。」

他說話也是輕言細語，而且一口純粹的京片子，絲毫不帶川音。

他掏出塊雪白的絲巾，擦了擦手。

他的手修長柔軟，動作更是溫柔如處子。

丁剛看著他，幾乎看呆了。

丁剛並不是那種對男人也有興趣的男人。

可是看見這麼樣一個美男子，連他都有點心動。

這漂亮小伙子居然也看著他笑了笑，道：「我看得出你也不吃辣的，剛才一定沒有吃飽。」

丁剛既不敢承認，又不能否認。

漂亮的小伙子道：「我請朱掌櫃炒幾樣不辣的菜來，你們先在這裡慢慢的吃，等我先跟他們說幾句話，再來陪你們好不好？」

他的聲音是那麼溫柔，態度是那麼誠懇，對一個陌生的人，也這麼體貼。

丁剛怎麼能拒絕？

掌櫃已經叫人去準備不辣的菜了，但這漂亮的小伙子忽然輕輕嘆了口氣，道：「我真不懂，爲什麼我們每天都有人做錯事呢？」

這句話他說得還是同樣的溫柔，可是朱掌櫃聽了，臉上立刻有了恐懼之色。

胡跛子額上的汗珠也更大更多了。

這漂亮小伙子看著朱掌櫃，道：「那天趙無忌出門之後，是往哪邊走的？」

朱掌櫃道：「往右邊走的。」

漂亮小伙子道：「你右邊一共還有幾家店面？」

朱掌櫃怔了怔，道：「這個我沒有算過。」

漂亮小伙子道：「我算過。」

他連想都沒有想：「你右首第一家是雜貨店，第二家是當舖，第三家是賣古玩字畫的……」

他一路說下去，一直說到：「最後一家是棺材店，大小一共是一百二十六家店面。」

朱掌櫃面上也冒汗了。

他到本地，已經有一年多了，這小伙子才來兩天，對本地的事，卻已比他更清楚。

漂亮小伙子又道：「那天趙無忌走出壽爾康的時候，午時才過，每一家店面都是開著的，每一家店裡都有人，你有沒有問過他們？」

朱掌櫃用袖子擦著額上的汗，道：「沒有。」

漂亮小伙子道：「我問過。」

他慢慢的接著道：「趙無忌走到第十八家胭脂舖的時候，已經快要倒下去了，那胭脂舖的老闆娘親眼看見的，她常常坐在櫃台後面看外面的男人，因爲她的丈夫另外還有三個小老婆。」

連這種事他居然也調查得很清楚，朱掌櫃又吃驚，又佩服。

漂亮小伙子又道：「那時候正是春天，好像每個人都不願死在春天裡，所以那一陣子棺材店的生意很不好，伙計和木匠都在店裡玩紙牌，有個小木匠輸光了，正站在門口生悶氣，正好看見趙無忌從門口走過去。」

——那個小木匠姓于，那天一共輸了三錢五分銀子。

——那天他們的店東正好出門，所以他們一吃過飯就開始玩牌。

——據那姓于的小木匠說，趙無忌一轉過街角，就撞在一個人的身上。

那個人身材很高大，長得很兇猛，不但認得趙無忌，而且好像還是特地來找他的，立刻叫了一輛馬車，把趙無忌帶走了。

每一個細節，他都調查得很清楚，最後還下了兩點結論：

——趙無忌確實中了我們一枚毒蒺藜，一走出壽爾康毒性就已發作。

——把他救走了的人，就是我們從川中一路盯下來的那個人。

現在唯一的問題是：

——中了唐家暗器的人，一個對時內必死無疑，趙無忌爲什麼還能到九華山去？爲什麼還沒有死？

說完了這些話，這漂亮小伙子就看著朱掌櫃，等著他表示意見。

朱掌櫃卻已聽得滿身冷汗，連丁剛和屠強都聽呆了。

他們本來一直覺得朱掌櫃已經是個做事很仔細的人，但是現在和這漂亮的小伙子一比，朱掌櫃就真的像是個豬八戒了。

二

不辣的菜已經擺了出來，這家辣椒店裡，不辣的菜居然也炒得不錯。

可惜丁剛和屠強已經吃不下去，就是吃下去，也吃不出一點味道來。

因爲這時候朱掌櫃已經躲在一個角落裡，偷偷的去嘔吐。

他實在太害怕，怕得連苦水都已吐出來。

抽旱煙的老頭子遲疑著，終於道：「他的子女很多，家累很重，還有一個老母親。」

漂亮小伙子道：「我知道。」

老頭子道：「他雖然笨了一點，辦事總算也已盡了心。」

漂亮小伙子道：「我知道。」

老頭子嘆了口氣，不說話了。

漂亮小伙子忽然說道：「小猴，你過來。」

那瘦猴般的年輕人立刻走過來，必恭必敬的站在他面前。

漂亮小伙子道：「賈六是不是這裡的名人？」

唐猴道：「是。」

漂亮小伙子道：「如果他忽然失蹤了，是不是有很多人要找他？」

唐猴道：「是。」

漂亮小伙子道：「你帶他到這裡來的時候，路上有沒有被人看見？」

當然有。

賈六既然是名人，認得他的人當然不少。

漂亮小伙子道：「除了用暗器外，你還能不能用別的法子殺他？」

唐猴道：「能。」

漂亮小伙子道：「那麼你爲什麼一定要用本門的暗器？你是不是要讓別人知道，本門已經有人到了這裡？而且就在辣椒巷？」

唐猴說不出話來了，一張瘦猴般的臉已因恐懼而扭曲。

這漂亮小伙子根本沒有說要對他們怎麼樣，他和朱掌櫃已經怕得這麼厲害。

現在丁剛和屠強當然已知道，誰是這裡真正的主宰了。

他們本來連作夢都想不到是這漂亮小伙子。

丁剛那顆本來已經在「動」的心，現在當然早已死了。

漂亮小伙子卻又對他笑了笑，忽然問道：「你知不知道他們爲什麼害怕？」

丁剛搖頭。

漂亮小伙子道：「因爲他們知道自己做錯了事，也知道我是個什麼樣的人。」

他微笑著又道：「我想你一定看不出我是個什麼樣的人。」

丁剛承認。

漂亮小伙子道：「以前有人曾經送了我十二個字評語：心狠手辣，翻臉無情，六親不認。」

他笑得居然很愉快，接道：「那個人實在很瞭解我，用這十二個字來形容我，真是好極了。」

丁剛吃驚的看著他，怎麼看都看不出這個人有他自己說的那麼可怕。

漂亮小伙子道：「你不信？」

丁剛搖頭。

漂亮小伙子笑道：「有時候連我自己都不信。」

他忽然改變話題：「這些菜都不辣，兩位爲什麼不多吃一點？」

屠強道：「我們都吃飽了。」

漂亮小伙子道：「真的吃飽了？」

屠強道：「真的。」

漂亮小伙子嘆了口氣，道：「那我就放心了，我總認爲讓一個人餓著肚子去死，是件很殘忍的事，而且很失禮。」

他輕輕的嘆息著，忽然伸出三根手指，用指尖在屠強喉結上一點。

丁剛立刻聽見一聲很清脆的骨頭碎裂聲，同時也看見屠強的眼珠突然彈出，呼吸突然停頓，整個人突然僵硬。

然後，他就嗅到一陣令人作嘔的臭氣。

漂亮小伙子又在看著他微笑，道：「現在你信不信？」

丁剛彷彿也已僵硬。

他終於明白朱掌櫃剛才為什麼會嘔吐，現在他也想吐。

恐懼就像是雙看不見的大手，把他的腸子和胃都揉成了一團。

漂亮小伙子那三根修長柔軟的手指，也已到了他的咽喉。

他忽然用盡了全身力氣，大聲吼叫道：「你是誰？」

一個人明知自己免不了一死時，總希望知道自己是死在誰的手裡。

這是種很可笑的心理，愚蠢而可笑，可以讓人笑得把膽汁、苦水、眼淚一起流出來。

漂亮小伙子道：「我就是唐玉。」

唐玉！

聽見了這兩個字，丁剛就從碎裂的咽喉中吐出了最後一口氣，好像覺得自己死得並不冤枉。

一個人遇見了唐玉，當然要死在唐玉手裡，那本是天經地義，理所當然的事。

三

唐玉又在用那塊雪白的絲巾擦手，就好像一個謹慎的收藏家在擦拭一件精緻的瓷器。

他的手看來的確就像是件精緻的瓷器，光潤、柔軟、脆弱。

可是誰也猜不到他這雙手在下一瞬間會戳斷哪個人的咽喉。

唐猴忽然道：「你快動手吧，是我自己做錯了事，我不怪你。」

唐玉道：「你做錯了什麼事？我怎麼連一點也想不起來？」

唐猴吃驚的看著他，道：「你……」

唐玉微笑道：「有些事我很快就會忘記，如果沒有人提醒我，我一輩子都不會想起來。」

唐猴的驚訝立刻就變作了歡喜。

唐玉又問朱掌櫃：「你記不記得你剛才做了什麼事？」

朱掌櫃立刻搖頭，道：「我不記得，連一點都不記得。」

唐玉拍了拍胡跛子的肩，道：「至於你，你根本就沒有錯，我若是你，也會這麼做的，因我也不願得罪張二公子，更不願死在別人的劍下。」

胡跛子看著他，眼中充滿了感激和尊敬。

他殺的雖然是別人，卻同樣讓朱掌櫃和唐猴得到了永生難忘的教訓。

現在他正需要人手，他們都是他的兄弟，隨時都會為他去拚命。

他做事的方法雖然很邪異奇特，卻同樣能達到目的，而且比任何別的方法都有效。

唐玉對這些人表現出的尊敬顯然很滿意。

尊敬的意思，通常就是服從和忠心。

他需要別人對他忠心，因為他知道，如果他想取代他垂老的父親成為唐家的宗主，還得從很多對他忠心的人頭上爬過去。

他最大的阻礙並不是唐傲。

唐傲太驕傲，驕傲得連爭都不會跟他爭。

他真正擔心的是另外一個人，想到了那個人，連他心裡都會覺得有點發冷。

可是他偏偏又忍不住要去想！

「如果唐缺在這裡，他會怎麼樣處理這件事？怎麼樣對付趙無忌？」

抽旱煙的老頭子看著他，眼睛裡好像又出現了另外一個人的影子。

這老人一向不喜歡唐玉，卻不能不贊同他做事的方法。

因爲唐玉做事的方法，幾乎和唐缺是完全一樣的。

他記得有人說過：

「唐玉的樣子，就好像是個縮小了的唐缺，這兩個人之間的關係，正如唐紫檀和他的二哥一樣。」

唐紫檀就是這抽旱煙的老頭，他的二哥就是名滿江湖的唐二先生。

老人心裡在苦笑。

他的確一直都在模仿他的二哥，可是他知道自己永遠也比不上他二哥的。

如果唐二先生在這裡，唐玉就絕不敢這麼樣跋扈囂張。

老人心裡雖然覺得自憐而悲傷，臉上卻一點都沒有露出來。

他的臉永遠都像是棺材板一樣，所以他才叫做唐紫檀。

做棺材用的木頭，最好的一種就是紫檀。

他不知道自己死了之後，是不是能有一口用紫檀木做的棺材。

這問題他已在心裡想過很多遍。

四

如果是唐二先生在抽旱煙，唐玉絕不會咳嗽的，就算真的要咳嗽，也會忍住。

唐紫檀又點起了他的旱煙。

他不願得罪唐玉。

一個六親不認，翻臉無情的人，誰也不願意得罪的。

可是他也不願讓唐玉認爲他真的是個完全不值得尊敬的老頭子。

一個垂暮的老人，在唐玉這種光芒四射的年輕人面前，心裡總難免充滿著矛盾和悲哀。

這次唐玉非但沒有咳嗽，反而替他拿著紙煤，點著了煙。

唐紫檀心裡總算比較舒服一點。

於是唐玉才開口：「現在我們是不是已經能確定趙無忌那天的確中了本門的暗器？」

爲了表示對這老人的尊重，這句話當然是問他的。

唐紫檀道：「是的。」

唐玉道：「可是我們也已經能確定，趙無忌沒有死。」

唐紫檀道：「不錯。」

唐玉道：「我們從川中一路盯下來的人，輕功極高，而且精通易容術，有時連身材的高矮都能改變，顯然還精通軟骨中最難練的縮骨功。」

唐紫檀道：「不錯。」

唐玉道：「這個人一定很好賭，雖然明知道我們在盯著他，還是要偷偷的溜去賭，而且是每賭必輸，輸得連盤纏都要去偷。」

唐紫檀道：「像他這樣的賭鬼的確少見得很。」

唐玉道：「能完全具備他這些條件的賭鬼，好像只有一個。」

唐紫檀眼睛亮了：「你說的是軒轅一光？」

唐玉道：「不錯，我說的就是他。」

唐紫檀道：「這個人和我們有沒有什麼過節？」

唐玉道：「沒有過節，他到唐家堡去，只不過爲了要替趙無忌找一個人。」

唐紫檀道：「他要找的人是不是上官刃？」

唐玉道：「是的。」

唐紫檀道：「所以你認爲那天救了趙無忌的人也是他？」

唐玉道：「絕對是他。」

現在他們已經把第一個釦子扣緊了，扣上一個釦子的時候，也解開了一個結。

現在他們準備解第二個結。

唐玉提出了問題的關鍵：「這裡既沒有軒轅一光的朋友，也沒有可以讓他躲避的地方，他爲什麼要逃到這裡來？」

這問題看來簡單，其實卻很費解。

唐紫檀畢竟不愧是經驗豐富的老江湖，立刻就說出了答案！

「因爲趙無忌在這裡等他。」

他又解釋：「他是替趙無忌打聽消息去的，當然要回來把結果告訴趙無忌，說不定他們本來就約好在這裡見面。」

唐玉眼中露出了讚賞之色：「完全正確。」

唐紫檀道：「反過來說，他既然到這裡來了，趙無忌就一定在這裡。」

唐玉道：「完全正確。」

唐紫檀道：「跛子今天遇見的那個人，樣子雖然變了，但是也沒有人能斷定他並不是趙無忌！」

胡跛子同意這一點。

唐紫檀道：「如果他是趙無忌，就一定會想法子去和軒轅一光見面。」

他想了想，又道：「反過來說，如果他們已經見面了，他就一定是趙無忌。」

唐玉道：「完全正確。」

唐紫檀道：「所以……」

所以怎麼樣，他已接不下去。

這是種非常精密的分析和推理，他日漸衰老的頭腦，已不足應付這些問題。

唐玉替他說下去：「所以我們只要能找到他，就能找到趙無忌。」

唐紫檀道：「我們還能找得到他？」

唐玉笑了笑，道：「就算我們找不到，他也會讓我們找到的。」

這一點唐紫檀就不懂了。

唐玉道：「我故意讓他把我們甩脫，就是爲了要查出他到唐家堡去的真正目的，讓他和趙無忌見面。」

唐紫檀還是不懂。「爲什麼？」

唐玉道：「因爲他們見面後，趙無忌就會知道唐家已經有三個人盯著他到了這裡。」

唐紫檀道：「不錯。」

唐玉道：「你若是趙無忌，知道唐家已經有三個人到了大風堂的地盤裡，你會不會再讓這三個人活著回去？」

唐紫檀道：「不會。」

唐玉道：「他也不會，可是他如果想殺我們，就一定要先找到我們。」

唐紫檀道：「他也未必一定能找到我們。」

唐玉道：「所以他一定會用軒轅一光做魚餌，來釣我們這三條大魚。」

唐紫檀恍然道：「所以我們就算找不到軒轅一光，他也會讓我們找到的！」

唐玉微笑道：「所以我們只要找到軒轅一光，就可以找到趙無忌！」

現在第二個結也已解開了，第二個扣子也扣緊。

唐玉道：「在這種情況下，趙無忌一定會安排一個陷阱，讓我們上鉤的！」

唐紫檀道：「不錯。」

唐玉道：「他一定會躲在黑暗中，等軒轅一光把我們引出來後，他就在暗中突擊，只要能一擊命中，先殺了我們一個人，剩下的兩個，以他們的武功就可以應付裕如了。何況他們還可以找這裡大風堂分舵的人做幫手。」

唐紫檀冷笑，道：「這是他的如意算盤？」

唐玉道：「對他來說，這算盤並沒有打錯，因爲他絕不會想到我們已算出他在這裡。」

唐紫檀道：「這一點很重要。」

唐玉道：「更重要的一點是，他完全不知道我們的虛實。」

唐紫檀道：「他至少知道我們有三個人來了。」

唐玉道：「但他卻不知道這三個人是誰，也算不出我們的實力。」

唐紫檀淡淡道：「他們當然更想不到唐玉也來了。」

唐玉好像根本聽不出他話中的譏諷，道：「我在川西那小客棧裡，故意出手不中，非但讓他逃走，還讓他帶走一枚毒蒺藜，就是爲了要讓他低估我們的實力，讓他以爲那種毒蒺藜已經是我們最厲害的暗器。」

他微笑，慢慢的接著道：「知己知彼，才能百戰百勝，他若低估了我們，就是自找死路！」

唐紫檀輕輕吐出口氣，道：「所以這一戰他們必敗無疑？」

唐玉道：「但是他們也並不是沒有對他們有利的條件。」

唐紫檀道：「什麼條件？」

唐玉道：「這裡是大風堂的地盤，他們至少已占了地利。」

唐紫檀承認。

唐玉道：「他們對唐家的暗器，當然還有點顧慮，所以他們一定會找個對他們最有利的地方，來佈下這個陷阱。」

唐紫檀道：「什麼樣的地方才對他們最有利？」

唐玉道：「第一，那地方一定要很空闊，讓他們可以有閃避的餘地。」

唐紫檀道：「不錯。」

唐玉道：「第二，那地方一定要有很多可以讓他們躲避的掩護。」

他接著又解釋道：「樹木，就是種很好的掩護，如果樹木濃密，暗器就很難命中。」

唐紫檀道：「不錯。」

唐玉道：「第三，那地方一定要在他們的地盤裡，他們就可以把那地方全都埋伏下他們自己的人，譬如說，那地方如果是個酒店，他們就可以把店裡的掌櫃和伙計全都換上大風堂的子弟。」

唐紫檀道：「不錯。」

唐玉道：「可是凡事有其利必有其弊，他們這樣做也有壞處。」

唐紫檀又不懂了：「什麼壞處？」

唐玉道：「像這樣的地方一定不會太多，如果我們能猜到他們選中的地方是哪裡，正好以其人之道，還治其人之身，也在那裡佈下埋伏。」

朱掌櫃忽然道：「我知道這麼樣一個地方。」

唐玉微笑道：「我正在等著你說。」

朱掌櫃道：「城南有個獅子林，地方很空闊，樹木很多，有個露天的酒館，那地方的老闆，正好是喬穩的老朋友。」

他又說明：「喬穩就是大風堂留駐在這裡的分舵主。」

唐玉笑道：「對他們來說，這地方真是再好也沒有的了。」

朱掌櫃好像很想帶罪立功，有所表現，所以顯得很熱心，很賣力，搶著問道：「現在我們應該怎麼樣佈置人手？」

唐玉道：「我要先到那裡去看看才能決定。」

朱掌櫃道：「什麼時候去看？」

唐玉道：「我想他們一定會選在明天黃昏前後發動這件事，所以我們也用不著太急。」

他笑了笑又道：「從現在，到明天黃昏，還有差不多十個時辰，十個時辰已經可以做很多事了。」

十個時辰的確已經可以做很多事，他們準備做些什麼事？

唐玉道：「這是我們第一次在大風堂的心腹地區裡正式行動，所以我們不動則已，一動就要驚人，要殺盡他們的鋒芒銳氣。」

他那雙本來很溫柔嫵媚的眼裡，已變得刀鋒般銳利。

他淡淡的接著道：「這一次我們不但要殺軒轅一光，殺趙無忌，殺喬穩，還要殺盡大風堂留駐在這裡的人……」

他一連說了四個「殺」字，臉上卻又露出了溫柔的微笑。

這時候風更大了，夜空中忽然響起了一聲驚天動地的霹靂。

唐玉聲色不動，微笑著道：「這一次我們要把大風堂從這裡連根拔掉！」

這時候軒轅一光已經給了無忌一個很明確的回答。

「不錯，上官刃是在唐家堡。」

針鋒相對

一

霹靂一聲，大雨傾盆。

無忌還是動也不動的坐在船頭，傾盆的大雨，很快就打得他全身濕透。

他從小討厭下雨，下雨天就要被關在房裡，讀那些他直到現在還不能完全瞭解的經書。

可是現在他並不討厭這場雨，雨水至少可以讓他頭腦冷靜。

「上官刃是在唐家堡。」

現在他已知道了仇人的下落，他應該怎麼樣去復仇？

「唐家堡的範圍很大，我不能確定他究竟在哪裡，只不過聽說他已經和堡主一個孀居的妹妹訂了親，而且成了唐家內部幾個很重要部門的主管之一。」

上官刃早年喪妻。

唐家對外的政策，又正好和漢朝一樣，很喜歡用「和親」來做結交的手段。上官刃的這段婚姻，正好作爲他和唐家之間的保證。

「近年來唐家人丁旺盛，高手輩出，和霹靂堂聯盟後，勢力更大，唐二先生和唐傲、唐玉兄弟，在江湖中的名氣雖然比較大，可是唐家堡還有些無名的高手，說不定比他們更可怕。」

其實這些事根本用不著軒轅一光說出來，無忌也早已瞭解。

經過了這一年艱苦的磨練後，他已比任何人想像中都成熟得多。

軒轅一光已躲到船篷裡，他不想淋雨，可是他也不反對別人淋雨。

無忌終於抬起頭，看著他，忽然笑了笑，道：「我知道你心裡在想什麼！」

軒轅一光道：「哦？」

無忌笑著道：「你怕我到唐家堡去送死！」

軒轅一光承認。

無忌道：「可是你放心，我已經不是那種兩眼發直，楞頭楞腦，一心只想去找仇人拚命的小伙子了，我絕不會痛哭流涕，紅著眼睛，就這麼樣衝到唐家堡去找上官刃的。」

他的態度沉著而冷靜，「因爲現在我已經知道，痛苦和衝動根本不能解決任何事，你愈痛苦，你的仇人愈愉快，你愈衝動，你的仇人愈高興。」

軒轅一光笑了。「我早就看得出你不是那種故作孝子狀的小王八蛋。」

無忌道：「你剛才看到我又上了當，可是我保證那絕對是最後一次。」

軒轅一光微笑道：「希望那是最後一次。」

無忌道：「我也可以保證我絕不會平白去送死，只要上官刃活著，我就不會死。」

他並沒有咬牙切齒，椎心泣血的發誓，這種冷靜的態度，反而更顯出了他的決心。

無忌道：「一路盯著你到這裡來的那三個人，我也絕不會讓他們活著回去。」

軒轅一光道：「你準備怎麼做？」

無忌沉思著，沒有回答。

軒轅一光道：「要釣魚也得選個好地方，我知道有個獅子林，地方很大，在很多樹……」

無忌打斷了他的話，道：「我知道那地方，我去過。」

軒轅一光道：「空闊的地方，容易閃避暗器，樹多的地方，容易找到掩護。」

無忌道：「可是空闊的地方，也容易被他們逃脫，而且他們又在暗處，我們的人手卻不夠。」

軒轅一光說道：「你認爲那個地方不好？」

無忌道：「不好。」

軒轅一光道：「那麼你——」

無忌又打斷了他的話，忽然問道：「你是怎麼混進唐家堡的？」

軒轅一光道：「從表面上看來，唐家堡就像是個繁榮的市鎭一樣，裡面有幾條街，幾十家店舖，只要你說得出來的，哪裡都有。」

無忌道：「既然有店舖，當然就難免要和外面的生意人來往。」

軒轅一光笑道：「一點都不錯，所以我就扮成了一個從遼東來的大商人，帶了一大批長白參和一大批皮貨，大搖大擺的進了唐家堡。」

無忌道：「後來他們怎麼看出了你這位人老闆是冒充的？」

軒轅一光道：「唐家有個小王八蛋，賭錢的時候跟我做手腳，被我痛打了一頓，後來——」

他沒有說下去。

在那種時候還要賭錢，還要揍人，他自己也覺得有點不好意思。

無忌微笑道：「我記得賭徒們有句老話。」

軒轅一光道：「老話通常都是好話，多少總有點道理。」

無忌道：「有時候，道理還不止一點。」

軒轅一光道：「你那句老話是怎麼說的？」

無忌道：「從賭上輸出去的，只有從賭上才能撈得回來。」

軒轅一光笑道：「有道理，實在有道理。」

無忌道：「上次他們從賭上抓住了你的尾巴，這次你不妨再讓他們抓一次。」

軒轅一光道：「只要有得賭，我總是贊成的。」

無忌道：「樹木雖然是種很好的掩護，可是還有種掩護比樹更好。」

軒轅一光道：「那是什麼？」

無忌道：「人。」

有賭的地方，當然有人，只要賭得熱鬧，人就絕不會少。

有軒轅一光在，當然不會不熱鬧。

軒轅一光忽然搖頭，道：「這法子不好。」

無忌道：「爲什麼不好？」

軒轅一光道：「唐家的暗器又沒有長眼睛，若是打在別人身上，那些人豈非死得冤枉？」

無忌道：「唐家堡不是烏合之眾，他們也是武林世家，也有他們的家規，他們的暗器更珍貴，絕不會亂放暗器，傷及無辜的。」

他笑了笑，又道：「所以人愈多，愈亂，他們愈不敢隨意發暗器。」

軒轅一光道：「可是在混亂之中，我們豈非也一樣找不到他們？」

無忌道：「我們可以找得到。」

軒轅一光道：「爲什麼？」

無忌道：「因爲大風堂在這裡有個分舵，分舵裡至少總有幾十個兄弟。」

軒轅一光總算明白了：「所以跟我賭錢的，都是大風堂的兄弟？」

無忌道：「每一個都是。」

軒轅一光道：「你要我先把他們每個人的樣子都看清楚？」

無忌道：「我們甚至可以在他們身上做一點我們自己能看得出，別人看不出的標記，唐家的人若是來了，那就……」

軒轅一光搶著道：「就好像三粒老鼠屎掉進了白米堆裡，連瞎子都能把他們摸出來！」

無忌笑道：「一點也不錯。」

軒轅一光忽又搖頭道：「這法子不好，至少有一點不好。」

無忌道：「哪一點？」

軒轅一光大笑道：「跟我賭錢的，既然都是自己兄弟，我就不好意思贏他們的錢了。」

二

霹靂一聲，大雨傾盆。

喬穩站在窗口，看見窗外珠簾般的大雨，他本來想關起窗子的，卻不知不覺看出了神。

這裡是個乾燥的地方，已經很久沒有下過這麼大的雨了。

他還記得上一次暴雨來臨時，是在去年的九月底。

他記得這麼清楚，因爲那天晚上來了兩位稀客，一位是曲平，一位是趙家的大小姐趙千千。

那天正是個標準的秋老虎天氣，白天熱得要命，晚上這場暴雨，正好洗清了白天的燥熱，他準備了一點酒菜瓜果，正想喝兩杯。

就在那時候，曲平和千千來了，樣子看來好像是很狼狽。

後來他才知道，他們已經在九華山上住了兩個月，爲的是要去找無忌，誰知非但沒有找到無忌，鳳娘反而失蹤了。

那位大小姐的脾氣很壞，對曲平總是呼來叱去，很不留面子。

曲平卻一點都不生氣。

鳳娘失蹤了之後，他們孤男寡女在深山裡，發生了些什麼事？

喬穩當然沒有問，也不敢問。他一向是個很穩重，很本份的人，雖然沒有做過什麼大事，卻也沒有犯過大錯。

他雖然覺得曲平未免有點勢利，可是也不討厭這個肯上進的年輕人，如果曲平能夠娶到這位大小姐，他也很高興。

所以，他又叫人加酒，加菜，準備客房。

趙大小姐卻堅持當天晚上就要走，他們到這裡來，只不過是爲了找他要盤纏路費，要三千兩。

三千兩銀子不是小數目，可以走很遠的路了，這位大小姐準備到哪裡去？

喬穩也沒有問。

多做多錯，多言賈禍，知道的事愈多，煩惱也就愈多。

這是他做人做事的原則。

就因為他一直把握這原則，所以他能在這職位上一待二十年，過了二十年太平日子。

去年，「行運豹子」那件事，他並不是沒有聽到風聲，也並不是完全不知道那個「行運豹子」就是趙二爺的大公子。

可是無忌既然沒有找上他，他就不妨裝糊塗。

今天軒轅一光叫他去接的人是誰？他心裡多少也有點數。

可是人家既然不說，他又何必多事？

多做多錯，少做少錯，不做不錯。

一個六十多歲的人，難道還想出什麼大風頭？難道還想往上爬，去做堂主？

現在他已經有了點積蓄，在城外有了幾畝田，分租給幾個老實的佃戶，每年按時收租。

自從他的妻子得了喘病後，他們就分了房，可是他從沒有再娶小老婆的意思，家裡的丫頭們，他更連碰都不碰。

大風堂的規矩很嚴，他不能讓人說閒話。

可是城裡「留春院」如果來了新鮮乾淨的小姑娘，總會派人來通知他，他偶爾也會安排一個隱秘的地方，去享受半個晚上。

那是銀貨兩訖，彼此都不吃虧的交易，他既不必為此羞愧，也不怕惹上無謂的麻煩。

何況，在他這種年紀，居然還能有「餘勇」來做這種事，他心裡多少總有點沾沾自喜，每次事後，都會覺得精神特別振奮，活力特別充沛。

對於這種生活，他已經覺得很滿足。

天氣又開始有點涼了，他想叫保福去準備點酒菜，下大雨的晚上，他總是喜歡喝兩杯。

保福是他的忠僕，已經跟了他二十多年，平時總是不離他左右。

可是，今天他叫了兩聲，居然沒有回應。

保福的年紀也不小，耳朵也沒有以前那麼靈了。再過一陣，也該讓他享幾年清福。

保福，保福，一個人要知道怎麼樣保住自己的福氣，才真正的有福氣。

喬穩心裡嘆息著，慢慢的走到門口，又大聲叫了兩遍。

外面果然有了回應。

「來了。」

他剛聽見這兩個字，就有個人飛了起來。

不是走進來，也不是跑進來，是飛進來的，就像是根木頭一樣，斜斜的飛了起來，然後又像一根木頭般「叭噠」一聲，落在地上。

這個人的確是保福，只不過已經沒有氣了，因為他的脖子已經被人拗斷。

喬穩全身冰冷，就好像一下子掉進冰窖裡。

又是一聲霹靂，閃電一擊。

他看見了一個人，手裡撐著把油紙傘，站在對面的屋簷下。

可是等到第二聲霹靂響起時，這個人忽然就已到了他面前。

一個很年輕的人，生得眉清目秀，皮膚白裡透紅，看起來就像是個女孩子。

他當然不知道這個人就是唐家子弟之中，心最狠，手最辣的唐玉。

可是以他多年來的經驗，他已感覺到這個人一來，他平靜的生活就要結束。

他看著這個人慢慢的收起油紙傘，放在門後，他一直在盡力控制著自己，盡量保持鎮定。

唐玉終於抬起頭，看著他笑了笑，道：「保福已經來了，你還要找誰？」

他笑得很愉快：「你分舵裡四十三位兄弟都已經來了，都在外面院子裡等著，你一叫就到，只不過他們當然都不會自己走進來了。」

喬穩的心沉了下去。

這個人雖然笑容滿面，輕言細語，卻帶著種刺骨的殺氣。

這種人如果說他已經殺了四十三個人，就絕對有四十三個人的屍體躺在院子裡，絕不會少一個。

喬穩知道自己全身都在冒著冷汗，甚至連臉上的肌肉都無法控制。

四十三個人，四十三條命，都是和他朝夕相處的兄弟。

這個人是誰？爲什麼要對他們下這種毒手？

唐玉微笑道：「你看不出我是什麼人的，因爲我手上沒有戴那種又笨又重的鹿皮手套，我的暗器也不會放在那種該死的皮囊裡，我不想讓人一眼就看得出我的來歷。」

喬穩道：「你是唐家的人？」

唐玉道：「我就是唐玉。」

喬穩聽見過這個名字，聽見過不止一次。

據說這個人曾經創下過一夜間殺人最多的記錄——盤踞在川東多年的「斧頭幫」中一百零三個兄弟，一夜間全都死在他手裡。

喬穩忽然問道：「你真的在一夜間殺過一百零三個人？」

唐玉道：「那是假話。」

他淡淡的接著道：「我只殺了九十九個，還有四個是自己嚇死的。」

喬穩嘆了口氣，道：「看來我好像也不是你的對手。」

唐玉道：「你絕不是。」

喬穩道：「你準備什麼時候殺我？」

唐玉道：「我並不一定要殺你。」

喬穩道：「我這個人是不是對你還有點用？」

唐玉道：「有一點。」

喬穩道：「我要替你做什麼，你才會饒我這條命？」

唐玉道：「你能爲我做什麼？」

喬穩道：「大風堂的人都很信任我，現在我的兄弟雖然都死了，可是我只要編個故事，他們還是不會懷疑我的，所以我還是可以在這裡做這個分舵的舵主，可以把大風堂的機密供應給你們，你們有人來了，我也可以想法子照應。」

唐玉道：「太好了。」

喬穩道：「我甚至可以替你們把趙無忌誘到這裡來，我知道你們一定很想殺了他，斬草除根。」

唐玉道：「完全正確。」

喬穩道：「我雖然已經是個老人，可是愈老的人愈怕死。」

唐玉道：「我瞭解。」

喬穩道：「我很喜歡過現在這種日子，實在捨不得死，所以，閒時我就常常在想，如果我遇到今天這種情況，應該怎麼辦？」

唐玉道：「你說呢？」

喬穩道：「我的武功久已荒廢，就算跟你動手，也是自取其辱。」

唐玉道：「你很有自知之明。」

喬穩道：「所以我早就決定，如果遇見這種情況，我只有出賣大風堂，保全自己的性命。」

他慢慢的接著道：「一個人只有一條性命，無論什麼事，都不如自己的性命珍貴。」

唐玉道：「完全正確。」

喬穩道：「所以，一個人如果爲了別的事連自己的命都不要了，這人一定是個笨蛋。」

唐玉微笑道：「你當然不是笨蛋。」

喬穩道：「我是的。」

唐玉顯然很意外：「你是笨蛋？」

喬穩道：「直到今天，我真的遇見了這種情況時，我才知道一個人的死並不是最重要的，有時活著還不如死了的好。」

唐玉道：「難道你情願做個笨蛋？」

喬穩道：「我情願。」

喬穩已撲上去，用盡全身的力量撲上去，揮拳痛擊唐玉的臉。

能夠獨當一面，主持大風堂的分舵，當然絕不是太無用的人。

他也曾苦練過武功，他的「大洪拳」練得很不錯，近年雖然已很少出手，可是出手仍然很快，這一拳他用盡全力，拳勢更猛烈。

他是在拚命！

只可惜他的對手是唐玉。

他的拳頭揮出時，唐玉的手指已戳斷他的喉結。

他慢慢的向後退了兩步，慢慢的倒了下去，就好像一個疲倦的人睡到床上去一樣，顯得出奇的平靜。

在臨死前的這一瞬間，這個怕死的人竟完全沒有一點恐懼。

因爲他求仁得仁，現在，終於如願以償。

他自覺已對得起大風堂，對得起院子裡那四十三個兄弟。

他也已對得起自己。

看著這個自己情願做笨蛋的人倒下去，唐玉心裡怎麼想？

他殺人時總是帶著微笑，可是這一次他的笑容消失了。

他殺人後總覺得有種殘酷的滿足和興奮。

這次他卻覺得很空虛。

他甚至覺得自己很無趣。

現在他才明白，一個人是不是真的有勇氣，平時是看不出來的。

平時懦弱無用的人，面臨生死關頭時，往往會顯出過人的勇氣來，慷慨赴死。

平時總是拍著胸脯說不怕死的人，到了這種時候，反而會臨陣脫逃了。

唐玉忍不住問自己，「如果我是喬穩，在今天這種情況下，我會怎麼做？」

他不想知道答案。

他很快的大步走了出去。

如果喬穩真的不惜出賣朋友來保全自己的性命，唐玉還是一樣會殺了他的。

那時唐玉殺人後的心情就不同了。

他會覺得很愉快，因爲他又把「人性」玩弄了一次。

可是現在他已明白，人性中也有尊嚴的一面，任何人都不能輕侮否認。

這使得他對「人」也生出了一點尊敬——至少在他走出去的時候，他的感覺是這樣子的。

陰勁

一

四月初三，晴。

唐紫檀一夜都沒有睡好，醒來時只覺得腰痠骨痛，心情煩躁，很後悔這次跟唐玉一起出來，做這件他並不喜歡做的事。

他出門時一向都住在最高昂舒服的客棧裡，這次唐玉卻堅決反對。

所以他們只好在這又髒又破的辣椒店後面，那間已被煙燻黑的小木屋裡，搭了三張床鋪。

唐玉的床好像一夜都是空著的，長得像猴子一樣的唐猴，睡著時卻會像豬一樣打鼾。

隔壁房裡的朱掌櫃和胡跛子，也一直都在翻來覆去，顯然也沒有睡好。

直到快天亮時，他才迷迷糊糊睡了一下，起來時唐玉已經在吃早點了。

一大鍋油油的蛋炒飯，已經被他吃了一大半。

他的食慾好像經常都很旺盛，總是吃得很多，卻從不選擇食物。

一向講究飲食的唐缺，曾經說過：「你就算把一塊木頭煮熟，他也一樣能吃得下去。」

唐傲的說法有點不同。

「就算沒有煮熟，他也吃得下去。」

唐家並不是暴發戶，唐家的子弟，對衣著飲食都很考究。

唯一的例外就是唐玉。

唐紫檀常常覺得奇怪，這個人是為什麼活著的？難道就為了要殺人？

他知道唐玉昨天晚上一定又殺了人，殺人後他的胃口總是特別好。

唐猴和胡跛子他們進來的時候，他已經吃完第七碗。

他總算放下了筷子，看著他們微笑道：「這鍋飯是我自己炒的，用了半斤豬油，十個雞蛋，味道還不壞，你們有沒有興趣吃兩碗？」

一大早起來，誰吃得下這麼油膩的蛋炒飯？唐紫檀忽然問道：「昨天晚上你殺的是什麼人？」

唐玉笑了：「你看得出我殺過人？」

唐紫檀道：「但是我卻想不出這地方有什麼人值得你連夜去殺的？」

唐玉道：「這地方該殺的人並不少，可惜我只殺了四十四個。」

朱掌櫃剛喝了一口茶，聽見這句話，嚇得一口茶都從鼻子裡嗆了出來。

唐紫檀卻好像已司空見慣，只問了句：「哪四十四個？」

唐玉道：「喬穩和他那分舵裡的四十三個兄弟。」

唐紫檀臉色也變了：「你不能等到殺了趙無忌之後再殺他們？」

唐玉道：「不能。」

唐紫檀道：「你不怕打草驚蛇？」

唐玉道：「不怕。」

唐紫檀不說話了，也已無話可說。唐玉自己倒了杯熱茶，慢慢的喝下去，才微笑著道：

「昨天晚上，我本來已決定要好好睡一覺的，我也不想冒著那麼大的雨去殺人。」

唐紫檀忍不住問道：「後來你爲什麼改變了主意？」

唐玉道：「因爲，我忽然想到了一件事。」

唐紫檀道：「什麼事？」

唐玉道：「我忽然想到，樹木並不是最好的掩飾，還有一種更好的。」

唐紫檀道：「哪一種？」

唐玉道：「人。」

唐紫檀顯然還沒有聽懂。

唐玉道：「如果趙無忌夠聰明，就一定會想到我們絕不會把比黃金還珍貴的本門暗器，浪費在一些不相干的人身上。」

唐紫檀道：「本門的暗器，不到必要時，本來就不能隨意出手。」

唐玉道：「如果趙無忌夠聰明，就會叫大風堂的子弟，扮成些不相干的人，他和軒轅一光就可以混在那些人裡面，讓我們不敢發暗器。」

唐紫檀嘴裡雖然沒有說話，心裡也不能不承認他的確想得很周到。

唐玉道：「那些人，都是他們的自己人，我們一去就好像三條黃鼠狼走進了一群老母雞裡去，他們一眼就能夠看得出來。」

他嘆了口氣，又道：「那時候我們非但不能用暗器打他們，反而要變成他們的箭靶子。」

唐紫檀也嘆了口氣，終於承認：「如果趙無忌夠聰明，一定會這麼做的。」

唐玉道：「看起來他不像是一個笨人。」

唐紫檀道：「的確不像。」

唐玉道：「所以我只好冒著大雨，連夜趕去殺人了。」

唐紫檀想了想，又忍不住要問：「現在他們豈非還是一樣可以混在人叢裡？」

唐玉道：「不一樣。」

唐紫檀道：「爲什麼？」

唐玉道：「因爲這些人只要不是他們的自己人，他們可以混進去，我們也一樣可以混進去，他們認不出我們，我們卻認得出他們。」

他笑了笑，又道：「如果趙無忌夠聰明，是絕對不會做這種事的。」

想到要這麼做的人，當然就不夠聰明了。

唐紫檀並不是聽不懂他的意思，棺材板一樣的臉上卻還是全無表情，只淡淡的問道：「你想他會怎麼做？」

唐玉道：「我們殺了喬穩後，他一定更想殺我們！」

唐紫檀道：「當然。」

唐玉道：「所以最遲今天晚上，軒轅一光就會露面的。」

唐紫檀道：「他會在哪裡露面？」

唐玉道：「獅子林。」

唐紫檀道：「還是獅子林？」

唐玉道：「說不定他也認爲這地方不理想，可是他絕對找不到更好的地方。」

朱掌櫃忍不住插口，道：「獅子林的地方很大……」

唐玉不給他說話的機會，立刻道：「今天早上我去過，現在剛回來。」

朱掌櫃閉上了嘴。

唐玉道：「獅子林一共有三個門，我想他一定經過最熱鬧的幾條街，從人最多的一道門走進去，因爲他本來就是要我們發現他。」

唐紫檀道：「進去之後呢？」

唐玉道：「我想他一定會在『花月軒』的茶座裡找個位子坐下。」

唐紫檀道：「爲什麼？」

唐玉道：「因爲那裡背面臨水，左右兩面都是花圃，所以雖然是個四面敞開的竹柵，卻只有正面可以出入，我們一走進去，他就可以看見。」

他又道：「這個人有個最大的本事，不管我們怎麼改扮，他總是一眼就能夠看穿。」

唐紫檀道：「多年前我就聽說過他這個人，據說他是花五姑的門下，暗器、易容、和軟功都是一流好手。」

唐玉道：「那時候趙無忌很可能已躲在附近，說不定已經在茶座裡。」

胡跛子也忍不住要插口，道：「我可以認得出他來。」

唐玉道：「如果趙無忌不是你昨天見到的那個人呢？」

胡跛子也閉上了嘴。

唐玉道：「就算他是的，經過易容改扮後，你也未必認得出。」

胡跛子不敢辯駁。

唐玉道：「那地方的人很雜，經常有各式各樣的小販走動，要飯的乞丐也不少，每個人都可能是趙無忌，所以我們一定要讓他先出手。」

他笑了笑又道：「只要他一出手，他的真面目就要當場現形了。」

唐紫檀沉吟著，道：「從那兩個人的傷口上看來，他的劍法不但極快，而且極準，如果讓他先出手，豈非太危險？」

唐玉又淡淡的笑了笑，道：「連切肉都有危險，何況是去殺人。」

唐紫檀拿出了火鐮火石，準備點他的旱煙了。

唐玉道：「他知道我們有三個人，我們就要讓他看見三個人。」

這句話，誰都聽不懂，但是誰也沒有問。

唐玉又道：「軒轅一光坐下，檀叔，小猴，和老朱就去把他圍住，甚至可以把身分亮出來，讓他知道，是唐家的人來了。」

朱掌櫃又忍不住問道：「我也去？」

唐玉道：「趙無忌見過跛哥，所以只有你去。」

朱掌櫃道：「可是我……」

唐玉道：「我知道你是臨時被拉去充數的，趙無忌卻不知道，他只知道唐家來了三個人，現在既然看見有三個人露了面，而且隨時都可能要軒轅一光的命，他當然就會出手。」

他笑了笑，又道：「那時候我當然早已到了那裡，只要趙無忌一出手，他就死定了！」

這計劃的確很周密，每一個細節，每一個步驟，他都算得極準，而且說得很詳細。

只有一件事，一個細節，他沒有說出來。

——唐紫檀、唐猴、朱掌櫃這三個中，很可能有一個人要死在趙無忌劍下。

以趙無忌的劍法和速度，這種可能性很大。

對他來說，這只是個不足輕重的細節而已，只要他能手刃趙無忌，別的事都無關緊要，別人的死活他更不會放在心上。

他知道唐紫檀他們很可能也想到了這一點，只可惜他們根本別無選擇的餘地。

因爲他們絕對想不出更好的計劃來。

因爲他比他們都聰明。

知道自己比別人聰明，無疑是件很令人愉快的事。

唐玉愉快的舒了口氣，道：「吃過飯之後，你們就可以開始準備行動了。」

唐紫檀道：「你呢？」

唐玉道：「現在，我要去睡一覺，可是，你們到花月軒的時候，我一定已經在那裡。」

他又笑了笑，道：「可是你們如果看不見我，也不必擔心。」

唐紫檀道：「爲什麼？」

唐玉道：「因爲我一定會盡量扮得讓你們認不出來。」

唐紫檀又問：「爲什麼？」

唐玉道：「你們如果認得出我，看到我的時候，神色總難免會有點不同，說不定就會被趙無忌看出破綻來。」

他微笑著又道：「趙無忌是個聰明人，很可能比我們都聰明。」

他嘴裡雖然這麼樣說，心裡當然不是這麼樣想的。

他當然比趙無忌聰明，比任何人都聰明。

他對自己絕對有信心。

二

看到喬穩的屍體時，趙無忌既沒有流淚，也沒有嘔吐。

悲傷使人流淚，恐懼使人嘔吐。

他心裡只有憤怒。

他並不是不知道憤怒最容易使人造成錯誤，可是每個人都有無法控制自己的時候。

軒轅一光輕輕撫著喬穩破碎的喉結，忽然問道：「你知不知道，內力中有種陰勁？」

無忌知道。

陰勁是內力中最難練的一種，也是最可怕的一種。

軒轅一光道：「殺喬穩的這個人，用的就是陰勁。」

無忌道：「我看得出。」

軒轅一光道：「這種功夫雖然厲害，可是誰都不願意練它。」

無忌道：「爲什麼？」

軒轅一光道：「因爲，練陰勁的人，通常會把自己也練得陰陽怪氣，不男不女的。」

無忌道：「你是不是想到了這麼樣一個人？」

軒轅一光道：「我聽說過。」

無忌道：「誰？」

軒轅一光道：「唐玉。」

無忌的雙掌握緊，道：「我倒希望他也來了。」

軒轅一光道：「你是不是還想要我把他釣出來？」

無忌道：「是的。」

軒轅一光道：「什麼時候？」

無忌道：「今天。」

軒轅一光道：「什麼地方？」

無忌道：「獅子林。」

軒轅一光道：「還是獅子林？」

無忌道：「我想不出更好的地方。」

他笑著，慢慢的接著道：「我記得那裡有座茶座，叫花月軒。」

軒轅一光道：「那是個好地方。」

無忌道：「今天下午，你先在大街上兜兩個圈子，然後就到那裡去等魚上鈎，我不露面，他們絕不會出手的。」

軒轅一光道：「你呢？」

無忌道：「我先到那裡去等。」

喬穩的房裡掛著一柄劍，雖然是裝飾避邪用的，劍鋒還是很利。

無忌解下來，輕撫著冷澀的劍鋒。

鮮花需要水露的滋潤，劍也一樣，要飲過血之後，才會變得更有光澤，更爲鋒利。

無忌緩緩道：「今日我借你一用，一定讓你痛飲仇人的鮮血，你也不要辜負了我。」

他以指彈劍，劍作龍吟。

只可惜縱然劍能通靈，也不能作人語，否則就一定會告訴他：

「我雖然不會辜負你，怎奈你的計劃每一步都落入別人計算中，你已死定了！」

三

日落之前，正是陽光最燦爛的時候。

陽光把唐紫檀，朱掌櫃，和唐猴三個人的影子長長的拖至地上，長而彎曲，就像三條鬼魂。

胡跛子看著他們三個人走出去，那眼色也像是看著三個死人一樣。

他相信趙無忌這次死定了，可是這三個人也未必能活著回來。

幸好他不必爲自己擔心，他的任務很輕鬆，唐玉只不過要他在附近照顧一下而已，而且距離花月軒愈遠愈好。

這種任務是絕不會有危險的。

於是他微笑著，一跛一跛的走出了這條辣椒巷。

六 步步殺機

獅子林

一

四月初三，黃昏。

黃昏的天氣，還是和晨午同樣晴朗，太陽剛剛開始西沉。碧如洗的晴空，多采多姿的夕陽總是令人心情愉快的。

軒轅一光的心情卻不太愉快。

他在那兩條據說是「附近三百里內最繁華」的街道上，像呆子一樣閒逛了半個多時辰，看著一些偷偷從家裡溜出來的大姑娘、小媳婦，爲了買點便宜貨，和花粉店裡年輕的伙計們拋著媚眼，吃吃的傻笑。

因爲，除此之外，別的事便引不起他的興趣。

然後他又在一家古玩字畫店裡逗留了很久，盡力裝出很有鑑賞力的樣子。

他甚至還去買了一包粽子糖，然後又偷偷的丟進陰溝裡。

他自己也不知道自己爲什麼會做這種事。

趙無忌和唐家之間的恩怨，本來跟他完全沒有一點關係。

可是他喜歡趙無忌。

每個人都常常會為一些自己喜歡的人，去做一些自己並不喜歡做的事。

現在他總算已坐下來，叫了壺他喜歡喝的香片。

小河裡的流水很清，花圃裡的鮮花芬芳而美麗，他背後靠著根很大的柱子，用不著擔心唐家的毒藥暗器，會從後面打過來。

他的手距離桌子很近，隨時都可把桌子掀起來當盾牌。

他總算覺得舒服了一點。

——唐家的那三個人是不是已看見了他？會不會跟到這裡來？

各式各樣的小販，在茶座裡走來走去，手裡提著的籃子裡，裝著各式各樣的新鮮瓜果，甜鹹茶食，蜜餞精餅。

八九個瘦弱衰老的乞丐，默默的坐在欄杆旁，等著別人的施捨。

他們並沒有裝出那種令人憎惡的卑賤諂媚的表情，卻顯得說不出的疲倦，一種已深入骨髓，對自己完全絕望的疲倦。

——在這些人裡面，會不會有唐家的人？

三十多個茶座，只有十多個客人。

一個彎腰駝背的老太婆，正在用一塊山楂餅哄著她一個哭鬧不停的小孫子。

三個肥肥胖胖的生意人，正在為了價目爭得面紅耳赤。

兩個老頭子在下棋。

一對年輕的夫婦，遠遠的坐在一個角落裡，喁喁細語。

另外一對中年夫妻，卻好像陌生人一樣坐在那裡，連一句話都沒有說，丈夫正在專心對付一個肉包子，妻子卻在看著那對年輕的夫妻癡癡的出神。

她想到他們也曾經有過恩愛的時候，可是春去秋來，花開花謝，那種時候早已過去，她的丈夫還可以到外面尋花問柳，她卻只有在髒衣服和油膩的鍋中度過枯燥的下半生。

還有個身材高大，衣著華麗的男人，背負著雙手，站在後面的欄杆外，面對著那彎小河，彷彿正在欣賞著這暮春黃昏。

——這些人裡面，不會有唐家的人，也沒有趙無忌。

他一直沒有看見無忌，他也不想認真的去找，反正無忌一定會在附近的。

一壺茶已經很快喝完了，走了那麼多路，總難免會口渴的。

他正想叫人來加水。

就在這時候，他看見三個人從外面那條碎石小徑上走了過來。

二

三個人都穿著青衣衫，白布褲，一個肥肸臃腫，一個猴頭猴腦。

另外一個高瘦老人，手裡托著管煙桿，腰身很長，腰桿挺得筆直，走起路來上半身紋風不動，冷峻嚴肅的臉上，全無表情。

看見這三個人，軒轅一光的瞳孔立刻收縮。

他已看出這三個人中，至少有兩個是從川中一路盯著他下來的。

尤其那猴頭猴腦的年輕人，就算扮成個大肚子孕婦，他也能一眼認得出來。

現在他們果然來了。

這年輕人和那胖子都不足慮，最難對付的無疑是那抽旱煙的老頭子。

軒轅一光甚至有點擔心。

因為他懷疑這個老頭子很可能就是名震江湖的唐二先生。

這老頭子當然不是唐二先生，而是唐紫檀。

他心裡正在冷笑。

因為唐玉雖然決心不讓他們認出來，他還是一眼認出來了。

他一眼就看出了兩點破綻。

——那個一直在哭的小孩，只穿了襪子，沒有穿鞋。

——這小孩哭得太厲害。

一個跟著老祖母出來的小孩，本來絕不應該哭得這麼兇。

一個慈祥細心的老祖母，帶著小孫子出來玩，也不該忘了替他穿鞋。

唐紫檀立刻斷定！

——這老祖母就是唐玉。

——這個小孩是在熟睡中，被唐玉「借」來用的。

唐紫檀很想走過去，給這年輕人一點教訓，教給他一點禮貌，讓他知道老年人還是應該受到尊敬的。

這種事當然不會真的做出來，他們畢竟都是唐家的人。

唐家內部雖然也像其他的家庭一樣，難免會有些爭執。

但是他們在對付外人時，卻絕對聯合一致。

現在他們要對付的是趙無忌。

不管怎麼樣，能夠想到「借用」別人家的一個小孩，來掩護自己，總是件很聰明的事。

唐紫檀相信趙無忌和軒轅一光都絕對不會想到這一點。

所以他對這次行動更有信心。

但是他看不出誰是趙無忌。

談生意的三個人太肥胖，下棋的兩個老頭子太衰老。

這些都不是可以偽裝的。

那兩對夫妻也不像。

兩個妻子的確都是女人，兩個丈夫，年輕的一個眼神虛弱，顯然是因新婚房事過度，年長的一個目光遲頓呆板，都絕不是有武功的人。

剩下的就是兩個賣零食的小販，和一個提著大水壺的堂倌。

這三個人一個缺了半邊耳朵，一個滿臉麻子，正準備替軒轅一光去加水沖茶的那個堂倌，粗手大腳，顯然是勞苦出身。

趙無忌並不是勞苦出身，也沒有缺半邊耳朵，更不是麻子。

究竟誰是趙無忌？

唐紫檀很想把這些人，再仔細觀察一遍，可惜，這時候他們已經走到軒轅一光面前。

如果他知道事實的真相，一定會大吃一驚。

這時候趙無忌根本不在花月軒。

三

軒轅一光一直在注意唐紫檀。

這老人腳步輕健，兩邊太陽穴微微凸起，走路時雙肩紋風不動。

這些都是武功高手的特徵。

一個有經驗的武林高手，準備要對付一個人時，當然會把全部精神都集中在這個人身上。

現在他的目標是軒轅一光，但是他沒有太注意軒轅一光，反而對那個一直在逗著孫子的老太婆顯得很有興趣。

不管多老的老頭子，都不會對一個老太婆感興趣的。

能夠讓老頭子感興趣的，通常也是年輕的小女孩。

難道這老太婆有什麼特別的地方？

軒轅一光也來不及仔細觀察了，因爲這時候唐紫檀他們已到了他面前。

正在往茶壺沖水的堂倌，彷彿也感覺到這三個人的來意不善，吃驚的向後退了出去。

軒轅一光卻很沉得住氣，居然對他們笑了笑，道：「請坐。」

他們當然不會坐下去。

唐紫檀冷冷道：「你知道我們是來幹什麼的？」

軒轅一光道：「不知道！」

他笑了笑，又道：「如果你是個小姑娘，我一定會以爲你看上了我，所以才一直盯著我，只可惜你比我還老還醜。」

唐紫檀棺材板一樣的臉上，還是絲毫無表情，他不是容易被激怒的人，也不想鬥嘴。

唐猴卻忍不住道：「我們的確看上了你一樣東西，準備把它帶回去。」

軒轅一光道：「你們是不是看上了我的腦袋？」

唐猴道：「對了。」

軒轅一光大笑：「這顆腦袋我早就不想要了，你們趕快拿去，愈快愈好！」

可是他們並沒有動手。

三個人忽然解開了外面的青布衫，露出了腰畔的一個革囊。

革囊旁邊還掛著一隻鹿皮手套，唐紫檀的一隻已磨得發光。

這正是唐門子弟的標誌，江湖中大多數只要一看見，就已魂飛魄散。

軒轅一光卻笑了。

無忌的判斷一點都沒有錯，他們的目標並不是他，而是趙無忌。

現在他們也跟他一樣，也在故意拖延，等著趙無忌露面。

——無忌爲什麼還不出手，他還在等什麼？

軒轅一光笑道：「你們這個袋裡裝的是啥子？是不是……」

他沒有說下去，他的心卻沉了下來。

他終於看到了趙無忌。

趙無忌居然不在這花月軒裡，居然還遠遠的站在一座假山上，好像準備隔岸觀火。

他想不通無忌這是什麼意思？他只知道這三個人遲早總是會出手的。

只要他們一出手，他就死定了！

四

夕陽滿天。

小河裡水波閃動，花園裡有個女孩子偷偷的摘下了一朵紅牡丹。

這時胡跛子也在附近，在一個很奇怪，很特別，絕對沒有人想得到的地方。

他相信絕對沒有人能看得見他，但是他卻可以看到別人。

每個人他都能看得很清楚。

他看見唐紫檀他們三個人走進花月軒，看到唐紫檀對老太婆的那種奇怪眼神。
他心裡覺得很好笑。
唯一讓他想不通的是，趙無忌爲什麼直到現在還沒有露面？
現在唐紫檀他們都已把鹿皮手套戴上，已經不能再拖下去了。
不管趙無忌是不是出手，他們都要出手了。
就在這時候，忽然又有件奇怪的事發生了，一件胡跛子做夢都想不到的事。
他這一生中，從來也沒有像現在這麼樣吃驚過。
他幾乎忍不住想逃走。
但是他絕對不能動，絕不能露出一點吃驚的樣子來。
否則他也死定了。

五

唐紫檀慢慢的戴上了他的鹿皮手套。陳舊的皮革，溫暖而柔軟。
這是隻小鹿的皮。
他十七歲的時候，親手捕殺了這隻小鹿，一個辮子上總喜歡紮著個紅蝴蝶的小姑娘，親手爲他縫成了這隻手套。
他和他二哥都很喜歡她。
後來他雖然得到了她，他的二哥卻得到了江湖的聲名和榮耀。

現在那個辮子上紮紅蝴蝶的小姑娘已在地下，唐二先生的聲名和榮耀卻仍如日中天。

當時那個小姑娘如果嫁給了他的二哥，情形會變得怎麼樣？

人生就是這樣子的，你得到某些東西時，往往就會失去另外一些。

所以他從不後悔。

每當他戴起這隻手套時，他心裡就會泛起種異樣的感覺，總會想起那些難忘的事，想起那辮子上紮紅蝴蝶的小姑娘，在燈下爲他縫手套的樣子。

在這種情況下，他本沒有殺人的心情。

可是每當他戴起這隻手套時，總是非殺人不可！

就在這個時候，驚人的變化，忽然發生了！

那個粗手大腳的堂倌，忽然將手裡提著的一大壺滾水，往朱掌櫃的頭上淋了下去。

賣瓜菜的麻子，忽然從籃子抽出把尖刀，一刀刺入了朱掌櫃的腰。

缺耳朵的人把一籃子芝麻糖往唐猴臉上灑過去，芝麻糖下面竟藏著石灰。

唐猴大吼，沖天拔起，手裡已抓了把毒砂。

他的毒砂還未發出，那三個肥肥胖胖的生意人已撲過來。

三個人身手居然都極矯健，行動配合得更好，一個人以桌子作盾牌，一個人撒出個繩圈，套住了唐猴的腿，另外一個人吐氣開聲，「砰」的一拳打在唐猴背脊上，力量猛烈驚人。

唐猴的背脊立刻被拍斷，落在地上時，整個人都已軟癱如泥。

就在這個同一剎那間，下棋的兩個老頭子也已出手，竟以江湖少見的打穴手法，用三十二枚棋子打唐紫檀的穴道，手法又快、又重、又準、又狠，竟是一流的暗器高手！

唐紫檀一個肘拳打倒麻子，骨頭碎裂聲響起。

他的身子已箭一般地竄出，一片黑濛濛的毒砂，夾帶著四枚毒蒺藜，也同時灑了出去。

這一擊是否能得手，他已顧不得了，他的目的並不是傷人，而是自救。

老人的筋骨，雖然已經硬化，可是歷久不懈的鍛鍊，使得他的身手仍然保持敏捷。

他的腰在空中魚尾般一掠，身子已飛鳥般掠出欄杆外。

他早已算準，只有後面的這條小河，是他唯一的退路。

他相信他在水裡的功夫，也仍然和他的輕功提縱術一樣，絕不比任何年輕人差，只要他能躍入水裡，就絕對安全了。

想不到就在這時候，他忽然聽到一聲輕叱！

「回去！」

那一直背負著雙手，臨河遠眺的華衣人，忽然轉身，揮手，寬大的袍袖捲起一股勁風。

他的氣力本已將竭，整個人都被這股勁風帶動，身不由主，退了回去，落下地時連腳步都已拿不穩。

被他打斷肋骨的麻子還倒在那裡，痛得滿臉都是黃豆般大的冷汗，這時忽然咬了咬牙，就地一滾，手裡的尖刀毒蛇般刺出，刺入了他的腰。

冰冷的刀鋒，就像是情人的舌尖般輕輕滑入了他的肌肉。

他甚至完全沒有感覺到痛苦。

可是他的心已冷了。

以他多年的經驗，當然知道什麼地方是致命的要害，這一刀實在比毒蛇還毒。

這麻子的出手好狠。

麻子一擊命中，刀已撒手，原地滾了出去。

他知道這老人絕不會放過他的，卻沒有想到暗器來得這麼快，光芒一閃間，兩枚毒蒺藜已打在他的左頸後。

他沒有感覺到痛苦，可是他的心也已冷了。

中了這種毒藥暗器的人，會有多麼悲慘的結果，他也聽說過。

他的身子突然撲起，奪過那缺耳人手裡的刀，一刀就割刺了自己的咽喉。

他不但對別人狠，對自己也狠！

唐紫檀還是標槍般站在那裡，只要不拔出這把刀，他就不會倒。

他只要還能夠站著，他就絕不肯倒下去。

沒有人再出手。

骨頭硬的人，無論成敗死活，都同樣會受到別人的尊敬。

那高大的華衣人忽然嘆息，道：「你是條硬漢，不管你是死是活，我的人都絕不會再動你。」

唐紫檀盯著他，道：「你是誰？」

這人道：「我姓張，張有雄。」

唐紫檀啞聲道：「南海七兄弟的張有雄？」

張有雄道：「是的。」

唐紫檀道：「我們有仇？」

張有雄道：「沒有。」

唐紫檀道：「你是爲了趙無忌？」

張有雄道：「是的。」

唐紫檀道：「你爲什麼要替他做這種事？你不怕唐家報仇？」

張有雄道：「因爲他拿我當朋友，爲了朋友，我什麼事都做。」

對江湖男兒來說，這理由已足夠。

唐紫檀忽然長長嘆息：「只可惜我沒有交到你這種朋友。」

他已將死在這個人手裡，奇怪的是，他對這個人並沒有怨恨。

他恨的是另外 個人，一個臨陣退縮，出賣了他的人。

那小孫子早已嚇得連哭都不敢哭了，「老祖母」彷彿也嚇得縮成了一團。

唐紫檀本來連看都不想看他的，剛才他如果出手，他們並不是絕對沒有機會。

唐紫檀本來還對他抱著希望，想不到他竟是這種儒夫。

現在唐紫檀已完全絕望了，卻還是不想出賣他。

他們畢竟都是唐家的人，既然他這麼怕死，爲什麼不索性成全他？

但是，他看見他們因他而慘死，心裡有什麼感覺？以後他活著是否能問心無愧？

唐紫檀終於還是忍不住看了他一眼，這一眼中包含了氣憤和怨恨，也包含著惋惜和憐憫。

這時候他已感覺到內部在大量出血，血並沒有從他刀口裡流出來，卻從他嘴裡流了出來。

他忽然笑了。

因爲有個他一直無法回答自己的問題，現在終於找到了答案——

他絕不會有一口用紫檀木做的棺材。

於是他拔出腰上的刀！

六

刀鋒拔起，刀口裡飆出來的鮮血，幾乎濺到無忌衣服上。

軒轅一光看著他進來的，雖然他並沒有解釋爲什麼直到現在才來的理由，可是軒轅一光知道他一定有很好的理由。

現在唐家的三個人都已倒下去，這件可怕的事終於已結束。

年輕的妻子縮在她丈夫懷裡，蒼白的臉忽然紅了起來。

她又怕、又羞、又急，簡直不知道應該怎麼辦才好。

她絕不能讓別人知道，她的褲襠已濕透。

年紀比較大的那個丈夫情況更糟，幾乎每個人都能嗅到他屁股下發出的惡臭。

他的妻子反而比他鎮靜得多，正在想法子，應該用什麼法子，讓她的丈夫站起來。

那個老祖母已抱起了她的孫子，一拐一拐的往外走。

無忌忽然道：「請等一等。」

老祖母好像根本沒聽見他在說什麼，無忌卻已擋住了她的去路。

她吃驚的抬起頭，看著無忌。

無忌卻笑了笑，道：「老太太，你貴姓？」

老祖母的嘴，一直在動，卻發不出聲音。

無忌又問：「這孩子是你的孫子？」

老祖母點點頭，把孩子抱得更緊。

無忌道：「晚上天氣已漸漸涼了，你為什麼不替他穿上鞋子？」

老祖母好像吃了一驚，好像直到現在才發現她的孫子沒有穿鞋。

孩子又在她懷裡哭起來，無忌臉上雖然在笑，眼睛卻冷如刀鋒。

老祖母彎下腰，忽然把這孩子拎起，用力往無忌臉上砸過去。

無忌只有伸手接住，這個彎腰駝背的老祖母，卻已箭一般竄出了欄杆。

孩子在無忌的手裡又哭又叫，又踢又打。

老祖母身形展動，竟施展出「蜻蜓三抄水」的輕功身法，在花圃間接連三個起落，已掠出了六七丈外。

就在這時，忽然有人輕叱！

「漏網之魚，你想往哪裡逃？」

叱聲中，一條人影從花圃間飛起，迎上這個老祖母，一拳擊出。

看見了這個人，老祖母竟似已嚇得完全沒有招架閃避之力，一聲驚呼還沒有發出，咽喉下的軟骨和喉結已經被打碎了。

因爲他做夢也想不到這個人竟會對他下這種毒手！

他倒下去時，眼淚也已湧出。

無論他知道什麼秘密，都已永遠沒法子說出來。

誰也想不到這個人的出手這麼狠！他看起來實在不像是個心狠手辣的人。

他不但年輕，斯文，秀氣，而且臉上總是帶著溫柔動人的微笑。

那個剛才偷偷摘了朵玫瑰的小姑娘，一直在偷偷的看著他，彷彿已看得癡了。

他也看著她，笑了笑，才向無忌這邊招呼，叫道：「你們誰過來，把這位老祖母抬走。」

秘　密

一

現在老祖母已經被抬進來了，斯文秀氣的年輕人也跟著走了進來。

一走進來，他就介紹自己：「我姓李，叫李玉堂。」

這是個陌生的名字，他也是個陌生人，可是每個人都對他很友善。

因爲他替他們抓到了一條漏網之魚。

李玉堂道：「這位老祖母其實並不太老，當然也不是真的祖母。」

他看著無忌微笑：「各位一定也早就看出來了，老祖母絕不會忘記替自己孫子穿鞋的，可是就憑這一點，當然還不夠，所以各位還不能出手。」

無忌一旁忍不住問道：「你還看出了什麼？」

李玉堂道：「其實我什麼都沒有看出來，我只不過碰巧知道這孩子真正的祖母是誰。」

無忌道：「你認得她？」

李玉堂點頭道：「不但認得，而且很熟。」

他笑得更愉快：「這孩子的祖母剛好是我的阿姨。」

無忌立刻鬆了口氣：「這真是巧極了，而且好極了。」

孩子雖然已經哭累了，暫時安靜下來，無忌抱在手裡，卻還是好像抱著一大包隨時都可能爆炸的火藥一樣。

他平生最受不了的兩件事，就是男人多嘴，女人好哭。

現在他才發現，一個好哭的孩子，遠比十個好哭的女人還要難對付。

女人哭起來，他還有法子讓她們閉上嘴，孩子一哭，他的頭立刻就變得其大如斗。

所以，李玉堂從他手裡把孩子抱過去時，他好像已感激得連話都不知道怎麼說了：「有句

話，我說出來，你千萬不能生氣。」

李玉堂笑道：「我看起來像不像是個很會生氣的人？」

他的確不像。

無忌道：「我們實在不知道該怎麼樣謝你，你能不能告訴我們應該用什麼法子？」

李玉堂道：「如果你們一定要謝我，只有一個法子。」

無忌道：「你說。」

李玉堂道：「把我當做個朋友。」

他的笑容溫暖而誠懇：「我喜歡交朋友，也很需要朋友。」

無忌立刻伸出了手。

李玉堂這麼樣一個人，有誰會拒絕跟他交朋友？

李玉堂終於帶著孩子走了，他急著要把這孩子送回他的阿姨那裡去，因爲「阿姨現在一定擔心得要命。」

不等他走出那條碎石小徑，軒轅一光就忍不住問無忌：「你真的相信這孩子是他的外甥？你真的相信，天下有這麼巧的事？」

無忌道：「我相信。」

軒轅一光道：「你真的願意交他這個朋友？」

無忌道：「我願意。」

他的回答雖然明確肯定，軒轅一光卻好像還是覺得有點懷疑。

可是就連他自己也想不出李玉堂有什麼理由要欺騙他們。

就算他真的騙了他們，騙走的也只不過是個好哭的孩子而已。

老祖母居然還沒有死，破碎的咽喉間，仍不時會發出一陣陣「絲絲」作響的聲音，就像是條垂死的響尾蛇。

把他抬回來的人，從他的貼身衣服裡，搜出了個革囊，裡面裝的，果然都是唐家的獨門暗器，數量雖不多，品質都不差。

想到唐紫檀臨死時看著他的那種眼神，這個人無疑就是唐玉。

軒轅一光又問無忌：「你是不是算準唐玉一定已來了？」

無忌道：「是的。」

軒轅一光道：「你也算準他一定想法子先把你誘出來，才會出手，因爲他的目標並不是我，是你。」

無忌道：「是的。」

軒轅一光道：「你也想等到他先露面才出手，因你的目標也是他。」

無忌點頭道：「所以，我只有去找張二哥。」

張有雄一直都很沉默。

一個從十幾歲就開始掌握大權的人，當然不會是個多嘴的人。

他從來不用言語來表現他對別人的友誼，「少說多做」，才是他做人的原則。

直到現在他才開口：「一個人有困難的時候找朋友，絕不是件丟人的事。」

他走過來，緊握無忌的手：「你能夠想到來找我，我很高興。」

說完了這句話，他就走了，帶著他的屬下一起走了。

那三個肥胖的生意人又恢復了本來的臃腫和遲鈍，粗手大腳的堂倌，和缺耳朵的小販也變得和以前一樣平凡質樸。

他們默默的把他們同伴的屍體抬了出去。

在剛才那生死一髮，驚心動魄的一瞬間，他們所表現出的那種凌厲的鋒芒，現在都已看不見。

對他們來說，這種事既不值得誇耀驕傲，也用不著悲傷惋惜。

他們隨時隨地都願意爲他們的主人做任何事，就正如他們的主人也隨時都願意爲朋友做任何事一樣。

無忌也沒有再說什麼！

既然他們是朋友，無論再說什麼都是多餘的。

軒轅一光卻忍不住嘆息，道：「能夠交到這樣的朋友，真是你的運氣！」

無忌凝視著他，道：「能夠交到你這樣的朋友，也是我的運氣。」

軒轅一光道：「可是那李玉堂……」

無忌道：「他是不是好朋友，我很快就會知道的。」

軒轅一光道：「你很快就能夠再見到他？」

無忌道：「一定能見到。」

軒轅一光道：「你有把握？」

無忌道：「有。」

軒轅一光盯著他看了很久，又嘆了口氣，道：「你知不知道你是個怪人？」

無忌道：「不知道。」

軒轅一光道：「你最怪的一點，就是你好像總會知道一些別人不知道的事，連我都看不出你怎麼會有這種本事。」

無忌笑了，道：「如果連你都看得出來，那麼，一定是因爲我根本就沒有這種本事。」

軒轅一光大笑，道：「不管你怎麼說，我至少總算看出了一點。」

無忌道：「哪一點？」

軒轅一光道：「以後如果還有人想要你上當，絕不是件容易事。」

他笑著站起來，忽然又坐下：「還有件事我也想不通。」

無忌道：「什麼事？」

軒轅一光說道：「你一直對唐玉很有興趣，現在，他就在這裡，你爲什麼不理他？」

無忌道：「因爲他根本不是唐玉。」

軒轅一光又吃了一驚：「他不是？你怎麼知道他不是？」

無忌道：「因爲我碰巧知道他是誰。」

軒轅一光道：「他是誰？」

無忌道：「他是個跛子，別人都叫他胡跛子。」

二

花月軒裡發生的每件事，胡跛子都看得很清楚，因為他一直都在這裡。

唐紫檀他們還沒有來的時候，他就已經來了，帶著一個從別人家裡「借」來的孩子來了。

一個慈祥的老祖母，帶著自己的小孫子來遊春，走得累了，就進來喝杯茶，吃點零食點心，本來是絕不會引人注意的。

他能夠想到用這種法子來作掩護，連他自己都覺得很得意。

他相信別人絕不會看見他的，他卻可以看得見別人。

唯一的遺憾是，這孩子太喜歡哭，哭得他心慌意亂。

唐紫檀看見他時那種眼色，也讓他覺得很不舒服。

幸好軒轅一光並沒有注意到這些，所以，一直到那時候，他還是認為自己很安全。

想不到事情竟有了他完全無法預料的變化，更想不到趙無忌居然看出了他的破綻。

幸好他遇事臨危不亂，隨機應變，用這個好哭的孩子擋住了趙無忌。

眼看著他已經可以安全而退，遠走高飛了，想不到，半路上又殺出了一個李玉堂來。

他做夢也想不到這個李玉堂會對他下毒手。

看到趙無忌伸出手，表示願意和李玉堂交朋友的時候，他幾乎忍不住要大笑，又幾乎忍不住要大哭。

因爲只有他知道跟這個人交朋友是件多麼可怕的事。

因爲他們本來不但是朋友，而且遠比朋友更親密得多。

只有他才知道，這個李玉堂，就是唐玉！

可惜現在他就算想把這個秘密告訴趙無忌，也已經說不出來了。

他相信趙無忌遲早總會知道這秘密的——等到快死的時候就會知道。

三

胡跛子嚥下了最後一口氣的時候，那聲音聽起來就好像一塊石頭掉進泥淖裡。

軒轅一光忽然站起來，走出去。

他受不了這種事，但是他偏偏又忍不住要回過頭來問：「你算準唐玉一定已來了？」

無忌承認。

軒轅一光道：「現在唐玉的人呢？」

無忌道：「不知道！」

軒轅一光道：「你好像根本就不想去找他。」

無忌也承認：「因爲我根本就找不到他。」

軒轅一光道：「你準備怎麼辦？」

無忌道：「我想找一個人卻找不到的時候，通常只有一個辦法。」

軒轅一光道：「什麼辦法？」

無忌道：「等著他來找我。」

鬼　影

一

四月初六，陰。

趙無忌悄悄的回到了和風山莊。

他本來並不準備回來的，可是考慮了很久之後，他的想法改變了。

他想念鳳娘，想念千千，想念那些對他們永遠忠心耿耿的老家人。

這種刻骨銘心的思念就像是一盆溫水，雖然能使人暫時忘記現實的痛苦，也能使人鬆弛軟弱。

所以他一直在控制著自己，盡量不去想他們。

可是在夜深夢迴，疲倦失意時，這種思念卻往往會像蛛絲一樣突然把他纏住，纏得好緊。

只不過這並不是讓他決定回來的主要原因。

他並沒有聽到鳳娘和千千的消息，但是他已隱約感覺到，她們都已不在這裡。

那天「地藏」帶著鳳娘到那密室裡去的時候，他沒有看見她。

他不敢回頭去看。

因爲他已隱約感覺到「地藏」帶來的這個人，一定是他的親人。

他生怕當時會變得無法控制自己，他不能讓「地藏」對他有一點戒心。

現在他終於回來了，悄悄的回來，沒有驚動任何人。

這時正是黃昏。

和風山莊本身就是個值得懷念的地方，尤其是在黃昏，更美如圖畫。

和風山莊和上官堡完全不同，也和雲飛揚駐節的「飛雲莊大風堂」不一樣。

大風堂的建築鷹揚飛發，莊嚴雄健，鮮沽的反映出雲飛揚那種不可一世的雄心偉抱。

上官堡險峻孤拔，在簡樸中隱藏著一種森冷的殺氣。

和風山莊卻是個幽雅而寧靜的地方，看不到一絲雄剛的霸氣，只適於在雲淡風輕的午後，夕陽初斜的傍晚，靜靜欣賞。

所以一直獨身的司空曉風，除了留守在大風堂的時候之外，總喜歡抽暇到這裡來作幾天客，享受幾天從容寧靜的幽趣。

可是自從趙二爺去世，無忌出走，千千和鳳娘也離開了之後，這地方也變了。

就像是一個人一樣，一座莊院也會有變得衰老憔悴、寂寞、疲倦的時候。

尤其是在這種陰天的黃昏。

二

每當陰雨的天氣，老姜關節裡的風濕就會變得像是個惡毒和善妒的妻子一樣，開始用各種別人無法想像的痛苦折磨他。

他雖然受不了，卻又偏偏甩不脫。

今天他痛得更厲害，兩條腿的膝蓋裡就像有幾千根尖針在刺，痛得幾乎連一步路都不能走。

他想早點睡，偏偏又睡不著。

就在這時候，無忌輕輕推開了那扇虛掩著的門，走進了他的小屋。

老姜立刻跳起來，用力握緊他的手：「想不到你真的回來了。」

看到老姜滿眶熱淚，無忌的眼淚幾乎也忍不住要奪眶而出。

以前他總覺得老姜太遲鈍，太頑固，太嚕嗦，甚至有點討厭。

可是現在他看見這個討厭的人時，心裡卻只有愉快和感動。

「你走了之後，鳳姑娘和大小姐也走了，直到現在，連一點消息都沒有，自從那天司空大爺找了一個叫曲平的人來，她們……」

聽著老姜正喃喃的訴說，無忌心裡也覺得一陣陣刺痛。

——她們到哪裡去了，為什麼至今消息全無？

——那天「地藏」帶入秘室的人，難道真的是鳳娘？

老姜彷彿也已感覺到他的悲痛，立刻展顏而笑，道：「不管怎麼樣，你總算回來了，我本來還不信，想不到你真的回來了。」

這句話他已經說了兩遍。

無忌忍不住問：「有人告訴你，我會回來？」

老姜道：「你那位師妹和那位朋友都是這麼說的，說你最遲今天晚上一定會到家。」

無忌沒有師妹，也想不出這個朋友是誰。

可是他不想讓老姜擔心，只淡淡的問：「他們是幾時來的？」

老姜道：「一位昨天下午就到了，你那位師妹來得遲些。」

無忌道：「他們是不是還在這裡？」

老姜道：「你那位師妹好像身子不大舒服，一來就把自己關在屋裡，整整睡了一天，還不許我們打擾。」

他又補充著道：「我把司空大爺常住的那間客房讓給她睡了。」

無忌道：「我那位朋友呢？」

老姜道：「那位公子好像片刻都靜不下來，不停的到處走來走去，現在……」

這句話他沒有說完，臉上忽然現出種很奇怪的表情，就好像有人用一塊乾泥塞住了他的嘴。

無忌雙眼盯住他，再問：「現在他到哪裡去了？」

老姜還在猶豫，彷彿很不想把這句話說出來，卻又不能不說：「我本來不讓他去的，可是他一定要去，非去不可。」

無忌道：「去幹什麼？」

老姜道：「去打鬼。」

無忌盡量不讓自己露出一點會讓老姜羞愧難受的樣子。

他看得出老姜的表情不但很認真，而且真的很害怕。

可是這種事實在太荒謬，他不能不問清楚：「你是說，他去打鬼？」

老姜嘆了口氣，苦笑著說道：「我也知道，你絕不會相信的，可是這地方真的有鬼。」

無忌道：「這個鬼在哪裡？」

老姜道：「不是一個鬼，是好多個，就在鳳姑娘以前住的那座院子裡。」

無忌問道：「這些鬼，是什麼時候來的？」

老姜道：「鳳姑娘走了沒多久，就有人聽見那地方夜裡時常發出一些奇怪的聲音，有時候甚至看得見燈火和人影。」

無忌道：「有沒有人去看過？」

老姜道：「很多人都進去看過，不管是誰，只要一走進那院子，就會無緣無故的暈過去，醒來時候不是被吊在樹上，就是躺在幾里外的陰溝裡，不是衣服被剝得精光，就是被塞了一嘴爛泥。」

他說的是真話，是真的在害怕，因爲他也有過這種可怕的經驗。

無忌已經可以想像得到，剛才他臉上爲什麼會有那種奇怪的表情。

老姜道：「他們對我總算客氣些，既沒有把我吊在樹上，也沒有剝光我的衣服。」

——可是，他嘴裡一定也被塞了一嘴泥。

他跳過一段可怕的經歷，接著道：「我醒來的時候，就看到了這張紙條。」

紙條是一種很少見的黃裱紙，上面寫的字歪斜扭曲而古怪，意思很明顯：

「人不犯我，

我不犯人，

互不侵犯，

家宅安寧。」

每個人都希望家宅安寧，就算與鬼爲鄰，也可以忍受的。

這些鬼倒的確很瞭解人類的心理。

無忌道：「鬼也有很多種，這些鬼看來不是惡鬼。」

老姜道：「不管是哪類鬼，都有種好處。」

無忌道：「什麼好處？」

老姜道：「鬼不會騙人，只有人才會騙鬼。」

無忌苦笑。

這也是真的，任何人都不能否認。

老姜道：「只要我們不到那院子裡去，他們也絕不出來，從來都沒有驚動過別地方的一草一木。」

所以他們也從來沒有再到那院子裡去過。

無忌瞭解這一點，他絕不怪他們，如果他是老姜，他也絕不會再去的。

可是他不是老姜，所以他一定要去看看，不但要去看看那些鬼，也要去看看他那個朋友。

三

陰雨的天氣，黃昏總是特別短，忽然間天就黑了，冷颼颼的風吹在身上，令人覺得春天彷彿還很遙遠。

無忌避開了有燈光的地方，繞過一條幽靜的迴廊，從偏門走入後園。

他不想驚動別人，而且堅持不讓老姜陪他來。

有很多事都不能讓別人陪你去做，有很多問題都必須你一個人單獨去解決。

他不信世上真的有鬼，可是他相信世上絕對有比鬼更可怕的人。

有時候一個朋友遠比一群鬼更危險。

他一向不願別人陪他冒險。

庭園深深，冷清而黑暗，昔日的安詳和寧靜，現在已變成了陰森寂寞。

自從他父親死了之後，連這地方都似乎已被死亡的陰影所籠罩。

但這裡畢竟是他生長的地方，有太多令他永難忘懷的往事。

夏日的蟋蟀，秋日的蟬，春天的花香，冬天的雪，所有歡樂的回憶，現在想起來都只有使人悲傷。

他盡量不去想這些事——就算一定要想，也不妨等到明天再想。

他不願意讓任何一個活著的人，看見他的軟弱和悲傷，也不願讓任何一個鬼看見。

鳳娘住的那院子，在一個很偏僻的角落裡，幾乎是完全獨立的，無論從哪裡走過去都很遠。

她父母的喪期一過，趙二爺就把她接到這裡來了，在他們還沒有成婚之前，她當然要和無忌住的地方保持一段距離。

可是無忌當然不會沒有來過。

以前他來的時候，只要一走過桃花林旁的那座小橋，就可以看見她窗口裡的燈光，燈光下的人影。

那窗口在小樓上，小樓在幾百竿修竹，幾十株梅花間。

那人影總是在等著他。

現在他又走過了小橋，桃花已開了，桃花林中，忽然傳出一聲冷笑。

在一個黑暗淒涼的陰天晚上，在一個陰森寬闊的庭院裡，在一個人人都說有鬼的地方，忽然聽見這麼樣一聲冷笑，誰都會吃一驚的。

無忌卻好像沒有聽見。

冷笑聲是從桃花林裡發出的，要到那有鬼的院子裡去，就得穿過這片桃花林。

無忌就走入了這片桃花林。

冷笑的聲音若斷若續，忽然在東，忽然在西，忽然在左，忽然在一株桃花樹上的枝葉間，忽然又到了右邊一棵桃花樹下草叢裡。

無忌還是聽不見。

忽然間，一個黑黝黝的影子從樹枝上吊下來，在他脖子後面吹了一口氣。

無忌好像是一點感覺都沒有，非但沒有被嚇得暈過去，也沒有回頭去看一眼。

這個黑影子反而沉不住氣了，身子在樹上一盪，從無忌頭上飛了過去。凌空一個細腰巧翻雲，輕飄飄的落在無忌面前，手叉著腰，用一雙大眼睛狠狠的瞪著無忌，雖然是在生氣的時候，還是可以看得見臉上那兩個深深的酒渦。

無忌根本連看都不必看，就已經猜出她是誰了。他本來以爲這個朋友是李玉堂，想不到，連一蓮居然陰魂不散，還不肯放過他。

他實在不想再跟這個非但蠻不講理，而且花樣奇多的大姑娘嚕嗦。

可惜這位大姑娘卻要跟他嚕嗦，忽然問道：「你真的一點都不怕？」

無忌道：「怕什麼？」

連一蓮道：「怕鬼。」

無忌道：「你又不是鬼，我爲什麼要怕你，你應該怕我才對。」

連一蓮道：「我爲什麼要怕你，難道你是個鬼？」

無忌道：「難道，你還看不出我是個鬼？」

連一蓮想笑，又忍住板著臉，道：「你是個什麼鬼？色鬼？賭鬼？酒鬼？」

無忌道：「我是個倒楣鬼。」

連一蓮終於笑了，道：「我本來還以爲你是個人的，怎會變成了個倒楣鬼？」

無忌道：「因爲我碰到了你。」

他往她背後看了看，又說道：「你既然帶了一位朋友來，爲什麼不替我介紹介紹？」

連一蓮上上下下看了他兩眼，道：「你是不是喝醉了？」

無忌道：「我連一滴酒都沒有喝。」

連一蓮道：「我明明是一個人來的，哪裡來的朋友？」

無忌道：「你後面那個人，不是你的朋友？」

連一蓮已經開始笑不出來了，道：「我後面哪有什麼人？」

無忌道：「明明有個人，你爲什麼說沒有？」

他忽然一伸手往她後面一指：「難道那不是人？」

連一蓮臉色變了，冷笑道：「你是不是想嚇唬我？你以爲我會害怕？」

無忌看著她，顯得很吃驚，道：「難道你不相信你後面有個人？」

連一蓮還在冷笑，笑的聲音已經開始有點發抖。

無忌道：「你爲什麼不回頭看看？」

連一蓮其實早就想回頭去看看的，也不知爲了什麼，脖了卻好像有點發硬，忽然衝過來，指著無忌的鼻子道：「你……你說老實話，我後面是不是真的有人？」

她的指尖好冷。

無忌嘆了口氣，道：「我早就說過了，你不相信我也沒法子。」

連一蓮咬了咬牙，忽然跳起來，凌空翻身，身法已遠不及剛才那麼優美靈活。

黑黝黝的桃花林裡，哪裡看得見半個人影子？

她狠狠的瞪著無忌，又想笑，又想發脾氣。

無忌道：「現在你總看見了吧。」

連一蓮道：「看見了什麼？」

無忌顯得更吃驚，道：「難道你還是沒有看見？你的眼睛是不是有毛病？」

連一蓮的眼睛一點毛病都沒有，可惜她的膽子實在不能算很大。

如果她現在還要說「不怕」，就連她自己都知道別人絕不肯相信的。

無忌搖著頭，嘆著氣，好像已準備走了。

連一蓮忽然又衝過來，拉住他的手，道：「你……你不能走。」

無忌道：「我爲什麼不能走？」

連一蓮道：「因爲……因爲……」

無忌道：「是不是因爲你知道這地方有鬼，所以有點害怕？」

連一蓮居然承認了。

無忌道：「可是現在明明已經有個人陪你，你還怕什麼？」

連一蓮的臉色發白，好像又要暈過去的樣子。

無忌怕她這一著。

現在他才知道，一個隨時都會暈過去的女人，實在比一百個好哭的女人還難對付。

連一蓮道：「你一定要老實告訴我，你是不是在嚇我？」

無忌道：「是的。」

連一蓮道：「我後面有沒有人？」

無忌道：「沒有。」

連一蓮鬆了口氣，好像整個人都軟了，整個人都要倒在無忌身上。

幸好，無忌早已猜到她下一步要幹什麼。

他果然沒有猜錯。

連一蓮的身子並沒有倒在他身上，卻有個大耳光往他臉上摑了過來。

這一次她當然沒打著。

無忌一下子就抓住她的手，笑道：「這法子已不靈了，你爲什麼不換個花樣？」

連一蓮道：「君子動口不動手，你抓住我的手幹什麼？」

無忌道：「因爲我本來就不是君子，你也不是。」

他並沒有忘記她另外還有一隻手，索性把那隻手也抓住。

可是他忘了她還有張嘴。

她忽然張開嘴，狠狠的往他鼻子上咬了過來。

這一著倒真的大出他意料之外，他實在想不到一個大姑娘居然會張開嘴來咬男人的鼻子。

他只有趕快放開她的手往後退，若不是退得快，那鼻子說不定真會被她咬掉半個。

連一蓮笑了，吃吃的笑道：「你不是君子，我是君子，你既然動手，我只有動口。」

她笑得開心極了。

她的眼睛本來很大，一笑起來，就瞇成了一條線，兩個酒渦卻更圓更深。

像這麼樣一個女孩子，你對她能有什麼辦法？

無忌只有一個辦法。

連一蓮也知道他這個辦法：「現在你是不是想溜了？」

無忌道：「是的。」

連一蓮道：「可是你溜不掉的。」

她也有個法子對付無忌：「你走到哪裡，我就跟到哪裡。」

無忌道：「你知不知道，我要到哪裡去？」

連一蓮道：「我用不著知道！」

無忌道：「可是我一定要告訴你，我要到那個有鬼的屋子去。」

連一蓮道：「我也去，我本來就準備去的。」

無忌道：「我勸你最好不要去。」

連一蓮道：「爲什麼？我就不信那裡真的會有鬼。」

無忌道：「信不信由你，可是——」

他忽然閉上嘴，吃驚的看著她的背後，好像她後面忽然又出現了一個人。

連一蓮搖頭：「這一次你嚇不倒我了，你這法了也不靈，也請換個花樣才對。」

她吃吃的笑著，轉過了頭。

雖然她明知後面絕不會有人的，可是，爲了表示她絕不會再害怕，她故意要回過頭去看看。她的頭剛轉過去，就已經笑不出來。

連一蓮非但笑不出，連頭都已轉不回來，因爲她的脖了又硬了，兩條腿卻開始發軟。

這次她真的看見了一個人。

穿紅裙的姑娘

一

這個人實在並不太像一個人。

就連她自己都不知道自己看見的究竟是不是人？她只不過看見了一條灰白色的影子。

好長好長的一條影子，誰都分不清那究竟是人？還是鬼？

影子忽然又不見了。

連一蓮的脖了終於又慢慢的開始軟了，漸漸的開始可以移動。

爲了表示她剛才其實並不害怕，這位膽子奇小，花樣卻奇多的大姑娘，又準備要想法子來修理修理趙無忌。

除了她自己外，誰也不知道她爲什麼會對趙無忌特別有興趣。

只可惜她轉回頭來的時候，趙無忌已不見了。

陰森森的晚上，黑黝黝的園林，倏忽來去的鬼影——

她幾乎忍不住要大叫起來。

可是她就算真的能把趙無忌叫回來，也未免太沒面子。

她用力咬緊嘴唇。

你以爲我不敢跟你到那鬼地方去？我偏偏就去給你看。

反正到處都有鬼，到哪裡去還不都是一樣？

遠遠的看過去，那個鬼地方不知道在什麼時候已亮起了燈光。

她在心裡安慰自己！

——鬼不會點燈的。

——有燈光的地方，絕不會有鬼。

可惜這些理論很快又被她自己推翻。

她本來是往前面走的，推翻了第一點，她的腳步就停了下來，推翻了第二點，她就開始往後退，退了幾步，忽然撞到一樣軟軟的東西。

這裡是個桃樹林，只有一棵棵桃花樹，桃花樹絕不是軟的。

她又幾乎要叫出來。

這次她沒有叫，只因爲她撞到的這樣軟軟的東西先叫了起來。

這樣軟軟的東西原來也是個人，而且是個女人。

一個穿著條紅裙子，梳著條大辮子，長得很標緻的大姑娘。

看到對方也是個大姑娘，連一蓮已經鬆了口氣，看到大姑娘比她怕得還厲害，她的心更定。

穿紅裙的姑娘卻嚇得整個人都縮成了一團，吃驚的看著她，道：「你……你是人是鬼？」

連一蓮說道：「你看我像人？還是像鬼？」

穿紅裙的姑娘道：「你不像鬼。」

連一蓮輕笑道：「你是從哪點看出來的？」

穿紅裙的姑娘垂下頭，輕輕道：「鬼不會像你這麼好看。」

連一蓮笑了。

穿紅裙的姑娘道：「可是我聽說這地方有鬼。」

連一蓮道：「有我在這裡，你怕什麼，就算真的有鬼來了，我也把他打走！」

現在她又變得神氣了起來，因爲她總算發現了，還有人的膽子比她更小。

穿紅裙的姑娘好像也真的覺得她很神氣，垂著頭笑了笑，又問道：「你是不是我師哥的朋友？」

連一蓮道：「你師哥是誰？」

穿紅裙的姑娘道：「他叫趙無忌。」

連一蓮盯著她看了半天，忽然嘆了口氣，道：「想不到趙無忌居然有你這麼樣一個漂亮的小師妹。」

穿紅裙的姑娘臉紅了。

看來她不但膽子很小，而且很怕羞。

連一蓮心裡暗暗好笑，這個大姑娘好像對她很有點意思，簡直好像看上她了。

穿紅裙的姑娘垂著頭道：「公子你……你貴姓？」

連一蓮道：「我姓連。」

穿紅裙的姑娘低聲說道：「連公子，你……」

連一蓮道：「不許叫我連公子，要叫我連大哥。」

看見這個大姑娘的臉更紅，頭垂得更低，她心裡也就更得意，故意拉起了她的手，道：「你是他的師妹，當然也練過功夫。」

穿紅裙的姑娘道：「嗯。」

連一蓮輕撫著她的手心，道：「看你這雙手，真不像練過功夫的樣子，你的手好嫩。」

穿紅裙的姑娘好像很想甩掉她的手，又好像有點捨不得。

連一蓮幾乎已經忍不住要笑出來了，心裡在想：

——如果這小丫頭發現我也是個女人，不知道會怎麼樣？

如果她知道趙無忌根本沒有師妹，她還會不會拉住這「小丫頭」的手？

穿紅裙的姑娘終於又開口，道：「你有沒有看見我師哥？我聽說他一回來就到這裡來了。」

連一蓮道：「你是來找他的？」
穿紅裙的姑娘道：「嗯。」
連一蓮道：「他剛才是來過的，可是一聽說這裡有鬼，就嚇跑了。」
穿紅裙的姑娘道：「你難道一點都不怕？」
連一蓮道：「怕什麼？」
穿紅裙的姑娘道：「怕鬼！」
連一蓮道：「鬼有什麼好怕的，我剛才遇見了一個。」
穿紅裙的姑娘道：「後來怎麼樣？」
連一蓮笑道：「我本來想把他抓住，叫他做幾個鬼臉給我看看的，想不到我不怕他，他反倒有點怕我……」
她吹牛吹得正得意，臉色忽然變了，笑容也已僵硬。
她又看見了那個鬼影子。
好長好長的一個鬼影子，搖搖晃晃的吊在一根樹枝上，陰森森的冷笑。
穿紅裙的姑娘也看見了，也不知道是因爲太害怕，還是因爲太興奮，全身都在發抖，大聲道：「快過去把他抓住，叫他做幾個鬼臉給我們看。」
連一蓮道：「好……好……」
她嘴裡雖然說「好」，可是你就算拿把刀架在她脖子上，她也絕不敢過去的。
鬼影子忽然陰森森的笑道：「我不會做鬼臉，我沒有臉。」

他真的沒有臉！鼻子，嘴巴，耳朵，眉毛什麼都沒有。

除了一個平平板板，死灰色的腦袋之外，只有雙閃閃發光的眼睛。

他頭上戴著頂三尺多高，用白麻布做成的尖帽子，在風中不停的搖來搖去。

穿紅裙的姑娘忽然道：「鬼也應該有臉的，你的臉呢？」

鬼影子道：「我的臉還給別人了。」

穿紅裙的姑娘道：「你連臉都不要，還有什麼好神氣的，快滾，滾遠一點。」

這兩句話居然很有效，這個鬼影子居然好像還有點羞恥之心，用兩隻又寬又大的衣袖蒙住了那張沒有臉的臉，忽然就閃入了黑暗中，看不見了。

連一蓮總算鬆了口氣，道：「你的膽子怎麼忽然變得大了起來？」

穿紅裙的姑娘嫣然一笑，道：「你說過，只要有你在旁邊，我什麼都用不著害怕的。」

她對她還是這麼佩服，這麼信任，還是把她當作一個了不起的人。

連一蓮卻實在沒辦法再像剛才那麼神氣了，連一個沒有臉的鬼影子都知道難爲情，何況她？

她的臉已經有點紅。

穿紅裙的姑娘笑道：「原來這些鬼並沒有我以前想像中那麼可怕。」

連一蓮道：「可是……可是有些鬼也很兇惡的。」

穿紅裙的姑娘道：「有你在旁邊，再兇的鬼我也不怕。」

她又拉住連一蓮的手，道：「走，我們走。」

連一蓮道：「你想到哪裡去？」

穿紅裙的姑娘道：「抓鬼去。」
連一蓮嚇了一跳，道：「你……你說什麼？」
穿紅裙的姑娘道：「我們去抓個有臉的鬼，叫他做鬼臉給我們看。」
連一蓮簡直嚇呆了，兩隻腳就好像已經釘在地上，八匹馬都拉不動。
穿紅裙的姑娘道：「難道現在你害怕了？」
連一蓮說道：「我害怕？我怎麼會害怕？」
她想笑，又笑不出，輕咳了兩聲，道：「只不過，有臉的鬼並不多，很難找得到。」
黑暗中，忽然又響起了陰森森的笑聲：「你用不著去找，我已經替你帶了一個來了。」

二

那個沒有臉的鬼影子居然陰魂不散，不但自己又回來了，而且，還真的帶了一個來。
他帶來的這個鬼影頭髮又黑又長，幾乎快拖到地上了，把大半邊臉都遮住。
穿紅裙的姑娘道：「你真的有臉？」
長頭髮的鬼影子說道：「你想不想看看？」
穿紅裙的姑娘道：「想。」
連一蓮想掩住她的嘴都來不及了，長頭髮的鬼影子已經伸出一隻慘白的手，把蓋在臉上的長頭髮挑了起來。
這個鬼是個女鬼，非但真的有臉，而且還很漂亮，唯一可惜的是，她的臉只有半邊。

她左面的半邊臉就像是一片被燒焦了的肉，又像是一團被砸爛了的泥，襯著右面那半邊娟秀好看的臉，顯得更加詭秘可怖。

連一蓮只覺得心肝五臟都翻來滾去，差一點就要吐出來。

長頭髮的女鬼格格的笑著道：「我雖然只有半邊臉，總比沒有臉的好。」

那鬼影子道：「你們若嫌她的臉太少，我再去找個臉多的來。」

黑暗中立刻又傳出一聲怪異的詭笑，道：「我已經來了。」

這次來的這個鬼不但有臉，而且眼睛，鼻子，耳朵，嘴巴，都長得很全。

這個鬼實在比另外兩個好看多了。

長頭髮的女鬼怪笑道：「你看他怎麼樣？」

穿紅裙的姑娘道：「還不錯！」

長頭髮的女鬼桀桀笑道：「其實，他這張臉還不算怎麼樣，他另外還有一張更好看的臉。」

這個鬼咧開嘴對她一笑，慢慢的轉了個身，後面居然跟前面一樣。

他後面居然還有一張臉。

只見他身子不停的打轉，究竟哪一面是前，哪一面是後，誰也分不清了。

這個有臉的鬼，實在比沒有臉的鬼更可怕。

穿紅裙的姑娘忽然轉過身，拉住連一蓮，道：「我們快跑。」

連一蓮雖然已嚇呆了，這個「跑」字，卻是她最想聽的。

她早就想跑了。

穿紅裙的姑娘非但輕功很不弱，力氣居然也不小，拉著連一蓮奔跑如風，好像總算把後面三個鬼甩脫了。

那一陣陣陰森詭異的笑聲，現在總算已距離她們很遠。

兩個人卻還是不敢停下來。

這地方她們根本不熟，黑暗中也辨不出方向，跑著跑著，她們忽然發覺，迷了路。

到處都是黑黝黝的花草樹木，看起來好像完全都是一樣的。

再這樣跑下去，說不定又會跑回原來的地方去，那才冤枉。

兩個人都想到了這一點，這兩位大姑娘膽子也許小一點，卻一點都不笨。

連一蓮停下來，喘著氣，道：「現在我們怎麼辦？」

穿紅裙的姑娘道：「你說怎麼辦？」

連一蓮道：「我不是真的怕鬼，只不過……只不過……」

現在鬼已看不見了，她又想找點面子回來，卻又偏偏想不出應該說什麼。

穿紅裙的姑娘道：「我知道你不怕鬼，連我都不怕。」

連一蓮又想笑了，原來這位大姑娘也跟她一樣，喜歡吹大氣。

她忍不住道：「你既然不怕，剛才爲什麼要拉著我跑？」

穿紅裙的姑娘道：「因爲我已看出他們不是鬼，是人。」

連一蓮怔了怔，道：「剛才三個都是人？」

穿紅裙的姑娘道：「三個都是。」

連一蓮道：「既然都是人，你還怕什麼？」

穿紅裙的姑娘道：「那三個人無論哪一個都比鬼可怕得多，三個湊在一起，更不得了，若不是我們剛才跑得快，現在我們恐怕已變成鬼了。」

她嘆了口氣，又道：「鬼最多只會嚇嚇我們，那三個人卻會要我們的命。」

連一蓮道：「你知道他們是誰？」

穿紅裙的姑娘道：「如果我說出他們的名字來，你一定也知道。」

連一蓮道：「你說。」

穿紅裙的姑娘道：「你有沒有聽說過，南邊有個姓公孫的武林世家？」

連一蓮道：「我聽說過，那家人以八卦劍成名，武功都很不弱。」

她想了想，又道：「聽說那家人現在已經全部死光了。」

穿紅裙的姑娘道：「你知不知道他們是怎麼死的？」

連一蓮道：「不太清楚。」

穿紅裙的姑娘道：「就是死在那個只有半邊臉的女人手裡的，她先把他們一家大小幾十口人全都捉住，削掉他們的半邊臉，再把他們送到一個沒有人的深山裡去等死。」

連一蓮道：「難道她殺人之前，都要先削掉別人的半邊臉？」

穿紅裙的姑娘道：「通常都是這樣子的。」

連一蓮嘆了口氣，道：「這個女人好狠。」

穿紅裙的姑娘道：「如果她不狠，怎麼會被人稱半面羅剎！」

連一蓮道：「她就是半面羅剎？有兩張臉的那個人難道就是雙面人魔？」

穿紅裙的姑娘輕聲道：「我想一定是的。」

這一個羅剎，一個人魔，的確都比鬼可怕。

連一蓮也知道他們的可怕，卻想不通他們怎麼會在這裡出現。

穿紅裙的姑娘顯然也想不通：「趙家跟他們好像並沒有仇恨，他們雖然兇惡，也絕不敢無故來找大風堂的麻煩。」

她嘆了口氣，又道：「除非是我那師哥又在外面惹了禍，得罪了這幾個殺人不眨眼的怪物。」

她顯得很擔心。

所以連一蓮就故意裝作一點都不關心的樣子，冷笑道：「現在他的半邊臉說不定已被削掉了，不知道那個女羅剎準備把他送到什麼地方去等死。」

她本來是想嚇嚇這個大姑娘的，她自己反而先被嚇住了。

因爲她忽然想到這些事的確很有可能會發生的。

現在趙無忌說不定真的已經被人削掉了半邊臉，躺在一個沒有人能找到的地方等死。

穿紅裙的姑娘看著她，忽然說道：「我看得出，你一定是我師哥很好很好的朋友。」

連一蓮在發愣。

穿紅裙的姑娘又道：「因為我看得出，你嘴裡雖然說得兇，其實心裡卻對他很關心。」

連一蓮道：「你真的看得出我對他很關心？」

穿紅裙的姑娘道：「真的。」

連一蓮嫣然笑了。

她笑的時候，眼睛又瞇成一條線，又露出了那兩個又圓又深的酒渦。

可是誰也不知道為了什麼，這次她笑的樣子，卻不太好看，簡直就有點像是在哭。

穿紅裙的姑娘道：「如果我師哥知道你這麼關心他，一定會把你當作最好的朋友。」

連一蓮道：「如果我告訴你一件事，你一定會覺得很奇怪。」

穿紅裙的姑娘道：「什麼事？」

連一蓮道：「他從來也沒有把我當作朋友，以後也不會跟我交朋友。」

穿紅裙的姑娘的確奇怪，道：「為什麼？」

連一蓮不說話了。

看起來她本來應該是個很開朗的人，卻又偏偏好像有很多秘密。

很多絕不能對任何人說出來的秘密。

三

剛才本來已經聽不見的笑聲，現在又隱隱約約的傳了過來。

那三個比鬼還可怕的人好像還不肯放過她們。

連一蓮道：「你看我們兩個人能不能對付他們三個？」

穿紅裙的姑娘道：「不能。」

連一蓮道：「你的功夫並不壞，爲什麼要怕他們？」

穿紅裙的姑娘道：「因爲我從來不敢跟別人打架，只要一看見血，我就會暈過去。」

原來她也是個隨時都會暈過去的人。

唯一比一個隨時都會暈過去的女人更壞的，就是兩個隨時都會暈過去的女人。

幸好她們現在還沒有暈過去，所以她們都嗅到了一陣香氣。

火爆腰花的香氣。

唯一能發出火爆腰花這種香氣來的，只有火爆腰花。

要火爆腰花，不但要有腰花，還得要有油，有鹽，有火爐，有鍋子。

這些情形通常都只有在廚房裡。

廚房通常是個讓人覺得很安全溫暖的地方。

一個正要炒火爆腰花的人，通常都不會想到要去殺人的。

一個想要殺人的人，通常都不會到廚房去。

所以她們決定到廚房去。

蠔油牛肉

一

廚房在一道用紅磚砌成的矮牆後，一個小小的院子裡。

廚房並不小，門窗卻很少。

廚房裡燈火明亮，院子裡卻很黑暗，只有一點點從那兩扇小小的門窗中漏出來的燈光，剛好照在一個坐在門外一張竹椅的人身上。

廚房裡的人好像不少，院子裡卻只有坐在竹椅上的這個人。

連一蓮和穿紅裙的姑娘從矮牆外溜到院子裡來時，火爆腰花的香氣已經嗅不到了。

因爲一盤剛炒好的火爆腰花，已經被人倒進了陰溝裡。

剛炒好的火爆腰花，本來是應該倒進人肚子裡去的，爲什麼要倒進陰溝？

因爲有個人把這盤腰花端了出來，送到坐在竹椅上的這個人面前，這個人嗅了嗅，嘆了口氣，就把它倒進了陰溝。

這盤腰花本來炒得並不壞，連一蓮和穿紅裙的姑娘都認爲很香。

可是這個人在嗅著它的時候，臉上的表情卻好像在嗅一大盤狗屎。

這個人長得瘦小枯乾，看起來總是愁眉苦臉，好像天下每個人都欠了他幾千兩銀子沒有還，又好像被廚房裡的油煙氣燻得隨時都會吐出來。

他皺著眉，嘆著氣，道：「這盤子裡裝著的是什麼東西？」

炒菜的大師傅道：「是火爆腰花。」

這個人又嘆了口氣，道：「這不是火爆腰花，只不過是盤腰花著了火。」

所以一盤剛炒好的火爆腰花就被倒進了陰溝。

這個人嘆著氣，慢慢的站起來，慢慢的走進了廚房，過了半晌廚房裡又傳出火爆腰花的香氣，這次的香氣，果然有點不同。

連一蓮也說不出究竟是什麼地方不同，只不過剛才她嗅到那盤腰花香氣的時候，雖覺得很香，卻沒有想吃的意思。

因爲她肚子根本不餓。

可是這次她嗅到火爆腰花香氣的時候，雖然不餓，還是流出了口水。

這個瘦小枯乾，愁眉苦臉，嗅到廚房裡油煙氣就會想吐的人，原來是位手藝奇高的名廚。

只聽他在廚房裡嘆著氣說：「現在你開始數，從一數到一百二十的時候，就開始煉油，數到一百八十五的時候，就把這碗已經調好味的牛肉片下鍋，用鏟子炒七下，不多不少，只能炒七下，鍋就要離火，你就要趕快把牛肉裝到那個已經烤得有點溫熱的盤子裡，叫個快腿的人送上去，這時候那盤火爆腰花已經不夠鮮，不夠嫩，也不夠熱了，剛好吃這盤蠔油牛肉。」

他說話的時候，每個人都在靜靜的聽，連大氣都不敢出。

他停了停，才接著道：「蠔油牛肉並不是樣名貴的菜，可是只有在這種普通家常菜裡，才能顯得出炒菜的人的真功夫，所以你功夫，火候，時間，都一定要拿捏得特別準，半點都差錯不得。」

他在廚房裡面說話，躲在廚房外面的兩位女人都聽呆了。

她們都吃過牛肉，可是她們從來沒想到炒一盤牛肉還有這麼大的學問。

這時候愁眉苦臉的人已經走出了廚房，後面立刻有兩個人跟了出來。

他剛走出門，一個人就趕緊送上了一條雪白的熱手巾。

等他用這條熱手巾擦了把臉，另外一個人就馬上送上了一杯熱茶。

這個廚子的氣派實在不小。

能夠用這麼樣一個廚子來替他做菜的人，那是什麼樣的氣派！

連一蓮幾乎已忘記剛才那三個比鬼還可怕的人了。

她已經完全被這個氣派奇大的廚子所吸引，更想看看這個廚子的主人是個什麼樣的人物。

她不怕廚子。

廚子的手裡就算有刀，也只不過是把切菜的刀，不是殺人的刀。

穿紅裙的姑娘悄悄道：「怎麼樣？」

連一蓮道：「我先過去，問問那廚子這裡是什麼地方？你跟著我。」

穿紅裙的姑娘道：「這次應該讓我先過去。」

連一蓮道：「爲什麼？」

穿紅裙的姑娘道：「因爲他是個男人，男人對女人總比較客氣些。」

連一蓮笑道：「像你這麼好看的女孩子去找他說話，你問他兩句，他絕不會只說一句。」她當然不會說出自己也是個很好看的女孩子，能夠騙過這個大姑娘，而且能讓這個大姑娘對她這麼傾倒，她簡直得意極了。

兩個人一先一後從牆角後面走出來，穿紅裙的姑娘遠遠就向那廚子嫣然一笑，道：「你好。」

看見這麼樣一個漂亮的姑娘自動過來跟他搭訕，這廚子居然還是一副愁眉苦臉的樣子搖頭道：「不好。」

穿紅裙的姑娘道：「爲什麼不好？」

廚子嘆口氣道：「別人請客，又吃又喝，我卻像龜孫了一樣，在這裡替他們做菜，自己連一口都吃不到，這種日子，怎麼會好？」

穿紅裙的姑娘立刻作出很同情的樣子，道：「其實你自己可以先留一點下來，自己先享受。」

廚子道：「不行。」

穿紅裙的姑娘道：「爲什麼不行？」

廚子愁眉苦臉的嘆了口氣，道：「我吃不下，一嗅到油煙我就想吐。」

一嗅到油煙就想吐的人，卻偏偏要來做廚子，倒也是件怪事。

穿紅裙的姑娘又問道：「今天是誰在請客？」

廚子道：「除了他之外，還有誰能請我來這裡做菜？」

連一蓮忍不住問道：「他是誰？」

廚子瞪了她一眼，冷冷道：「你連他是誰都不知道？你在這裡是幹什麼的？」

連一蓮不敢開腔了。

穿紅裙的姑娘道：「今天他請的一定是位貴客，所以你才特地炒些家常菜給他吃。」

這句話顯然搔著了這廚子的癢處：「一點都不錯，整鴨整雞誰都會做，到處都可以吃得到，要做這種家常菜就得要有點學問了，絕不是時常能夠吃得到的。」

穿紅裙的姑娘道：「有道理。」

廚子嘆了口氣，道：「這麼簡單的道理，有些人卻偏偏不懂！」

穿紅裙的姑娘道：「卻不知今天你們請的那位貴客懂不懂？」

廚子道：「他應該懂的，他好歹也算是個世家子弟，總不會一心只想要吃大魚大肉。」

穿紅裙的姑娘道：「他是哪一家的少爺？」

廚子道：「就是這一家的。」

連一蓮又沉不住氣了，搶著問道：「是不是趙無忌？」

廚子瞪了她一眼，冷冷道：「不是他，是誰？」

連一蓮總算放心了。

趙無忌並沒有躺在那裡等死，卻坐在那裡等著吃肉。

廚子道：「你們還有什麼事想要問我的？」

穿紅裙的姑娘道：「沒有了。」

廚子道：「我倒有件事想要問問你們。」

穿紅裙的姑娘道：「什麼事？」

廚子道：「今天晚上你們誰留下來陪我睡覺？」

二

這個愁眉苦臉的廚子，居然會問出這麼樣一句話來，實在讓人大吃一驚。

連一蓮不但吃驚，而且氣得臉都紅了，怒道：「你在放什麼屁？」

廚子道：「難道你們連睡覺是什麼都不懂？」

穿紅裙的姑娘攔住了連一蓮，搶著道：「我懂，可是我不懂你為什麼不要我們兩個人一起陪你睡覺？」

廚子道：「因為我年紀大了，一天晚上最多只能用一個。」

穿紅裙的姑娘問道：「隨便哪一個都行？」

廚子道：「不錯，好看的小男孩，我也一樣喜歡！」

穿紅裙的姑娘道：「另外一個呢？」

廚子道：「另外一個我只好用來下酒了。」

穿紅裙的姑娘道：「你要用一個人下酒？」

廚子道：「當然不能用整個一個人，最多只能挑幾塊比較嫩的肉。」

他一雙眼睛不停的在她們身上幾個最嫩的部份打轉，臉上那種表情，就好像在看著兩條已經被剝光了的小綿羊。連一蓮簡直快氣瘋了，不但氣，而且想吐。

穿紅裙的姑娘居然還在問：「你準備怎麼吃法？」

廚子道：「當然是小炒，人肉一定要用快火小炒，否則肉就老了。」

穿紅裙的姑娘道：「想不到你對吃人肉這麼有研究。」

廚子道：「我拿手的一樣菜就是小炒人肉，正好你們兩個都有一身細皮白肉，正好都可以用來小炒。」

他又嘆了口氣，道：「看來我今天真的有點口福。」

穿紅裙的姑娘居然笑了笑，道：「今天不但有口福，艷福也不淺。」

廚子道：「看樣子你非但一點都不怕我，而且好像還開心得很。」

穿紅裙的姑娘道：「我當然開心，江湖中人人都知道，妙手人廚的眼光，一向很高，我能夠被妙手人廚看上，怎麼會不開心？」

廚子冷笑，道：「想不到你還有點眼力，居然認出了我。」

穿紅裙的姑娘笑得更甜，道：「我不但認出了你，而且還知道用什麼法子才能要你的命！」

廚子的臉色忽然變了，瞳孔突然收縮，厲聲道：「你……」

只說出這一個字，他的瞳孔忽又擴散，咽喉上忽然冒出一蓬血絲，呼吸已停頓。

連一蓮也吃了一驚。

她自己沒有動手，這個穿紅裙的姑娘好像也沒有動手。

她實在想不通這個人怎麼會忽然死了的。

穿紅裙的姑娘已扭轉過頭來，用手掩著臉，道：「你去看看他是不是死了？」

連一蓮道：「你爲什麼自己不去看看？」

穿紅裙的姑娘道：「我不能看見血，一看見血，我就會暈過去！」

連一蓮盯著她看了半天，忽然問道：「你殺人的時候爲什麼不會暈過去？」

穿紅裙的姑娘道：「因爲血流出來的時候，我已經轉過頭來了。」

她說得很自然，一點沒有要隱瞞的意思，好像根本就沒有把殺人當作件很重要的事。

連一蓮卻吃了一驚，道：「真是你殺了他的？」

穿紅裙的姑娘道：「如果不是你，就一定是我了。」

連一蓮看著她，還是看不出這個文文靜靜的人姑娘會殺人，殺的還是個江湖中有名的兇人。

妙手人廚不但兇惡狠毒，而且又賊又滑，南七省的武林豪傑幾次圍捕他都沒有傷到他的毫髮，這位大姑娘卻不動聲色，隨隨便便就要了他的命。

連一蓮忍不住嘆了口氣，苦笑道：「你真行，我佩服你！」

穿紅裙的姑娘笑了笑，道：「若不是因爲他的眼睛老是盯著不該看的地方看，想殺他還是不太容易。」

她接著又問道：「你看他是不是真的死了？」

連一蓮道：「當然真的死了，從頭到腳都死了。」

穿紅裙的姑娘道：「那我們還待在這裡幹什麼？」

連一蓮道：「你想到哪裡去？」

穿紅裙的姑娘道：「去做我師哥的陪客去。」

她接著又笑道：「如果我們的動作快一點，說不定，還可以趕得上去吃那盤蠔油牛肉。」

連一蓮道：「你還能吃得下？」

穿紅裙的姑娘道：「吃不下也要吃一點，妙手人廚做的菜，以前就不是時常能夠吃得到的，以後更吃不到了。」

三

客廳裡的窗子開著的，她們沿著牆角繞過來，剛好可以從一棵梧桐樹下的窗戶裡看到趙無忌，也可以看到那盤蠔油牛肉。

她們很想看看主人是誰，能夠讓妙手人廚替他做菜的人，總是值得看看的。

主人卻不在客廳裡。

因為客廳裡只有三個人，除了趙無忌外，另外兩個人都是站著的。

主人當然不會站著來陪客人吃飯，站在客人旁邊的，當然只不過是主人家的奴僕。

一人背對著她們，很高，很瘦，穿著件雪白的長袍，頭髮已花白。

一個把滿頭黑髮梳成個高髻的婦人，正在為無忌斟酒。

她的身材很苗條，風姿也很美，應該是個很好看的女人。

只可惜她臉上偏偏蒙著塊烏紗，讓人看不見她的真面目。

穿紅裙的姑娘忽然悄悄的問道：「你看這個女人是誰？」

連一蓮道：「我看不到她的臉。」

穿紅裙的姑娘道：「你看看她的頭髮，再看看她的手。」

這婦人的頭髮又長又黑又多，一雙手纖秀柔美，卻白得可怕。

連一蓮忽然想起來：「難道她就是那個半面羅剎？」

穿紅裙的姑娘道：「就是她。」

連一蓮苦笑道：「我們到處躲她，想不到現在反而送上她的門來了。」

穿紅裙的姑娘道：「這裡的主人，實在很了不起，居然能夠叫妙手人廚替他做菜，還能叫半面羅剎替他為客人倒酒。」

連一蓮道：「這裡說不定就是那個有鬼的院子。」

穿紅裙的姑娘道：「一定是的。」

連一蓮道：「聽說這裡本來是你未來的師嫂衛鳳娘住的地方。」

穿紅裙的姑娘道：「我也聽人這麼說過。」

連一蓮冷笑道：「這位衛小姐的氣派真不小。」

這客廳的氣派的確不小。

只要是一個客廳裡應該有的東西，這裡都有，而且每樣東西都是精挑細選過的，每樣東西的價值說出來都一定會讓人嚇一跳。

客廳裡不該有的東西，這裡也有，珍奇的古董，精巧的擺設，名貴的字畫……這些東西的價值簡直連說都沒法子說出來。

穿紅裙的姑娘嘆了口氣，道：「如果這些東西都是我師哥給她的，我師哥一定發過筆橫財。」

連一蓮道：「如果這些東西不是你師哥送給她的，你師哥不氣死才怪。」

其實這地方已經變得和鳳娘住在這裡的時候完全不同了。

這些東西鳳娘連看都沒有看過。

唯一沒有變的是鳳娘那間臥房，裡面每樣東西都沒有被人動過。

鳳娘臨走的時候，掉了根髮簪在地上，現在這根髮簪還在原來的地方。

鳳娘臨走的時候，曾經在床上躺了一下，現在枕頭上那個印子還在，其實，連她落在枕頭上的那根頭髮也都還在原來的地方。

連一蓮道：「你是不是真的想吃那盤蠔油牛肉？」

穿紅裙的姑娘又嘆了口氣，道：「現在，我就算想不吃都不行了。」

連一蓮道：「爲什麼？」

穿紅裙的姑娘道：「你回頭看看！」

連一蓮用不著回頭去看，只看她臉上的表情，就知道那個沒有臉的鬼影子，和那個有兩張面的鬼影子已經在她們後面。

她忽然大喊：「趙無忌，你筷下留情，留一點牛肉讓我嚐嚐。」

無忌根本沒有師妹，一直都猜不出誰會冒充他的師妹。

現在他知道了。

連一蓮和他這個穿紅裙的師妹出院子時，他笑了，笑得很愉快，好像自己能夠有這麼樣一個師妹，是非常愉快的事。

她們就是從梧桐樹下那個窗口掠過來的，連一蓮在前，穿紅裙的姑娘在後，兩人的身子還沒有落地，就有股勁風迎面捲來。

一個人用嘶啞乾裂的聲音，輕叱道：「出去……」

她們都沒有出去。

連一蓮凌空翻身，整個人已像壁虎般貼在牆上。

穿紅裙的姑娘本來好像已被震出窗外，腳尖忽然在窗框上一勾，又輕飄飄的飛了進來。

風聲猶勁，一直背對著窗口的白衣人，寬大的衣袖仍在獵獵飛舞。

穿紅裙的姑娘嬌笑道：「好厲害的氣功。」

連一蓮道：「只可惜他練的不是大氣功，是小氣功。」

穿紅裙的姑娘道：「氣功也有分大小的？」

連一蓮道：「如果他練的不是小氣功，怎麼會這麼小器，多兩個人吃飯，多擺兩雙筷子，

也沒什麼了不起，如果他不是小器，爲什麼一定要把我們趕出去？」

穿紅裙的姑娘笑了，可是等到這個人回過頭，她們就再也笑不出來。

這個人臉上竟長著比頭還大的肉瘤，幾乎將面目全都擋住。

他的人一動，這肉瘤便跟著動，看來又像是個很大的氣泡。

連一蓮全身的雞皮疙瘩都起來了。

你就算用刀逼著她，她也絕不敢跟這個人動手的，如果一拳打在這個肉瘤上，她自己一定會先暈過去。

她已經在叫：「你千萬不能跟我們打架，我是你們這位貴客的好朋友。」

穿紅裙的姑娘道：「我是他的師妹，你更不能找上我。」

無忌微笑道：「兩個小孩子胡鬧，丁先生就饒他們這一次吧。」

這位丁先生用一隻從肉瘤旁邊露出來的眼睛盯著她們，忽然道：「請坐。」

連一蓮坐下很久之後，心還在跳。

她實在不敢去看這個嚇人的瘤子，卻又偏偏忍不住要偷偷的去看。

這麼大的肉瘤，的確不是時常能夠看得到的。

穿紅裙的姑娘忽然說道：「我知道青城門下有位丁先生，他的混元一炁功天下無雙……」

這位丁先生冷冷的打斷了她的話，道：「我就是丁瘤子，我的混元一炁功練得不好，所以，才會練出這麼樣的一個肉瘤來。」

據說他這肉瘤真是練氣功練出來的。

這瘤子本來只是小小的一點，他氣功愈來愈高，這瘤子就愈來愈大。

現在他的氣功雖然不是天下第一，這瘤子卻絕對是天下第一了。

丁瘤子又道：「我也不是青城門下，我是如意教的弟子，跟青城派已完全沒有半點關係。」

穿紅裙的姑娘道：「如意教？我怎麼從來沒有聽說過。」

無忌道：「因爲你根本就孤陋寡聞，你沒有聽見過的事太多。」

穿紅裙的姑娘其實絕不孤陋，也不寡聞，她知道的事遠比別人多得多。

可是師哥要教訓師妹的時候，師妹就算不服氣，也只有聽著。

連一蓮不是他的師妹，所以她還是忍不住要問：「你的教主是誰？」

丁瘤子道：「鎮三山，轄五嶽，上天入地鬼見愁，如意大帝。」

連一蓮幾乎聽呆了：「你說的就是你們教主的名字？」

丁瘤子道：「是的。」

連一蓮幾乎忍不住要笑出來。

這名字聽來雖然威風，卻也有點滑稽。

但是丁瘤子的口氣卻很嚴肅，而且充滿了畏懼和尊敬。

能夠讓丁瘤子，半面羅刹，妙手人廚這些人對他這麼畏懼尊敬，這位如意大帝當然絕不會是個很滑稽的人。

連一蓮總算沒有笑出來，只輕輕的說了句：「這名字好長。」

穿紅裙的姑娘道：「我想他一定是個很了不起的人。」

丁瘤子道：「他是的。」

穿紅裙的姑娘道：「我能不能夠看到他？」

丁瘤子道：「能。」

穿紅裙的姑娘嘆了口氣道：「我只希望他不要討厭我，把我趕出去。」

那個臉上蒙著黑紗，一直都沒有開口的半面羅剎忽然道：「他不會討厭你，他很喜歡你。」

穿紅裙的姑娘道：「真的？」

半面羅剎道：「他說你很像一個人，尤其睡著了的時候更像。」

穿紅裙的姑娘笑了，道：「他怎麼知道我睡著了的時候是什麼樣子？」

半面羅剎道：「昨天晚上你是不是連衣服都沒有脫就睡著了？」

穿紅裙的姑娘點點頭。

半面羅剎道：「昨天晚上你一定是很累，可是又不想睡得太沉，所以你特地找了一根木柴做枕頭，還用茶壺頂住了窗戶，用凳子頂住了門。」

穿紅裙的姑娘道：「他……他怎麼會知道的？」

半面羅剎笑了笑，道：「他親眼看見的，怎麼會不知道？」

穿紅裙的姑娘笑不出了。

半面羅刹道：「你們雖然沒有看見他，他卻早就看見過你們。」

連一蓮笑道：「他也看見過我？」

半面羅刹道：「你昨天晚上是不是一直都沒有睡著？」

連一蓮點點頭。

半面羅刹道：「你是不是一直都在哭？哭得很傷心？」

連一蓮身上的雞皮疙瘩又冒了出來。

如果你的一舉一動都被人看得清清楚楚，你卻連他的影子都沒有看見，你也會害怕的。

半面羅刹道：「他也聽見你們說趙無忌公子今天一定會回來，所以今天一早就準備好要請趙公子來吃頓飯。」

穿紅裙的姑娘道：「現在客人是不是已經來齊了？」

半面羅刹笑道：「該來的都已經來了，連不該來的都來了。」

穿紅裙的姑娘道：「主人呢？」

半面羅刹道：「主人剛巧不在家。」

穿紅裙的姑娘道：「主人怎麼會不在家？」

半面羅刹道：「因爲他剛巧有事要出去。」

穿紅裙的姑娘又笑了，道：「這倒真是巧得很，他明明知道有客人來，卻剛巧要出去。」

半面羅刹道：「因爲有個人剛巧到了附近，他剛巧要去看看這個人。」

她嘆了口氣，又道：「天下就有這麼巧的事，你有什麼法子？」

穿紅裙的姑娘道：「我一點法子都沒有。」

半面羅刹道：「所以你們只好坐在這裡等。」

連一蓮又忍不住道：「想不到如意大帝要看一個人的時候，也要勞動自己的大駕。」

半面羅刹道：「他知道那個人絕對不會來的，只好自己去了。」

連一蓮道：「那個人爲什麼自己不會來？」

半面羅刹道：「因爲那個人並不想看見他。」

連一蓮道：「他爲什麼不要你們去把那個人請到這裡來？」

半面羅刹道：「因爲他知道我們一定請不動那個人的。」

連一蓮道：「連你們都請不動？」

半面羅刹又嘆了口氣道：「能請得動他的人，南七北六十三省加起來只怕也沒有幾個。」

連一蓮咋舌道：「原來他的派頭也不小。」

半面羅刹道：「他的派頭本來就大極了。」

連一蓮道：「像他派頭那麼大，南七北六十三省加起來也沒有幾個。」

半面羅刹道：「一點都不錯。」

連一蓮道：「這位派頭奇大的人究竟是誰？」

半面羅刹道：「其實這人也沒什麼了不起，也只有兩個眼睛，一個鼻子，一張嘴，只不過比別人多練幾天劍法而已。」

連一蓮道：「聽你的口氣，這人的劍法好像還不錯。」

半面羅刹道：「勉強還說得過去。」

連一蓮道：「他也算是個劍客？」

半面羅刹笑了笑，道：「如果他還不能算是個劍客，能夠算是劍客的人只怕就很少了。」

連一蓮道：「他是什麼劍客？」

半面羅刹道：「是個瀟湘劍客。」

連一蓮道：「衡山的瀟湘劍客？」

半面羅刹道：「是的。」

連一蓮不說話了。

她實在沒法子再說什麼，一個人如果爲了要去看瀟湘劍客而讓別人久等，無論等多久別人都沒有話說的。

瀟湘劍客這名字並不特別。

江湖中每一代好像都有個學劍的人叫做「瀟湘劍客」。

這本來就是個很平凡的名字。

可是有資格叫做「瀟湘劍客」的人，卻一定不是個很平凡的人。

每一代的瀟湘劍客劍法都極高，而且通常都很瀟灑，很高雅，很風流，很灑脫，甚至還會有點驕傲。

因爲他們的確都有值得驕傲之處。

尤其是這一代的瀟湘劍客，人如玉樹，劍如遊龍，不但是衡山劍派數一數二的高手，還是江湖中有名的美男子。

穿紅裙的姑娘忽然嘆了口氣，道：「甚至我也早就想見他了。」

忽然間，窗外有樣東西飛了進來，一個人道：「你看吧！」

一樣東西「噗哧」落在地上，卻是個用小牛皮做成的袋子。

丁瘤子和牛面羅剎都已恭恭敬敬的退到一邊，躬身肅立。

「教主回來了。」

二

瀟湘劍客雖然沒有來，能夠看到如意大帝，也一樣是件非常令人興奮的事。

每個人都張大了眼睛在看——

這位鎮三山，轄五嶽，上天入地鬼見愁的如意大帝，究竟是個什麼樣的人？

她們只看見了一個臉色蒼白，身上穿著件雪白的袍子，看來顯得有點瘦弱的小孩。

連一蓮忍不住問：「你們教主呢？」

這小孩年紀雖小，派頭卻奇大，背負著雙手，施施然走進來，根本不理她。

無忌已霍然站起，吃驚的看著他，失聲道：「是你？」

這小孩道：「是我。」

無忌嘆了口氣，道：「當然是你，我早就該想到的。」

連一蓮又忍不住問：「他是誰？難道他就是如意大帝？」

無忌道：「是的。」

這個十二三歲的小孩子，居然就是如意教的教主如意大帝。

連一蓮又驚訝，又好笑。

她沒有笑出來，只因爲除了她之外，誰都沒有一點覺得好笑的意思。

丁瘤子和半面羅刹連頭都不敢抬起來，無忌的表情也很嚴肅。

因爲他知道這小孩子非但一點都不可笑，甚至還真的有點可怕。

半面羅刹，丁瘤子這些聞名江湖的兇人，會對一個小孩子這麼服貼，並不是沒有原因的。

無忌很瞭解這一點，也很瞭解這個小孩。也只有一個像他這樣的孩子，才會替自己起這麼一個名字——好長的名字。

他本來的名字只有一個字：雷。

他這個人的確也像是雷一樣，誰也沒法子捉摸，誰也沒法子控制。

三

那個用小牛皮做的袋子還在地上。

小雷忽然問連一蓮道：「你是不是很想看看瀟湘劍客？」

連一蓮道：「是。」

小雷道：「現在你爲什麼不看了？」

連一蓮道：「他在哪裡？」

小雷道：「就在這裡。」

順著他用手指著的地方看過去，只能看得見那皮袋子，看不見瀟湘劍客。

連一蓮忽然想到了一件可怕的事，失聲驚叫道：「難道瀟湘劍客他……他就在這皮袋子裡？」

小雷道：「你爲什麼不自己打開來看看？」

連一蓮伸出手，又縮回去。

她不敢看。她已經想到那皮袋子裡裝的是什麼，她全身都在發冷。

小雷道：「你是不是以爲這袋子裡裝著的是個人頭？」

連一蓮道：「難道不是……」

小雷忽然笑了，大笑道：「看來你的膽子雖然不大，疑心病卻不小。」

連一蓮道：「這袋子裡究竟裝的是什麼？」

小雷忽然轉過頭，去問那個穿紅裙的姑娘：「她不敢看，你敢不敢？」

穿紅裙的姑娘沒有開口，卻走過去把那皮袋子從地上撿了起來。

她的手好像也有點抖。

小雷道：「看來，你最好還是不要看的好。」

穿紅裙的姑娘道：「我要看。」

小雷道：「這裡面說不定真有個人頭，瀟湘劍客的人頭。」

穿紅裙的姑娘道：「我不怕。」

她雖然說不怕，手卻抖得更厲害了，拉了幾次，才把繫著袋口的那一根皮繩拉開。袋子裡就有幾樣東西掉了出來——半柄斷劍，幾件衣裳，和一雙耳朵。

人的耳朵，上面還帶著血。

連一蓮總算鬆了口氣，這袋子裡總算沒有人頭。

這雙人耳朵看起來雖然也很可怕，至少總比一個血淋淋的人頭好看得多。

穿紅裙的姑娘道：「這真是瀟湘劍客的耳朵？」

小雷道：「衣服也是他的。」

穿紅裙的姑娘道：「你把他的衣服拿來幹什麼？」

小雷道：「因爲我高興。」

穿紅裙的姑娘道：「你高興幹什麼就幹什麼？」

小雷道：「你難道不知『如意』兩個字是什麼意思？」

穿紅裙的姑娘嘆了口氣，拿起那半柄斷劍，道：「這也是他的劍？」

小雷道：「這上面有幾行字，你唸出來給大家聽聽。」

穿紅裙的姑娘就唸了出來。

「衡山寶器，
戒之在殺，
劍在人在，
劍亡人亡。」

小雷說道：「你們大家是不是都聽見了？」
是的，每個人都聽得很清楚。
小雷說道：「你們大家有沒有嗅到臭氣？」
沒有。
穿紅裙的姑娘道：「我說話又不是放屁，怎麼會臭？」
小雷道：「這些話卻都是放屁，怎麼會不臭？」
穿紅裙的姑娘道：「這些話都很有道理，怎麼會是放屁？」
小雷道：「他殺的人絕不比別人少，我折斷了他的劍，剝光了他的衣服，割下了他的耳朵，他還不肯死。」
他冷笑，又道：「這些話不是放屁是什麼？」
穿紅裙的姑娘嘆了口氣，道：「好像的確是在放屁。」
小雷道：「不但是在放屁，而且放的都是臭屁，他自己卻偏偏嗅不到，所以我一氣之下，就把他的耳朵割了卜來。」

穿紅裙的姑娘道：「他的鼻子不靈，所以才嗅不到臭氣，你應該割下他的鼻子才對。」

小雷道：「他的鼻子既然不靈，我還割下來幹什麼？」

穿紅裙的姑娘笑了：「有道理。」

小雷道：「我說的話當然有理，每一句都有道理。」

他仰起頭，傲然道：「因爲我就是天上地下獨一無二的如意大帝。」

仙子與羅刹

一

現在連一蓮終於也明白，丁瘤子他們這些人爲什麼會對這小孩這麼害怕了。

能夠折斷瀟湘劍客的佩劍，剝光他的衣服，割下他的耳朵，已經是件很駭人的事，可是真正可怕的還不是這些地方。

小雷忽然問她：「你是不是怕我？」

連一蓮沒有回答，因爲她不能否認，又不想承認。

小雷道：「你爲什麼怕我？」

連一蓮也沒有回答，因爲她根本不知道，她忽然發現這也許就是他真正可怕的地方，別人雖然怕他，卻不知道爲什麼要怕。

小雷又去問那個穿紅裙的姑娘：「你呢？你怕不怕我？」

穿紅裙的姑娘道：「我不怕。」

小雷道：「別人都怕我，你爲什麼不怕我？」

穿紅裙的姑娘道：「因爲我根本不知道爲什麼要怕你。」

小雷笑了。

他看著她笑了半天，忽然問道：「你嫁給我好不好？」

穿紅裙的姑娘道：「好。」

小雷忽然問出了這麼樣一句話，大家已經吃了一驚。

穿紅裙的姑娘居然答應得這麼痛快，大家更意外。

連小雷自己都覺得有點意外：「你真願意嫁給我？」

穿紅裙的姑娘道：「我當然願意。」

她忽然又嘆了口氣：「只可惜我知道你並不是真的喜歡我。」

小雷說道：「那我爲什麼還要你嫁給我？」

穿紅裙的姑娘道：「因爲我很像另外一個人，你真正喜歡的是她，所以，如果我真的嫁給了你，以後你也一定會後悔的。」

小雷道：「爲什麼？」

穿紅裙的姑娘道：「因爲我畢竟不是她，以後你一定會發現我們有很多地方不一樣，那時候你就會開始後悔了，如果你萬一再碰到她，說不定就會一腳把我踢出去。」

小雷想了想，道：「你說的好像也有道理。」

穿紅裙的姑娘嫣然道：「我雖然不是如意大帝，可是我說的話，多少也有點道理。」

小雷道：「所以你還是不要嫁給我的好。」

穿紅裙的姑娘道：「不是我不想嫁給你，只不過你最好還是不要娶我，因爲我不想害你。」

小雷又想了想，忽然轉過臉去問無忌：「你看不看得出她像誰？」

無忌道：「我看不出。」

小雷道：「你應該看得出的，她像鳳娘，你的那個衛鳳娘。」

無忌道：「你喜歡鳳娘？」

小雷道：「你難道還不明白我爲什麼要到這裡來？爲什麼要住在這裡？」

他當然是爲了鳳娘。

因爲這地方是鳳娘以前住過的，這地方每樣東西上面都有鳳娘的影子。

現在無忌終於明白了。

他只能苦笑。

小雷那本來應該很孩子氣的臉上，忽然露出了一種成人的悲傷，黯然道：「可惜，現在她已經不是你的了，也不是我的了。」

他的悲傷忽然又轉變為憤恨：「因為，那個活死人已經把她從我們這裡搶了過去。」

他說的這個活死人當然就是地藏，那天給地藏帶去的人果然就是鳳娘。

無忌無疑也已被刺痛，一種深入心臟，深入骨髓的刺痛。

也許就因為這種痛苦太深，所以表面上反而一點都看不出。

小雷瞪著他，忽然大聲道：「你看起來為什麼一點都不難受？」

無忌沒有開口，那穿紅裙的姑娘卻嘆了口氣，道：「能夠看得出的難受，也許就不是真的難受了。」

小雷道：「有道理，你說話好像真的都有點道理。」

穿紅裙的姑娘嫣然一笑，剛想找雙筷子來吃口蠔油牛肉，小雷忽然叫起來，道：「不像了，你一笑起來就不像了，幸好我沒有娶你，你也沒有嫁給我。」

這時候遠處響起了更鼓聲，「篤，篤」兩響，敲的是兩更。

算起來現在正好，差不多是二更。

二更天的時候，聽到敲二更的點子，本來是理所應當的事。

小雷的臉色卻變了，道：「想不到這死瞎子居然能找到這裡來。」

只有趙無忌知道他說的這個死瞎子是誰。

敲更的聲音來自遠處，可是聽在耳朵裡，敲更的人卻彷彿就在耳邊。

除了奪命更夫柳三更之外，世上還有哪個更夫手上有這麼深的功力？

這位天不怕，地不怕的如意大帝，雖然不怕柳三更，對那活死人還是有點害怕的。

靜夜中，只聽見一聲聲竹杖點地的聲音，自遠而近，愈來愈響。穿著青色的褲，擔著竹更小鑼的柳三更，終於慢慢的從黑暗中出現。

小雷沒有動，大家也都沒有動，小雷閉著嘴，大家也都閉著嘴。

無忌明白小雷的意思。

江湖中有很多人都不信這個奪命更夫真的瞎了，有時他能看見的確實比不瞎的人都多。

小雷卻知道他的瞎一點都不假。

一個瞎子的感覺和耳力無論多麼敏銳，只要大家都不出聲，他就絕不會知道有些什麼人在這裡。

大家靜靜的看著他穿過院子走進來，蠟黃的臉上茫然全無表情，就好像走入了一間連一個人都沒有的空屋子。

屋子裡有這麼多個人的眼睛在盯著他，他卻連一點反應都沒有，用白色的竹杖點著地，慢慢的走到桌子前面，深深吸了一口氣，喃喃道：「想不到這裡居然有酒有菜，別人既然不吃，正好讓我享受。」

他摸索著，找了張椅子坐下，把手裡的竹杖倚在桌邊，居然又在桌上摸到了一雙筷子，夾了塊蠔油牛肉，放進嘴裡慢慢咀嚼，又喃喃道：「這牛肉炒得真不錯，只可惜已經涼了。」

他自斟自飲，喃喃自語，就好像一個人在唱獨腳戲，卻不知道自己每吃一口菜，都有一屋子的人在旁邊眼睜睜的看著。

連一蓮看得幾乎連眼淚都要掉了下來。

這種情況在別人看來也許會覺得很滑稽，可是，在她看來，卻是世上最悲慘的事。她幾乎忍不住要告訴這個可憐的瞎子，這屋子裡並不是只有他一個人。

柳三更忽然放下筷子，長長嘆了口氣，道：「只可惜小雷不在這裡，這樣的火爆腰花，和這樣的蠔油牛肉正好都是他最愛吃的家常菜，他若在這裡，我一定全都留給他吃。」

這幾句話也說得正和這兩樣家常菜一樣，雖然平淡無奇，卻有一種說不出的滋味。

連一蓮幾乎又忍不住要告訴他，小雷就坐在他身旁，他只要伸長手就可以摸到。

想不到小雷居然也被感動了，忽然道：「你用不著留給我，你自己吃吧，我知道這兩樣菜你也喜歡吃的。」

柳三更蠟黃的臉上立刻發出了光，道：「原來你也在這裡。」

小雷道：「我早就在這裡了，本來不想讓你知道的，可是你對我這麼好，我怎麼忍心再瞞住你。」

柳三更道：「自從你走了之後，不但我天天想你，你師傅也在想你。」

小雷道：「他也會想我？」

柳三更道：「他外表看來雖然冷冰冰，可是他想你比我想得更厲害。」

小雷嘆了口氣，道：「我本來還以爲他只不過想利用我，替他去打敗蕭東樓教出來的那個徒弟，替他爭口氣。」

柳三更道：「你錯了，只要你肯回去，他就已經比什麼都高興。」

小雷道：「可是我還不想回去。」

柳三更道：「爲什麼？」

小雷道：「我還是個小孩子，總不能像他那樣天天躺在棺材裡，外面又這麼好玩。」

柳三更道：「等你的劍法學好了，再出來玩也不遲。」

小雷道：「難道，你不能留下來陪我多玩幾天，我天天都可以叫人炒牛肉給你吃。」

柳三更道：「好，我陪你。」

小雷實在想不到他答應得這麼痛快，高興得幾乎跳了起來。

柳三更也很高興，道：「你先過來，讓我摸摸你的臉，這幾個月來，你是胖了？還是瘦了？」

小雷立刻走過來，笑著道：「我胖了好多，我找到個好廚子。」

在這瞎子面前，他已不再是那個了不起的如意大帝了。

他畢竟還是個孩子。

兩個人真情流露，連一蓮幾乎又被感動得要掉下眼淚來。

就在她的熱淚已開始在眼眶裡打滾，柳三更的手忽然一翻，已扣住了小雷的脈門。

連一蓮吃了一驚，小雷當然更吃驚，失聲道：「你幹什麼？」

柳三更冷冷道：「你在外面已經玩夠了，還不如現在就跟我回去吧。」

小雷道：「你剛才全是騙我的？」

柳三更道：「就算我騙你，也是爲你好。」

小雷道：「你早就知道我在這裡，所以故意說那些話給我聽，讓我感動，你才好把我抓回

去？」

柳三更不想否認，也不必再否認，忽然道：「趙無忌，你也跟我回去吧，鳳娘一直還在等著你。」

連一蓮又吃了一驚。

原來這瞎子不但早就知道小雷在這裡，也知道無忌在這裡。

她本來也是個花樣奇多的人。

可是現在她忽然發現自己玩的那些花樣，跟這瞎子一比，簡直就像小孩子玩的把戲。

無忌居然還沉得住氣，道：「你爲什麼要我也跟你回去？」

柳三更道：「你的劍法還沒有學好，在外面是會吃虧的。」

無忌道：「你要我回去，也是爲了我好？」

柳三更道：「當然是的。」

小雷本來已嚇呆了，忽然又笑了笑，道：「只可惜他就算想跟你回去，也不能了。」

柳三更道：「爲什麼？」

小雷道：「因爲你們兩個人都已經沒法子活著走出這和風山莊。」

他又笑了笑，道：「你死得可能比他還快，因爲你的酒比他喝得還多。」

柳三更冷笑道：「難道這壺酒裡有什麼花樣？」

小雷道：「你知道這壺酒早已擺在桌上，當然想不到酒壺會有什麼花樣，卻不知我這壺不是給自己喝的，是早就準備好給趙無忌喝的。」

柳三更道：「你爲什麼要害他？」

小雷道：「不管怎麼樣，他總是鳳娘的老公，我不害他，害誰？」

柳三更臉色已經有點變了，用另外一隻手抓起酒壺嗅了嗅，忽又冷笑，道：「這壺酒裡若是有毒，我柳三更不但瞎了眼，連鼻子都應該割下來。」

小雷道：「奪命更夫縱橫江湖數十年，要騙過你當然不大容易。」

柳三更冷笑道：「的確不太容易。」

小雷道：「你知道的事情當然也不會少。」

柳三更道：「的確不少。」

小雷道：「那麼你一定知道，江湖中有七位女俠，號稱七仙女，都是江湖中有名的美人！」

他忽然改變話題，提起跟這件事完全沒有關係的七仙女來，別人雖然覺得奇怪，柳三更卻不在乎。

如果你已經扣住了一個人的命脈，知道他已經無法逃脫你的掌握，那麼不管他說什麼，你也會不在乎的。

柳三更道：「我不但知道她們，而且還認得幾個。」

小雷道：「那七位仙女之中，是不是有一位也姓柳？」

柳三更道：「不錯。」

小雷道：「你也認得她？」

柳三更居然嘆了口氣，道：「落露仙子人如其名，真的是艷光四射，而且溫柔嫻靜，那樣的女人，現在已不多了。」

小雷道：「現在她的人呢？」

柳三更道：「夕陽雖好，只可惜已近黃昏。」

小雷道：「難道她已經死了？」

柳三更嘆道：「她實在死得太早。」

小雷道：「現在你雖看不見她的人，一定還可以聽得出她的聲音。」

柳三更道：「餘音繞樑，豈止三日，她的音容美貌，無論是誰都很難忘懷得了的。」

小雷也嘆了口氣，道：「只可惜她死得太早。」

柳三更道：「實在可惜。」

小雷忽然笑了笑，道：「柳落露，你究竟死了沒有？」

半面羅剎道：「沒有。」

二

他忽然去問一個已經死了的人「死了沒有？」已經讓人覺得很奇怪。

想不到居然真的有人回他「沒有」，更想不到這個人竟然是半面羅剎。

最令人想不到的是，柳三更聽見她的聲音，臉色立刻大變。

難道這個兇狠毒辣的半面羅剎，就是那個溫柔嫻靜的落露仙子？

小雷又問道：「你就是落露仙子？」
半面羅剎道：「我就是。」
小雷道：「你還沒有死？」
半面羅剎道：「我知道人人都以爲我已經死了，可惜我還沒有死。」
她的聲音中充滿悲傷，竟好像真的認爲自己還沒有死是件很可惜的事。
小雷道：「你本來明明是個仙子，爲什麼會變成了羅剎？」
羅剎是一種極兇，極惡，極醜的鬼。
半面羅剎道：「自從我的臉被毀了之後，我就變成了羅剎。」
連一蓮看過她的臉，現在她的臉確實已不再像是個仙子。
小雷道：「你的臉是被誰毀了的？」
半面羅剎道：「公孫蘭。」
小雷道：「公孫蘭是什麼人？」
半面羅剎道：「就是揚州大俠公孫剛止的獨生女兒。」
小雷道：「他們是不是江南四大武林世家之一，公孫世家中的人？」
半面羅剎道：「正是。」
小雷道：「公孫蘭爲什麼要毀了你的臉？」
半面羅剎道：「因爲她也愛上了林朝英。」
小雷道：「哪個林朝英？」

半面羅刹道：「就是那個說話像放屁一樣的瀟湘劍客林朝英。」

小雷道：「他是你的什麼人？」

半面羅刹道：「是我的丈夫。」

小雷道：「那個公孫蘭怎麼會認識他的？」

半面羅刹道：「那時候她經常到我家裡去。」

小雷道：「你們本來沒有仇恨？」

半面羅刹道：「絕沒有。」

小雷道：「她本來是你的什麼人？」

半面羅刹道：「是我結拜的姐妹。」

她的聲音一直都是冷冷淡淡的，說到這裡，才有點改變。

可惜她臉上蒙著的烏紗不但顏色深暗，而且很厚，讓人根本看不出她臉上的表情。

小雷道：「你跟她的交情怎麼樣？」

半面羅刹道：「我本來一直拿她當作我的妹妹，什麼事我都讓著她。」

小雷道：「可是你不能把丈夫也讓給她了？」

半面羅刹道：「我本來一點都不知道，有一年的中秋節，她請我們到她家裡去過節，我們去了，她拚命勸我喝酒，我就喝。」

她的聲音忽然嘶啞，過了很久，才能接著說下去：「想不到她居然乘我喝醉了的時候，跟我的丈夫上了床。」

小雷道：「你既然喝醉了，怎麼會知道的？」

半面羅刹道：「因爲他們的膽子也太大了些，就在我隔壁的屋子裡做那種事，想不到我半夜忽然驚醒。」

小雷道：「你聽見了他們的聲音？」

半面羅刹道：「我沒有，可是我卻好像被鬼迷住了一樣，忽然想到那間屋子裡去看看。」

小雷道：「女人遇到這種事的時候，都會變得有點怪的。」

半面羅刹道：「我看見他們時，真是氣瘋了，公孫蘭嚇得跑了出去，我就在後面追，那時候我真的想把她活活扼死。」

小雷道：「後來呢？」

半面羅刹道：「後來我變成了這樣子。」

小雷道：「爲什麼？」

半面羅刹道：「因爲那是她的家，她的父母兄弟看見我要殺她，就一起把我制住，關進她家的燒磚窯裡，想把我活活燒死。」

小雷道：「林朝英難道也沒有挺身救你？」

半面羅刹道：「那時候他早已跑了，連人影都看不見了。」

對一個女人來說，這實在是種很悲慘的遭遇，這件事本身也很曲折，實在可以算是個淒厲哀傷，動人心弦的大悲劇。

可是大家卻仍然想不通小雷為什麼要引半面羅剎說起這件事。

這件事和剛才發生的事好像連一點關係都沒有，只不過使大家的想法有了一點改變而已——那位瀟湘劍客，實在有點該死。

小雷道：「自從那次事發生之後，江湖中人就認為你已經死了。」

半面羅剎道：「因為他們想不到我居然沒有死，公孫世家還替我出面，辦了個很風光的喪事。」

小雷道：「為什麼你還沒有死？」

半面羅剎道：「那是天無絕人之路，也是我命不該絕，他們做夢也想不到，那天晚上恰巧有人想去偷他們的磚頭。」

小雷道：「是那些偷磚賊把你救出來的？」

半面羅剎道：「可是我不但半邊臉被燒燬了，整個人都已被燒得不成樣子！」

小雷道：「所以你寧願讓別人認為你已經死了，因為你不願讓人看見你已經變成這個樣子。」

半面羅剎道：「我不但樣子變了，連心裡的想法都變了！」

小雷道：「所以一年之後，江湖中就忽然出現了一個半面羅剎。」

半面羅剎道：「因為，那時候我才知道，做人一定要心狠手辣，才不會吃虧上當。」

小雷道：「聽說你後來把公孫蘭一家四十幾口都綁了起來，先削掉他們半邊臉，再把他們送到一個別人找不到的地方去活活等死。」

半面羅刹道：「我在那磚窯裡，已經嚐過了等死的滋味，我一定要讓他們也嚐嚐，他們那一家沒有一個是好東西。」

小雷道：「公孫剛正雖然並不剛正，卻是八卦門第一把好手，他們一家人的武功都不弱，你怎麼把他們一家人都綁起來的？」

這件事連一蓮已經聽那穿紅裙的姑娘說過，那時她也在奇怪，半面羅刹一個人，怎麼能把公孫世家的幾十口人全都綁起來，聽她宰割？

半面羅刹道：「他們家喝的是井水，後院裡的一口井是那附近有名的甜水井，用來泡茶特別好喝。」

她陰森森的一笑，又道：「他們是世家，連僕人都很講究喝茶。」

小雷道：「你在那口井下了藥？」

半面羅刹道：「只下了一點點。」

小雷道：「你下的是什麼藥？」

半面羅刹道：「那種藥叫君子散。」

小雷道：「那是種什麼藥？」

半面羅刹道：「是種毒藥，少則可以令人昏迷無力，多則令人送命！」

小雷道：「那種毒藥爲什麼叫做君子散。」

半面羅刹道：「因爲那種藥就像是君子一樣，溫良平和，害了人之後，人家還一點都不知道。」

小雷大笑，道：「好名字！」

他微笑接著道：「看來各位以後對君子還是小心提防一點的好。」

半面羅刹身世孤苦，遭遇悲慘，難免憤世嫉俗，他小小年紀，居然也這麼偏激，所以做出來的事總是會讓人嚇一跳。

小雷又問道：「剛才你是不是也在那壺酒裡下了一點藥？」

半面羅刹道：「下了一點。」

小雷道：「你下的是什麼藥？」

半面羅刹道：「君子散。」

最後這句話，才是「畫龍點睛」，最後的神來之筆。現在大家才明白，小雷爲什麼會忽然問起這件事了。

公孫剛正一家人武功都不弱，如果不是因爲中了這種君子散的毒，絕不會一個個全都被半面羅刹綁了起來，全無反抗之力。

這種君子散當然是種無色無味，厲害之極的毒藥。否則公孫剛正一家人中也有不少老江湖，怎會連一個人都沒有發覺？

無忌臉色蒼白，忽然用兩隻手捧住腹道：「不對。」

柳三更臉色也變了，失聲道：「什麼不對？」

無忌道：「那壺酒……」

柳三更道：「難道……」

他一句話還沒有說完，小雷已掙脫了他的掌握，順手點了他五六處穴道。

穿紅裙的姑娘嘆了口氣，道：「好厲害的人，好厲害的君子散。」

小雷大笑，道：「你也佩服我？」

穿紅裙的姑娘道：「我實在是佩服極了。」

連一蓮的秘密

一

無忌坐在那裡，兩眼發直，好像已經動都不能動了。連一蓮跳起來，衝過去，道：「那壺酒裡真的有毒？」

無忌道：「假的。」

連一蓮怔了怔，道：「那壺酒裡沒有毒？」

無忌道：「沒有。」

連一蓮道：「既然沒有毒，爲什麼不對？」

無忌道：「就因爲沒有毒，所以才不對。」

他嘆了口氣又道：「他們硬說酒裡有毒，說得活靈活現，酒裡卻偏偏連一點毒都沒有，這當然不對！」

小雷大笑，道：「若不是我說得活靈活現，柳三更這老狐狸，又怎麼會中我的計？」

連一蓮居然還不懂，又問無忌：「酒裡既然沒有毒，你怎麼會變成這樣子？」

無忌道：「我變成了什麼樣子？」

連一蓮道：「好像中了毒的樣子。」

無忌笑了笑，說道：「好像中了毒，並不是真的中了毒，這其中的分別是很大的。」

小雷道：「若不是他幫著我來做這齣戲，我要得手只怕還沒有這麼容易。」

連一蓮道：「你怎麼知道他會幫你做這齣戲？」

小雷道：「因爲我知道他也不想讓柳三更把他帶回去。」

連一蓮又問無忌：「你怎麼知道他是騙人的？」

無忌道：「柳三更若是真的中了毒，他根本就不必說出來了。」

連一蓮道：「他至少應該等到柳三更倒下去之後再說。」

無忌笑著說道：「你總算變得聰明了些。」

連一蓮閉上了嘴。

她剛才又發覺自己玩的那些花樣，跟這些人比起來簡直好像孩子玩的把戲。

現在她才知道錯了。

那並非「好像」孩子玩的把戲，那根本就「是」孩子玩的把戲。

——這其中的分別是很大的。

半面羅剎又在斟酒，每個人都斟了一杯。

連一蓮又忍不住問她：「公孫剛正家的後院裡真有口甜水井？」

半面羅剎道：「真的。」

連一蓮道：「你真的在那口井裡下了毒？」

半面羅剎道：「真的。」

連一蓮說道：「可是你沒有在酒裡下毒？」

半面羅剎看著她，眼睛在烏紗後閃閃發光，忽然笑道：「你是個好孩子，我也喜歡你，所以我要告訴你，有兩件事你一定要記住。」

連一蓮道：「我聽。」

半面羅剎道：「如果你想騙人，就一定要記住，你騙人的時候絕不能完全說謊，你一定要先說十句真話，讓每個人都相信你說的真話之後，再說一句謊話，別人才會相信！」

連一蓮道：「有道理。」

半面羅剎道：「如果你不想被人騙，就一定要記住，井裡有沒有毒，和酒裡有沒有毒，那完全是兩回事。」

連一蓮嘆道：「那的確是兩回事。」

半面羅剎道：「這道理明明很簡單，卻偏偏很少有人明白。」

連一蓮道：「如果每個人都明白這道理，還有誰會上當？」

半面羅剎微笑道：「就因爲很少有人明白這道理，所以這世上天天都有人在騙人。」

連一蓮道：「一點都不錯。」

穿紅裙的姑娘也嘆了口氣：「完全正確。」

小雷舉杯，無忌也舉杯。

小雷看著他，忽然道：「你好像不太容易會上當？」

無忌笑了笑，道：「如果常常上別人的當，就不好玩了。」

小雷道：「你好像已變得不太喜歡說話。」

無忌道：「不該說的話，還是不要說的好，因爲……」

小雷道：「因爲話說得太多，也不好玩了。」

無忌微笑道：「完全正確。」

小雷道：「你是個聰明人，我們不是對頭，如果你跟我走，我一定讓你做我的副教主。」

無忌不回答，反問道：「你要走？」

小雷也不回答，也反問道：「一個什麼都看不見的瞎子，怎麼會知道我在這裡？怎麼會找得到我？」

無忌道：「因爲有人告訴他的。」

小雷道：「所以除了他之外，一定還有別人知道我在這裡。」

無忌道：「一定有。」

小雷道：「我卻不想再讓別人來找到我。」

無忌道：「你不想？」

小雷道：「我是不是應該趕快走？」

無忌道：「愈快愈好。」

小雷道：「你跟不跟我走？」

無忌道：「如果你是我，你會不會跟我走？」

小雷道：「不會。」

無忌道：「爲什麼？」

小雷道：「因爲我要做就做教主，做副教主就不好玩了。」

無忌道：「不好玩的事，只有哪種人才會去做？」

小雷道：「只有笨蛋才會去做。」

無忌道：「我是不是笨蛋？」

小雷道：「你不是。」

他慢慢的接著道：「我找別人做我的副教主，如果他不肯，他當然也不能算是個笨蛋，最多也只不過能夠算是個死人而已。」

無忌道：「爲什麼？」

小雷道：「因爲就算他那時候不是死人，也很快就會變成個死人的。」

無忌道：「幸好我不是別人。」

小雷又盯著他看了半天，嘆了口氣，道：「幸好你不是。」

二

有種人是說來就來，說走就走的。

如果他要來，誰也不知道他來的時候，他如已經來了，誰也擋不住他。

如果他要走，也沒有人能留得住他。

小雷就是這種人。

所以他走了，帶著那個就算沒有被點住穴道，也被氣得半死的柳三更走了。

他問過無忌：「你要不要我把他留給你？」

無忌不笨，所以他不要。

這個人就像是個燙手的熱山芋，而且是天下最燙手的一個。

無忌道：「如果你一定要把他留下來，我說不定會殺了他的。」

小雷道：「你不想殺他？」

無忌道：「我不能殺他。」

小雷道：「爲什麼？」

無忌道：「因爲我知道他也絕不會殺我的。」

小雷道：「就因爲你知道他絕不會殺你，所以你那天才會找他去算那筆賬？」

那天就是去年的三月二十八，那筆賬就是那天他準備要還給柳三更的那筆債。

小雷知道這件事：「那天本來是個黃道吉日，也是你人喜的日子，你居然把他找去，只因爲你明知像他這種人絕不會在那種日子裡把你殺了來還債的。」

無忌道：「我好像有點知道。」

小雷道：「看來，你好像真的一點都不笨。」

穿紅裙的姑娘忽然又嘆了口氣道：「如果他有一點笨，他就活不到現在了。」

三

小雷終於走了。沒有人問起過妙手人廚，這些人彼此之間根本漠不關心。

小雷真的有法子控制住他們？還是他們對小雷有什麼企圖？

不管怎麼樣，小雷都一定可以照顧自己的。

所以無忌並沒有提醒他，只希望他不要人「如意」，一個人如果每件事都要很如意，以後就難免會變得不如意了。

連一蓮好像很怕無忌盤問她，不等無忌開口，她就搶著說：「我知道你們師兄妹一定有很多話要說，我可不能陪你們，現在就算天塌下來，我也得先去睡一覺再說。」

所以現在屋子裡已經只剩下他們師兄妹兩個人。

穿紅裙的姑娘勉強笑了笑，道：「你一定想不到忽然有個師妹來找你，你好像根本就沒有師妹。」

無忌道：「我沒有。」

穿紅裙的姑娘道：「你當然更不會想到這個師妹是我。」

無忌道：「我的確想不到。」

他看著她，微笑道：「你實在比真的女人還像女人。」

這個穿紅裙的姑娘難道不是女人？

她垂下頭，道：「我這麼做，實在是不得已。」

無忌道：「你是不是有了麻煩？」

穿紅裙的姑娘嘆了口氣，道：「我的麻煩簡直大得要命。」

無忌道：「什麼麻煩？」

穿紅裙的姑娘道：「有幾個極厲害的對頭找上了我，我已經被他們逼得無路可走，所以只有來找你。」

無忌道：「他們是些什麼人？」

穿紅裙的姑娘道：「我並不想要你幫我去對付他們。」

無忌道：「爲什麼？」

穿紅裙的姑娘道：「因爲他們都是很不容易對付的人，我絕不能要你爲我去冒險。我也知道，你自己一定還有別的事要做。」

無忌並不否認。

穿紅裙的姑娘道：「所以我只不過希望你能夠讓我暫時在這裡躲一躲，我相信他們絕不會找到這裡來。」

她嘆了口氣，又道：「我本來不想讓你添麻煩的，如果你有困難，我隨時都可以走。」

無忌道：「我們是不是朋友？」

穿紅裙的姑娘道：「我希望是的。」

無忌道：「一個人有困難的時候，不來找朋友找誰？」

穿紅裙的姑娘看著他，目光中充滿感激。

可是無忌一轉過身，她的眼色就變了，變得陰沉而惡毒。

她到這裡來，當然不是真的爲了要避仇，她是來殺人的。

她要殺的人，就是趙無忌。

現在她沒有出手，只不過因爲她沒有把握能對付趙無忌。

她在等機會。

因爲「她」就是無忌新交的「朋友」李玉堂，也就是唐玉！

無忌一定連做夢都不會想到這位朋友就是唐玉。

他轉過身，看看廳外的梧桐，沉思了很久，忽然道：「你不能留在這裡。」

唐玉一驚，脫口問道：「爲什麼？」

無忌道：「因爲我明天一早要出門去，把你一個人留在這裡，我不放心。」

唐玉道：「那麼我……」

無忌道：「你可以跟我一起走，就當做我的家屬，我叫人去替你準備一輛大車，我相信，誰也不會到我的車子裡去找人的。」

唐玉道：「你準備到哪裡去？」

無忌道：「到川中去。」

他微笑，又道：「那些人在兩河找你，你卻已到了川中，那豈非妙得很？」

唐玉也笑了：「那真是妙極了。」

他真是覺得妙極了。

在路上他的機會當然更多，一到了川中，更是羊入虎口。

連他自己都想不到會有這麼好的運氣，得來竟完全不費工夫。

他忍不住問道：「我們準備什麼時候動身？」

無忌道：「明天一早就走。」

唐玉道：「那位連公子是不是也一起走？」

無忌道：「她不會去的。」

唐玉道：「爲什麼？」

無忌道：「因爲，她害怕我打破她的頭。」

無忌也顯得很愉快。

他本來就喜歡幫朋友的忙，何況此去川中，千里迢迢，能夠有這麼樣一個朋友結伴同行，更是件令人愉快的事。

他一直把這朋友送回客房才走。

看著他走出去，唐玉幾乎忍不住要大笑出來——這次趙無忌真是死定了。

四

夜更深，人更靜。

如果在從前，只要無忌一回來，就一定會把每個人都吵醒，陪他聊天，陪他喝酒。

他一向喜歡熱鬧。可是現在他已變了，連他自己都覺得自己變了。

他雖然不是個愁眉苦臉，悲憤欲絕，讓別人看見都會傷心得難受的孝子，但是，他也不再是以前那個風流灑脫，有什麼就說什麼的趙無忌了。

現在他已學會把話藏在心裡，他心裡在想什麼，只有他自己知道。

因為他既不想再上當，也不想死。

庭園寂寂。

黑暗的庭園中，居然還有個窗戶裡彷彿有燈光在閃動。

微弱的燈光，有時明，有時滅。

那裡正是趙簡趙二爺的書房，自從趙二爺去世後，那地方一直都是空著的，很少有人去，三更半夜時，更不會有人。

如果沒有人，怎麼會有燈火閃動？

無忌卻好像不覺得奇怪，能夠讓他驚奇的事，好像已不多。

書房裡果然有人，這個人居然是連一蓮。

她好像在找東西，房裡每個書櫃，每個抽屜，都被她翻得亂七八糟。

無忌悄悄的進來，在她身後看著她，忽然道：「你在做什麼？找到了沒有？」

連一蓮吃驚的回過頭，嚇呆了。

無忌道：「如果你沒有找到，我可以幫你找，這地方我比你熟。」

連一蓮慢慢的站起來，拍了拍衣襟，居然笑了笑，道：「你猜我在找什麼？」

無忌道：「我猜不出。」

連一蓮道：「我當然是在找珍珠財寶，難道你還看不出我是個獨行大盜？」

無忌道：「如果你是個獨行大盜，那麼你非餓死不可。」

連一蓮道：「哦？」

無忌道：「如果你萬一沒有餓死，也一定會被人抓住，剝光衣服吊起來，活活被打死。」

他冷笑又道：「因爲你不但招子不亮，而且笨手笨腳，你在這裡偷東西，一里外的人都可以聽得到。」

連一蓮道：「你現在是不是想把我……把我吊起來？」

「剝光衣服」這四個字，她非但說不出，連想都不敢想。

無忌道：「我只不過想問你幾句話而已，可是我問一句，你就得說一句，如果你不說，我就要……」

連一蓮道：「你就要怎麼樣？」

無忌道：「你最怕我怎麼樣，我就會那樣。」

連一蓮的臉已經紅了，一顆心「撲通撲通」的跳得好快。

無忌道：「我知道你不姓連，也不叫連一蓮。」

他沉下臉，冷笑著又道：「你最好趕快說出來，你究竟姓什麼？叫什麼？到這裡來想幹什麼？爲什麼總是陰魂不散，要來纏住我？」

連一蓮垂下頭，眼珠子偷偷的打轉，忽然嘆了口氣，道：「你難道真的一點都看不出？」

無忌道：「我看不出。」

連一蓮道：「如果一個女孩子不喜歡你，會不會來找你？」

無忌道：「不會。」

連一蓮頭垂得更低，作出一副羞人答答的樣子，輕輕的說道：「那麼你現在總該明白我爲什麼要來找你了？」

無忌道：「我還是不明白。」

連一蓮幾乎要跳了起來，大聲道：「難道你是個豬？」

無忌說道：「就算我是豬！也不是死豬。」

連一蓮忽然笑了。

就在她開始笑的時候，她的人已躍起，手已揮出，發出了她的暗器。

經常在江湖中走動的人，身上差不多都帶著暗器，只可惜她的暗器既不毒辣，手法也不太巧妙，比起唐家的獨門暗器來，實在差得遠了。

如果她笑得很甜，很迷人，讓別人想不到她會突然出手，這一著也很厲害。

只可惜她笑得偏偏又不太自然。

她自己也知道用這法子來對付趙無忌，成功的希望並不大。

只可惜她偏偏又沒有別的法子。

想不到這個法子居然很有效，趙無忌居然沒有追出來。

涼風撲面，夜色陰寒，一幢幢高大的屋脊都已被她拋在身後。

她心裡忽然有了種奇怪的感覺，竟彷彿希望無忌能夠追上來。

因爲她知道，只要一離開這裡，以後就永遠不會再回來了，也永遠不會再看到那個臉上帶著條笑靨般刀疤的年輕人了。

也許她根本就不該到這裡來，他們根本就不該相見。但是她已經來了，她的心上已留下了個永遠無法忘懷的影子。

她忍不住在心裡問自己。

——如果他追了上來，把我抓了回去，我會不會把我的秘密告訴他？

——如果他知道了我的秘密，會怎麼樣對我？

她沒有想下去，她連想都不敢想。

現在，她就要到一個陌生的地方去了，到了那裡之後，他們就更不會有再見面的機會。

——不見也好，見了反而煩惱。

她輕輕嘆了口氣，打起精神，迎著撲面的涼風，掠出了和風山莊。

她決心不再回頭去看一眼，決心將這些煩惱全都拋開。

可是她偏偏又覺得心裡忽然有了種說不出的悲傷和寂寞。

因她永遠不能向人傾訴。

與虎同行

一

暗器已被擊落在地上，是幾枚打造得很精巧的梭子鏢，在黑暗中閃閃的發著銀光。這種暗器不但輕巧，而且好看，有時候甚至可以插在頭上當首飾。

有很多女孩子都喜歡找人去打造一點這樣子的暗器帶在身上，她們也並不是真的想用它傷人，只不過覺得很好玩而已。

這種又好看，又好玩的暗器，當然擋不住趙無忌這種人的。

他沒有去追她，只因爲他根本就不想去追。

——就算追上了又如何，難道真的能把她剝光衣服吊起來，嚴刑拷問。

不管她究竟是什麼來歷，不管她有什麼秘密，她對無忌絕沒有惡意。

這一點無忌當然看得出。

所以他非但不想去追，連她的秘密也不想知道了。

——像她那麼樣一個女孩子，反正也不會有什麼了不起的秘密。

後來，他才知道自己錯了，錯得很可怕。

書房裡亂得簡直就像是個剛有一群黃鼠狼經過的雞窩一樣。

無忌沒有點燈。

他不想在這麼亂的地方找火種，只希望能在這裡靜靜的坐一下，把這些日子裡發生的事靜靜的想一想，因爲以後恐怕就不會再有這種機會了。

他想到了他的父親，想到了那個悲慘可怕的「黃道吉日」，想到了鳳娘，想到了司空曉風，也想到了唐玉和上官刃。

他總覺得在這些事裡還有一個結沒有解開。

如果他一日解不開，這個結遲早總會把他的脖子套住，把他活活的吊死。

不幸的是，雖然他知道這麼樣一個結，卻一直都找不出這個結在哪裡？

他忍不住輕輕嘆息，院子裡也有人在輕輕嘆息。

嘆息聲雖然很靜，可是在夜深人靜的時候忽然聽到，還是會讓人吃驚。

無忌卻連動都沒有動。

他好像早就知道今天晚上還會有人來找他的。

黑暗中果然出現了一個人，走到門口忽然道：「你是不是在等人？」

無忌道：「你怎麼會知道我在等人？」

這人道：「因爲等人的時候用不著點燈，來的是什麼人，你不必看也知道。」

她笑了笑，又道：「你當然想不到這時候會有人到這裡來，更不會想到來的是我。」

無忌承認：「我的確想不到。」

來的這個人居然是連一蓮，她居然又回來了。

連一蓮道：「你心裡一定在想我這個人實在是陰魂不散，好不容易才走掉，又回來幹什麼？」

無忌道：「我止想問你，你回來幹什麼？」

連一蓮嘆了口氣，道：「這次倒不是我自己願意回來的。」

無忌道：「難道有人逼你回來？」

連一蓮道：「如果不是人，就一定是我又活見了鬼。」

無忌道：「你好像經常會活見鬼。」

連一蓮嘆道：「那只不過因爲你這地方的鬼太多，男鬼女鬼，老鬼小鬼，什麼樣的鬼都有。」

無忌道：「這一次你見到的又是什麼鬼？」

連一蓮道：「是個老鬼。」她苦笑：「這個老鬼的本事好像比那個小鬼還大得多，不管我往那邊走，忽然間他就擋住了我的路，我簡直連一點法子都沒有。」

她的膽子雖然小了一點，出手雖然軟了一點，可是她的輕功卻很不錯。

這次她遇見的，無論是人是鬼，輕功都一定遠比她高得多。

輕功比她高的人並不多。

無忌說道：「他一定要逼著你回來找我？」

連一蓮道：「他以為我騙了你，要我回來把話老實告訴你！」

無忌道：「你肯不肯說？」

連一蓮道：「我說的，本來就是老實話。」

無忌道：「你是個獨行大盜，到這裡來，只不過是想來撈一票？」

連一蓮道：「你不信？」

無忌嘆了口氣，道：「你真的要我相信？」

連一蓮冷笑，道：「你為什麼不能相信，難道只有男人才能做獨行大盜，女人也一樣是人，為什麼不能做強盜？」

她愈說愈覺得理直氣壯，連自己都不禁有點佩服自己，好像覺得自己總算替女人出了口氣，因為她已經替女人爭取到強盜的權力。

無忌居然也不反對：「女人當然可以做強盜，除了採花盜之外，什麼樣的強盜都可以做！」

他又嘆了口氣：「我只不過覺得你看起來不像是個強盜而已。」

連一蓮道：「強盜看起來應該是什麼樣子？是不是應該在頭上掛個招牌？」

無忌道：「你真的是個強盜？獨行大盜？」

連一蓮道：「當然是真的，如果你還不信，我也沒法子。」

無忌道：「我相信。」

連一蓮舒了口氣，道：「你相信就最好了。」

無忌道：「不好。」

連一蓮道：「有什麼不好？」

無忌道：「你知不知道我們抓住一個強盜的時候，是用什麼法子對付他的？」

連一蓮搖頭。

無忌道：「有時候我們會把他剝光衣服吊起來，有時候我們甚至會挖出他的眼睛，割下他的耳朵，打斷他的腿。」

連一蓮臉色變了，勉強笑道：「對女人你們當然不會這樣做的。」

無忌道：「女人也一樣是人，她既然能做強盜，我們爲什麼不能這樣對她？」

連一蓮說不出話來了。

無忌道：「可是，我當然不會這麼做的，我們總算是朋友。」

連一蓮笑道：「我早就看出你不是這麼兇狠的人。」

無忌也笑了，忽然問道：「你有沒有聽見過司空曉風這名字？」

連一蓮道：「沒有聽過這個名字的人，一定是聾子。」

司空曉風確實是江湖中的名人，非常有名。

無忌說道：「你知道他是個什麼樣的人？」

連一蓮道：「聽說他年輕的時候是個美男子，可是誰也不知道他爲了什麼，一直都沒有成婚，而且從來沒有跟任何女人有過來往。」

女人最關心，最注意的總是這些事。

對一個男人來說，這些事卻絕不是最重要的一部分。

無忌道：「你還知道什麼？」

連一蓮道：「聽說他的內家綿掌和十字慧劍，都可以算是江湖中第一流的功夫，連武當的掌門人都說過，他的劍法絕對可以排名在當今天下十大劍客之中，甚至比他們武當派的名宿龍先生還高一招。」

無忌道：「還有呢？」

連一蓮想了想，道：「聽說他也是當今十個最有權力的人之一。」

她又解釋：「因爲他本來就是大風堂的四大巨頭之一，自從大風堂的總堂主雲飛揚雲老爺子閉關練劍之後，大風堂的事，就全都由他作主了，他一聲號令，最少有兩三萬個人會出來爲他拚命。」

無忌道：「還有呢？」

連一蓮道：「這還不夠？」

無忌道：「還不夠，因爲你說的這幾點，並不是他最可怕的地方。」

連一蓮道：「哦？」

無忌道：「他的劍法雖然高，卻還比不上他的輕功。」

連一蓮道：「哦？」

無忌道：「你的輕功也不弱，可是你如果碰到他，不管要從哪裡逃，他都可以擋在你的前面，你連一點法子都沒有。」

連一蓮終於明白了：「剛才把我逼回來的那個人就是司空曉風？」

無忌道：「我也不知道是不是他，我只知道他已經來了。」

連一蓮道：「你怎麼知道的？」

無忌道：「因爲我知道柳三更是個瞎子，的的確確是個瞎子。」

連一蓮道：「柳三更是不是瞎子，跟司空曉風有什麼關係？」

無忌道：「一個瞎子怎麼會知道如意大帝就是他要找的小雷？怎麼會知道小雷在這裡？就算他的耳朵比別人靈，這些事也不是用耳朵可以聽得出來的。」

連一蓮道：「所以你認爲一定是別人告訴他的？」

無忌道：「一定。」

連一蓮道：「這個『別人』一定就是司空曉風？」

無忌道：「一定。」

連一蓮道：「爲什麼？」

無忌道：「因爲，我再也想不出第二個人。」

這個理由並不能算很好，可是對連一蓮來說，卻已經夠好了。

連一蓮並不是很講理的人！

無忌道：「我雖然不會把你吊起來，也不會割你的耳朵，別人卻說不定會這樣做的。」

連一蓮道：「你說的這個『別人』，也是司空曉風？」

無忌既不承認，也不否認，只淡淡的說：「大風堂門下的子弟，並不是很聽話的，如果有個人一聲號令，就能夠讓他們爲他去拚命……」

他笑了笑：道：「這個人是個什麼樣的人，我不說你也應該知道。」

他笑得很溫和，可是臉上那條刀疤卻使得他的笑容看來彷彿有些陰沉殘酷。

他接著又道：「從我十三歲的時候開始，我父親就叫我每年到他那裡去住半個月，一直到我二十歲的時候才停止。」

連一蓮道：「那麼你一定也學會了他的十字慧劍。」

無忌道：「我父親叫我去學的，並不是他的劍法，而是他做人的態度，做事的法子。」

連一蓮道：「所以，你比別人更瞭解他？」

無忌道：「所以我知道他要你回來，並不是真的要你跟我說老實話的！」

連一蓮道：「爲什麼？」

無忌道：「因爲，他也知道你絕不會說。」

連一蓮道：「那麼，他爲什麼一定要逼著我回來找你？」

無忌道：「他知道你是我的朋友，他不願自己出手來對付你，所以才把你留給我。」

連一蓮想笑，卻沒有笑出來：「他是不是想看看你會用什麼法子對付我？」

無忌道：「他也很瞭解我，我雖然不會剝光你的衣服，把你吊起來，也不會割下你的耳朵，打斷你的腿，他知道我絕不會做這種事。」

連一蓮又舒了口氣，道：「我也知道你不會。」

無忌凝視著她，一個字一個字的說：「可是我會殺了你！」

他的態度還是很溫和，但這種溫和沉著的態度，卻遠比兇暴蠻橫更令人恐懼。

連一蓮的臉色已發白。

無忌道：「他要你回來，就是要我殺你，因爲你的確有很多值得懷疑的地方，我就算殺錯了你，也比把你放走得好。」

連一蓮吃驚的看著他，就好像第一次看清這個人。

無忌道：「現在我們雖然看不見他，他卻一定看得見我們，如果我不殺你，他一定會覺得很驚奇，很意外，卻一定不會再攔住你了。」

他忽然又笑了笑，慢慢的接著道：「所以我就要讓他驚奇一次。」

連一蓮又怔住。

無忌道：「所以你最好趕快走吧，最好永遠不要讓我再看到你。」

連一蓮更吃驚。

她剛才本以爲自己已經看清了這個人，現在才知道自己還是看錯了。

她忽然道：「我只有一句話問你。」

無忌道：「你問。」

連一蓮道：「你爲什麼要放我走？」

無忌道：「因爲我高興。」

這理由當然也不能算很好，可是對連一蓮來說，卻已夠好了。

二

夜更深，更黑暗。

司空曉風在黑暗中走來的時候，無忌還是靜靜的坐在那裡。

他早就知道司空曉風會來的。

司空曉風也坐了下來，坐在他對面，看著他，過了很久，才長長嘆息，道：「你說的不錯，柳三更的確是我帶來的，我的確希望你殺了那個女人。」

無忌道：「我知道。」

司空曉風道：「小雷是個很危險的孩子，只有讓柳三更把他帶回去最好。」

無忌道：「我明白。」

司空曉風道：「但是我卻不明白，剛才你爲什麼不殺了她？」

無忌沒有回答。

他根本就拒絕回答這句話。

他相信司空曉風一定也知道，如果他拒絕回答，誰也沒法子勉強他。

司空曉風等了很久，忽然笑了笑道：「我有很多話要問你，你高興說的，就說出來，不高興說的，就假裝沒有聽到。」

無忌笑了笑道：「這樣子最好。」

司空曉風道：「你是不是已經知道上官刃的下落？」

無忌道：「是的。」

司空曉風道：「你是不是一定要去找他？」

無忌道：「是的。」

司空曉風說道：「你準備在什麼時候走？」

無忌道：「明天早上。」

司空曉風道：「你是不是準備一個人走？」

無忌道：「不是。」

司空曉風道：「還有誰？」

無忌道：「李玉堂。」

司空曉風道：「你知道他的來歷？」

無忌道：「不知道。」

司空曉風道：「你能不能夠把他留下來？」

無忌道：「不能。」

司空曉風道：「你爲什麼一定要帶他走？」

無忌道：「這句話我沒有聽見。」

司空曉風笑了：「現在我只有最後一句話要問你，你最好能聽見。」

無忌道：「我在聽。」

司空曉風道：「有沒有法子能留住你，讓你改變主意？」

無忌道：「沒有。」

司空曉風慢慢的站起來，慢慢的走了出去。

他果然沒有再問什麼，只不過盯著無忌看了很久，彷彿還有件事要告訴無忌。

可是他並沒有說出來。

世上絕沒有任何人比他更會隱藏自己的心事，也絕沒有任何人能比他更會保守秘密。

——他心裡究竟隱藏著什麼秘密？他明明很想說出來，爲什麼又偏偏不說？

——是他不肯說？還是根本不能說？

他走得很慢，瘦長的身子看來已有些佝僂，好像有一副看不見的重擔壓在他身上。

看著他微駝的背影，無忌忽然覺得他老了，昔日縱橫江湖的美劍客，如今已變得只不過是個心情沉重，滿懷心事的老人。這還是無忌第一次有這種感覺。

一個人心裡如果有太多不能說出來的心事和秘密，總是會老得特別快的。

因爲他一定會覺得十分孤獨，十分寂寞。對這個飽經憂患的老人，無忌雖然也很同情，卻又忍不住在心裡問自己。

——他究竟有什麼事要瞞著我？

——我一直找不出的那個結，是不是應該在他身上去找？

已經走出了門，司空曉風忽然又回頭，緩緩道：「不管上官刃現在已變成了個什麼樣的人，以前我們總是同生死，共患難的朋友。」他的聲音裡充滿感傷：「現在我們都已老了，以後恐怕也不會再有見面的機會，有樣東西，我希望你能替我還給他。」

無忌道：「你欠他的？」

司空曉風道：「多年的朋友，彼此間總難免有些來往，可惜我們現在已不是朋友，我一定要在我們還沒有死的時候，了清這些賬。」

他凝視著無忌，又道：「所以你一定要答應我，一定要把這件東西在他臨死之前交給他。」

無忌沉思著，道：「如果死的不是他，而是我，我也一定會在我臨死之前交給他。」

司空曉風輕輕地嘆了口氣，說道：「我相信你，你既然答應了，就一定會做到的。」

他好像並不十分關心無忌的死活，也沒有故意作出關心的樣子。

無忌道：「你要我帶走的是什麼？」

司空曉風道：「是一隻老虎。」

他真的從身上拿出一隻老虎：「你一定要答應我，無論發生了什麼事，你都不能把這隻老虎交給別人，無論在什麼情況下，你都不能讓它落入別人手裡。」

無忌笑了，苦笑。他忽然發覺司空曉風把這隻老虎看得遠比他的性命還重要。

他說：「我答應你！」

這是隻用白玉雕成的老虎。

這是隻白玉老虎。

三

四月初七，晴。

無忌終於出發了，帶著一個人和一隻白玉老虎，從和風山莊出發了。

他的目的地是唐家堡，名震天下的唐門獨門毒藥暗器的發源地。

唐門的子弟，高手雲集，藏龍臥虎，對他來說，那地方正無異是個龍潭，是個虎穴。他要闖龍潭，搗虎穴，取虎子。

他還要把這隻白玉老虎送到虎穴去。

陪他同行的，正是隻虎視眈眈，隨時都在伺機而動，準備把他連皮帶骨都吞下去的吃人老虎。

七 虎山行

送入虎口

一

四月十一，晴。

中原的四月，正如三月的江南，鶯飛草長，正是春光最艷，春色最濃的時候，只可惜這時候春又偏偏已將去了。

夕陽最美時，也總是將近黃昏。

世上有很多事都是這樣子的，尤其是一些特別輝煌美好的事。

所以你不必傷感，也不用惋惜，縱然到江湖去趕上了春，也不必留住它。

因爲這就是人生，有些事你留也留不住。

你一定要先學會忍受它的無情，才會懂得享受它的溫柔。

車窗是開著的，春風從垂簾間吹進來，把遠山的芬芳也帶進車廂裡來了。

唐玉斜倚在車廂裡，春風剛好吹上他的臉。

他心情愉快，容光煥發，看起來實在比人多數女人都像女人。

風吹垂簾，剛好能看見騎在馬上，跟在車旁的趙無忌。

他們已經在路上走了，如果他高興，趙無忌現在已經是個死人。

這四五天裡他至少已經有過十次機會可以下手，就連現在都是個很好的機會。

從車窗裡看過去，趙無忌簡直就是個活靶子，從後腦，到後腰，從頸子後面的大血管，到脊骨下的關節，每個地方都在他的暗器威力範圍之內，只要他出手，要打哪裡，就可以打哪裡。

他沒有出手，只因爲他還沒有十分把握。

趙無忌不但武功高，反應快，而且並不笨，要對付這種人，絕不能有一點疏忽，更不能犯一點錯。

因爲，這種人絕不會給你第二次機會的。

所以你一定要等到絕對有十分把握，可以一擊命中的時候再出手。

唐玉一點都不急。

他相信這種機會隨時都會出現的，他也相信自己絕不會錯過。

他並沒有低估趙無忌。

經過了獅子林，花月軒那一次事之後，他當然也看得出趙無忌是個什麼樣的角色。

他當然也不會低估自己。

這次他的計劃能進行得這麼順利，看起來好像是因爲他的運氣不錯，所以才會有此機緣巧合，趙無忌才會自投羅網。

可是他並不認爲他是靠運氣成事的。

他認爲「運氣好」的意思，只不過是「能夠把握機會」而已。

一個能夠把握機會的人，就一定是個運氣很好的人。

他的確沒有錯過一次機會。

花月軒的那次行動已經功敗垂成，而且敗得很慘。

可是他立刻把握住機會，出賣了胡跛子，所以他才有機會和趙無忌交朋友，才能讓趙無忌信任他，願意跟他交朋友。

對他來說，出賣一個人，簡直比吃塊豆腐還簡單，是不是能把握住那次機會，才是最重要的。

只要能把握住那次機會，他甚至不惜出賣他的老子。

因爲那的確是成敗的關鍵。

他相信那天絕不會有人懷疑他跟胡跛子是一路，更不會有人想到他就是唐玉。

如果有人一定要認爲這是運氣，這運氣也是他自己造成的。

他對自己很滿意。

無忌騎的馬，當然是匹千中選一的好馬。

千中選一的意思，就是說你從一千匹馬中，最多只能選出這麼樣一匹馬。

大風堂的馬廄也和大多數城市裡的妓院一樣，分成「上，中，下」三等。

上等妓院的女人，絕不是普通人能夠「騎」得上去的。

上等馬廄裡的馬也一樣。

大風堂門下的子弟，如果不是有極重要，極危險的任務，也休想能騎上「上廄」中的馬。

無忌不是普通人。

無忌是趙簡趙二爺的獨生子，趙二爺是大風堂的創始人，也是大風堂的支柱。

如果沒有趙二爺，大風堂說不定早就垮了，如果沒有趙二爺，也許根本就沒有大風堂。

無忌也許還不懂怎麼樣去選擇朋友，可是他對馬一向很有研究，也很有眼光。

他選擇一匹馬，甚至比一個精明的嫖客選妓女更挑剔。

這匹馬他是從三十二匹千中選一的馬裡選出來的。

唐玉也看得出這是匹好馬，可是他的興趣並不在這匹馬身上。

他好像對這匹馬的皮鞍很感興趣。

那是用上好的小牛皮做成的，手工也很考究精緻，針腳縫得很密，如果不仔細去看，很難看得出上面有針眼。

可是不管什麼樣的馬鞍都一定要用皮線縫邊，再把蠟打在針腳上，磨平打光，讓人看不出上面的線腳和針眼來。

唐玉看著騎在馬鞍上的趙無忌，忽然想到了一件很有趣的事。

——如果製造這副馬鞍的皮匠在縫邊的時候，曾經不小心弄斷過一根針。

——如果他一時大意，沒有把弄斷了的針尖從針腳裡拿出來，就開始打蠟上光，把這半截針尖也打進針眼，看不見了。

——如果這半截針尖有一天忽然又從針腳裡冒了出來。

——如果這時候正好有個人坐在這副馬鞍上。

——如果這時候正好是暮春，衣褲都不會穿得太厚。

——那麼這半截針尖冒出來的時候，就會刺穿他的褲子，刺到他的肉。

——被針尖刺了一下，並不是什麼嚴重的事，他也許連痛都不會覺得痛，就算覺得有點痛，也絕不會在意。

——可是這半截針尖上如果碰巧有毒，而且碰巧剛好是唐家的獨門毒藥，那麼這個騎在馬鞍上的人，走了一段路之後，就會覺得被針刺過的地方開始有點癢，就會忍不住要去抓一抓。

——如果他去抓了一下，那麼再走兩三百步之後，這個倒楣的人就會莫名其妙的從馬上摔下來，不明不白的死在路上。

——如果，這個倒楣人，就是趙無忌……

唐玉笑了。

這些「如果」並不是不可能發生的，就算那個皮匠的針沒有斷，唐玉也可以替他弄斷一根，那絕不是太困難的事。

唐玉實在忍不住要笑，因爲他覺得這個想法實在很有趣。

無忌忽然回過頭，看著他，道：「你在笑什麼？」

唐玉道：「我想起了一個笑話。」

無忌道：「什麼笑話？」

唐玉道：「一個呆子的笑話。」

無忌道：「你能不能說給我聽聽？」

唐玉道：「不能！」

無忌道：「爲什麼？」

唐玉道：「因爲這個笑話太好笑了，上次我說給一個人聽的時候，那個人笑得把肚子都笑破了一個大洞，好大好大的一個洞。」

無忌也笑了：「真的有人會笑破了肚子？」

唐玉道：「只有他這種人才會。」

無忌道：「他是哪種人？」

唐玉道：「他也是個呆子。」

他又道：「只有呆子才愛聽呆子的笑話，也只有呆子才喜歡說呆子的笑話。」

唐玉還在笑，無忌卻笑不出了。

一個呆子，聽另外一個呆子說「一個呆子的笑話」。

這件事本來就是個笑話。

可是，你若仔細想一想，就會覺得這個笑話並不太好笑了。因爲這個笑話裡不但充滿了諷刺，而且還充滿了悲哀。

一種人類共同的悲哀。

一種無可奈何的悲哀。

如果你仔細想一想，非但笑不出，也許連哭都哭不出來。

無忌道：「這不是笑話。」

唐玉道：「本來就不是。」

無忌道：「我還是想聽一聽你那個笑話。」

唐玉道：「好，我說。」

他想了想，才說出來。

「從前有個呆子，帶著個打扮得標標緻緻的大姑娘，走到大街上，大姑娘忽然跌了一跤，跌了個四腳朝天。」

無忌道：「下面呢？」

唐玉道：「下面沒有了。」

無忌道：「這就是你的笑話？」

唐玉道：「是的。」

無忌道：「這個笑話不好笑。」

唐玉道：「如果你真見一個打扮得標標緻緻的大姑娘，扭扭捏捏的跟一個呆子走在大街上，呆子沒有跌跤，大姑娘卻跌了一跤，你會不會覺得好笑？」

無忌道：「如果我真的看見了，我也會覺得好笑。」

唐玉道：「我的笑話都是這樣子的，聽起來雖然沒什麼好笑，可是如果真的有人把這個笑話做出來，那就很好笑了。」

他已經開始笑，笑得很愉快：「那時候你的肚子說不定也會被笑出一個洞來的，也許只不過是很小的一個洞。」

無忌道：「不管是大洞，還是小洞，總是個洞。」

唐玉道：「完全正確。」

二

夜。

今天下午在路上，和趙無忌那段有關「一個笑話」的談話，直到現在還是令唐玉覺得很愉快。

貓捉住老鼠後，定不會馬上吞下去的。

唐玉有很多地方都很像一隻貓，趙無忌現在已經像是隻老鼠一樣落入了他的掌握，他也不妨把這隻老鼠先捉弄個夠，然後才吞下去。

這才是他最大的樂趣。

這是家很不錯的客棧，每間客房的門窗都嚴密合縫，窗紙上也絕沒有破洞。

隔壁那間房裡的趙無忌，已經很久沒有聲音了，彷彿已睡著。

唐玉坐下來，從頭上拔下根金釵，再從貼身的小衣袋裡拿出個繡花荷包。

現在他還是穿著紅裙，扮做女裝，這兩樣東西正是每個大姑娘身上都會經常帶著的，誰也看不出一點值得懷疑的地方。

但是每天晚上，到了夜深人靜時，他都要把這兩樣東西拿出來仔細檢查一遍，甚至比守財奴算賬時還要謹慎小心。

每次他都要先關好門窗，用溫水洗手，再用一塊乾淨的白布把手擦乾。

然後他才會坐在燈下，拔起這根金釵，用兩根長而靈巧的手指，捏住釵頭，輕輕一轉。原來金釵是空心的，裡面裝滿了金粉一樣的細砂，正是唐家名震天下的斷魂砂，細小如粉末，份量卻特別重。

暗器的體積愈小，愈不易躲避，份量愈重，愈打得遠。

他用的無疑是唐門暗器中的極品。

釵頭也是空的，裡面裝的是一種無色透明的油蠟，見風就乾。

他只要把釵頭捏碎，這種油蠟就會流到他手上，保護他的手。

他從來不喜歡像他的兄弟們那樣，把暗器裝在那種像活招牌一樣的革囊裡，耀武揚威的掛在身上，就好像生怕別人不知道他們是唐家的子弟。

他也不喜歡用那種又厚又笨的鹿皮手套，他認為戴著手套發暗器，就好像戴著手套摸女人一樣，非但有欠靈敏，而且無趣已極。這種事他是絕不肯做的。

荷包裡裝著一團線一包針，兩個「吉祥如意」金錁子和一塊透明發亮的石頭。

線是用暹羅烏金鍊成的，極細，極韌，不但隨時都可以扼斷一個人的脖子，而且可以吊得起一個人，如果他萬一被困在危崖上，就可以用這團線吊下去，這根線絕不會斷。透明的石頭，是一種叫做「金剛石」的名貴寶石，據說比最純的漢玉都珍貴，連最不貪心的人都可以買動。

有錢能使鬼推磨，到了必要時，也許只有這塊石頭才能救他的命。

可惜識貨的人並不多，這種東西的名貴，並不是人人都能看得出的。

所以他定還要帶上兩個金錁子應急。

每一件事，每一種情況，每一點細節，他都想得很周到。

荷包是緞子做的，正反兩面都用發亮的金線和珠片繡了朵牡丹花。

花心居然是活動的，隨時都可以摘下來。

唐玉臉上忽然露出種神秘而得意的微笑，這兩朵牡丹的花心，才是他最秘密，最得意的暗器。

這種暗器的威力，江湖中非但還沒有人親眼見過，甚至連做夢都想不到。

趙無忌縱然能揭穿他的身分，就憑這兩枚暗器，他也可以讓趙無忌粉身碎骨，死無葬身之地。

只不過，不到絕對必要時，他是絕不會動用這兩枚暗器的。

因爲直到現在爲止，他們還沒有完全掌握到製造這種暗器的秘訣。

他們在這種暗器上投下的資本，數目已非常驚人，甚至還犧牲了七八位專家的性命，連唐家專門負責製造暗器的第一位好手，都幾乎因此慘死。

可是直到他離開唐家堡時，這種暗器一共才製造出三十八件，經過檢驗，保證能夠使用的，還不到二十件。

根據他們自己的計算，每一件的價值都絕對在千金以上。

幸好他們對這種暗器的性能，已漸漸有把握可以控制，製造的技術也在漸漸改進。等到他們能夠大量製造這種暗器的時候，大風堂就要被徹底摧毀。

他對這一點絕對有信心。

現在唐玉已經把每樣東西都檢查過一遍，每樣東西都仍然保持完整良好。

他認爲完全滿意之後，他就把燭臺上的溶蠟，塗在他右手的拇指，食指，和中指的指尖上，用這三根手指，從那包繡花針中抽出一根針來。

這根針看起來和普通的繡花針也沒什麼不同，可是連他自己都不敢去碰它。

他一定要先用蠟封住皮膚上的毛孔，否則就算皮膚不破，毒氣也會從毛孔中滲入，這三根手指就非要剁下來不可了。

既然做馬鞍的那個皮匠並沒把一根針留在線腳裡，唐玉就決心幫他這個忙。

這計劃雖然並不十分巧妙，也未必有絕對可以成功的把握，可是這計劃有一點好處——這次就算不成功，趙無忌也絕不會懷疑到他。

因爲每個人都可以在半夜溜到那馬廄裡去，把一根毒針插入馬鞍上的針眼裡，再用蠟把針眼封住。

這些事趙無忌的每一個對頭都能做得到。他的對頭實在不少，他怎麼會懷疑到他的朋友？何況，這個「朋友」還幫過他的忙，替他抓住了一個眼看就要逃走了的對頭。

唐玉甚至已作了最壞的打算。

就算趙無忌懷疑到他，他也有很好的理由反駁！

「我們天天在一起，如果我要害你，隨時隨地都可以找到機會，我爲什麼要用這法子，這法子又不能算很好。」

這理由無論對誰來說，都夠好了，唐玉實在想得很周到。

每一件事，每一種情況，每一點細節，他都仔細想過，只有一件事，他沒有想到。

他沒有想到居然另外還有一隻羊，一定要來送入他的虎口。

三

有了周密的計劃之後，做起來就不難了。

你走遍天下，所有客棧裡的馬廄，都絕不會是個防衛森嚴的地方。

趙無忌的馬鞍，也像別人的馬鞍一樣，隨隨便便的擺在一個角落裡。

對唐玉這種人來說，做這種事簡直比吃白菜還容易。

夜已深。

「未晚先投宿，雞鳴早看天」，行路的旅客們，當然早已睡了。

唐玉從馬廄回來的時候，居然還有閒情來欣賞這四月暮春的夜色。

月已將圓，繁星滿天，夜色實在很美，他心裡居然彷彿有了點詩意。

一種和他這個殺人的計劃完全格格不入的詩意。

可是等他走回他那間客房外的院子裡時，這點詩意又變成了殺機！

房裡有燈。

他出來的時候，明明已將燈燭吹滅，這種事他是絕不會疏忽的。

是誰點燃了他房裡的燈？

三更半夜，誰會到他房裡去？

如果這個人是他的仇敵，爲什麼要把燈點起來，讓他警惕？

難道這個人是他的朋友？

這裡他只有一個「朋友」，也只有這個朋友知道他在哪裡。

三更半夜，趙無忌爲什麼要到他房裡去？是不是已經對他有點懷疑？

他的腳步沒有停，而且還故意讓房裡的人能聽到他的腳步聲。

所以他也立刻聽到房裡有人說：「三更半夜，你跑到哪裡去了？」

這不是趙無忌的聲音。

唐玉立刻就聽出了這是誰的聲音，可是他實在想不到這個人會來的。

四

誰也想不到連一蓮會到這裡來，更想不到她不找趙無忌，卻來找唐玉。

可是她偏偏來了，偏偏就在唐玉的房裡。

看見這個穿紅裙的姑娘走進來，她就開始搖頭，嘆氣，道：「三更半夜，一個大姑娘還要到外面去亂跑，難道不怕別人強姦你？」

說出「強姦」這兩個字，她的臉居然沒有紅，她自己實在很得意。

她的臉皮，實在厚了不少，也老了不少。

只可惜她別的地方還是很嫩，非但還是認為別人看不出她女扮男裝，也看不出別人是男是女？

她還是相信這個穿紅裙的大姑娘真是個大姑娘。

唐玉笑了。

他笑起來的樣子就好像一條老虎看到了一隻羊自動送入他的虎口。

奇蹟

一

唐玉的笑容溫柔而嫵媚，還帶著三分羞澀，無論他心裡在想什麼，笑起來都是這樣子的。

這種笑容也不知害死過多少人。

連一蓮又嘆了口氣，道：「幸好你總算太太平平的回來了，否則真要把人活活的急死。」

唐玉道：「誰會急死？」

連一蓮指著自己的鼻子道：「當然是我。」

唐玉嫣然道：「你急什麼？」

連一蓮道：「我怎麼會不急？難道你真的看不出我對你有多麼關心？」

唐玉的臉居然好像有點紅了，其實卻已經快要笑破肚子。

——這丫頭居然想用美男計，來勾引我這個良家婦女。

唐玉忍住笑，低著頭問道：「你有沒有看見我師哥？」

連一蓮立刻搖頭，道：「我根本沒有找他，我是特意來看你的。」

唐玉頭垂得更低，道：「看我？我有什麼好看？」

連一蓮道：「我也不知道你有什麼好看，我就是忍不住想要來看看你，簡直想得要命。」

唐玉愈害羞，她的話就說得愈露骨，膽子也愈來愈大。

她居然拉住了唐玉的手。

——既然大家都是女人，拉拉手又有什麼關係？

她當然不在乎。

唐玉當然更不在乎。

雖然他還不知道這丫頭心裡究竟在打什麼主意，可是不管她想幹什麼，他都不在乎。

反正吃虧的絕不是他。

就算她只不過是想來逗逗這個穿紅裙的姑娘，這回也要倒楣了。

看見唐玉「害羞」的樣子，連一蓮幾乎也快要笑破肚子。

——這位大姑娘一定已經對我很有意思，否則怎麼肯讓我拉住「她」的手？

連一蓮忍住笑，道：「我們出去走走好不好？」

唐玉道：「三更半夜的，爲什麼還要出去？」

連一蓮道：「你師哥就住在隔壁，我不想讓他知道我來了！」

唐玉道：「爲什麼？」

連一蓮道：「我怕他吃醋。」

唐玉已經開始明白了。

——原來這丫頭看上了趙無忌，生怕我跟趙無忌勾三搭四，所以來個釜底抽薪，勾引我，如果我真的看上了她，當然就會把趙無忌甩開了，她正好去撿便宜。

唐玉心裡雖然好笑，臉上卻作出了很生氣的樣子，說道：「我只不過是他的師妹而已，他根本就管不著我，他憑什麼吃醋？」

連一蓮笑得很愉快，道：「其實我也知道你不會看上他的。」

唐玉道：「你怎麼知道？」

連一蓮笑道：「我哪點不比他強？你怎麼會看上他？」

唐玉的臉更紅了。

連一蓮道：「你跟不跟我出去？」

唐玉紅著臉搖頭，道：「我怕。」

連一蓮道：「你怕什麼？」

唐玉道：「怕別人強姦我。」

連一蓮道：「有我在你旁邊，你還怕什麼？」

唐玉道：「我就是怕你。」

連一蓮又笑了。

她忽然「發現」這個看起來羞人答答的大姑娘，實在是個狐狸精。

她是個女人。

可是現在連她都好像有點心動了，連女人看見都會心動，何況男人？

如果有個男人天天都跟「她」在一起，不被她迷死才怪。

趙無忌是個男人。

趙無忌天天都跟「她」在一起。

連一蓮下定決心，絕不讓任何一個狐狸精把趙無忌迷住。

如果有人說她看上了趙無忌，她是死也不會承認的。

她這麼做，只不過因爲趙無忌對她總算還不錯，而且放過她一馬。

她既不願欠他這個情，恰巧又正好沒有別的事做，所以就順便來替趙無忌調查調查，這個大姑娘是不是狐狸精。

這位不動聲色就能殺人的大姑娘，不但可怕，而且實在有點可疑。

這是她自己的說法。

所以就算有人對她說的「恰巧」，「正好」，「順便」覺得很懷疑，她也不在乎。

因爲這本來就是說給她自己聽的，只要她自己覺得滿意就夠了。

二

軟綿綿的四月，軟綿綿的風，唐玉軟綿綿的倚在她身上，好像連一點力氣都沒有了。

連一蓮索性把這個大姑娘摟住，摟得緊緊的，甚至已經可以感覺到這個大姑娘的心跳。

她自己的心好像也在跳。

大姑娘好像在推她，卻沒有真的用力推。

「你要帶我到哪裡去？」

「到一個好地方去。」

「我知道那一定不是個好地方。」

「爲什麼？」

「因爲你不是好人。」

連一蓮自己也不能不承認，自己實在不能算是個好人。

她的行爲簡直就像是個惡棍。

但是這個地方卻實在是個好地方——那種只有惡棍才會帶女孩子去的地方。

地上綠草如茵，就像是一張床，四面濃密的木葉和鮮花，剛好能擋住外面的視線，空氣中充滿了醉人的花香。

一個女孩子，如果肯跟男人到這種地方來，通常就表示她已準備放棄抵抗。

連一蓮自己也很得意：「你憑良心講，這地方怎麼樣？」

唐玉紅著臉道：「只有你這種壞人，才會找到這種地方。」

連一蓮笑道：「就連我這種人，也找了很久才找到的。」

唐玉道：「你是不是早就計劃好，要把我帶到這裡來？」

連一蓮並不否認。

這次她的確早已有了計劃，連下一步應該怎麼做，她都已計劃好了。

她忽然把唐玉拉了過來，在這個冒牌的大姑娘嘴角親了一下。

唐玉整個人都軟了。

她整個人都倒在這個冒牌的惡棍懷裡，於是兩個人就一起倒了下去，倒在床一樣的草地上。

如果說連一蓮一點都不緊張，那也是假的。

她非但沒有抱過男人，連女人都沒有抱過。

她的呼吸也已有點急促，臉也開始發燙，這個冒牌的大姑娘吃吃的笑著，倒在她懷裡，頂在她胸口，頂得她心都要跳了出來。

這個冒牌的大姑娘才是個真的惡棍，有了這種好機會，當然不肯錯過的。

這個冒牌的惡棍，卻是個真的大姑娘，真的全身都軟了。

一個惡棍要讓一個大姑娘全身發軟，絕不是件很困難的事。

他當然知道一個大姑娘身上有些什麼地方是「要害」。

連一蓮也知道現在已經非採取行動不可了。

這個「大姑娘」的手在亂動，動得很不規矩。

她雖然不怕「她」碰到她的要害，卻不願讓「她」發現她是個冒牌男人。

她忽然出手，使出她最後一點力氣，扣住了唐玉臂關節的穴道。

她用的手法雖然不如「分筋錯骨手」那麼厲害，性質卻很相像。

這次唐玉真的不能動了，吃驚的看著她，道：「你這是幹什麼？」

連一蓮的心還在跳，還在喘氣。

唐玉道：「難道你真的想強姦我？」

連一蓮總算鎮定下來，搖著頭笑道：「你不強姦我，我已經很高興了，我怎麼強姦你？」

唐玉道：「那麼你何必用這種手段對付我，我……我又沒有推你！」

連一蓮嘆了口氣，道：「我也知道你不會推我的，我只不過想要讓你老實一點，因爲我不想像那個妙手人廚一樣，糊裡糊塗的死在你手裡。」

唐玉道：「我怎麼會那樣子對你？難道你還看不出我對你……對你的意思？」

他好像真的受了委屈的樣子，好像隨時都要哭出來了。

連一蓮的心又軟了，柔聲道：「你放心，我也不會對你怎麼樣的。」

唐玉道：「你究竟想怎麼樣？」

連一蓮道：「趙無忌的武功是家傳的，我從來沒有聽說他有師妹，怎麼會忽然變出了個像你這麼樣的師妹來？」

唐玉忽然嘆了口氣，道：「你看起來明明不笨，怎麼會連這種事都不懂！」

連一蓮道：「這種事是什麼事？」

唐玉道：「師妹也有很多種，並不一定要同師練武的，才算師妹。」

連一蓮道：「你是他哪一種師妹？」

唐玉道：「你爲什麼不問他去？」

他好像有點生氣了：「只要他自己承認我是他的師妹，不管我是他哪種師妹，別人都管不著。」

他說的實在很有理，連一蓮實在沒法子反駁。

唐玉又嘆了口氣，道：「其實你可以放心，我跟他之間，絕對沒什麼，他連我的手都沒有碰過。」

連一蓮道：「你以爲我是在吃醋？」

唐玉道：「難道你不是？」

連一蓮也有點生氣了。

一個人的心事被人揭穿了的時候，總會有點生氣的。

她板著臉道：「不管怎麼樣，我總覺得你的來歷有點可疑，所以我要……」

唐玉道：「你要怎麼樣？」

連一蓮道：「我要搜搜你。」

唐玉道：「好，你搜吧，我全身上下都讓你搜。」

他紅著臉，咬著嘴唇，一副受了天大委屈的樣子。

如果連一蓮真的是個男人，如果她的膽子大些，真的把他「全身上下」都搜一搜，就會發現這個大姑娘是冒牌的了。

只可惜連一蓮的膽子既不夠大，也沒有存心揩油的意思。

唐玉身上的「要害」，她連碰都不敢去碰。

所以她只搜出了那個繡荷包，她當然看不出這個荷包有什麼不對。

這荷包就是唐玉的精心得意傑作，就算是一個比連一蓮經驗更豐富十倍的老江湖，也絕對看不出其中的巧妙。

唐玉咬著嘴唇，狠狠的盯著她，道：「你搜完了沒有？」

連一蓮道：「嗯。」

唐玉道：「嗯是什麼意思？」

其實他也知道，「嗯」的意思，就是覺得有點抱歉的意思。

因爲，她的確搜不出一樣可疑的東西來。

唐玉冷笑道：「我知道你根本不是真的想搜我，你只不過……只不過想乘機欺負我，找個藉口來佔我的便宜。」

說著說著，他的眼淚好像已經要流了出來。

連一蓮忽然笑了。

唐玉道：「佔了別人的便宜就笑，虧你還好意思笑得出。」

連一蓮道：「你真的以爲我佔了你的便宜？」

唐玉道：「難道你沒有？」

連一蓮道：「好，我告訴你。」

她好像下了很大的決心，才決定把這個秘密說出來。「我也是個女人，我怎能佔你的便宜？」

唐玉吃驚的看著她，好像這個「秘密」真的讓他吃了一驚。

連一蓮笑道：「我常常喜歡扮成男人，也難怪你看不出。」

唐玉忽然用力搖頭，道：「我不信，你打死我，我也不信。」

連一蓮笑得更愉快，更得意。

直到現在她才「發現」自己易容改扮的技術實在很高明。

她帶著笑問：「你要怎麼才相信？」

唐玉道：「我要摸摸看。」

連一蓮雖然有點不好意思，可是讓一個女人撫摸，也沒有太大的關係。

所以她考慮了一下之後，就答應了．「你只能輕輕摸一下。」

她甚至還抓著唐玉的手去摸，因爲她怕唐玉的手亂動。

唐玉笑了。

連一蓮紅著臉，放開他的手，道：「現在你還生不生氣？」

唐玉笑道：「不生氣了。」

他的手又伸了過來，連一蓮失聲道：「你還想幹什麼？」

唐玉道：「我還想摸。」

連一蓮道：「難道，你還不信我是女人？」

唐玉笑道：「就因爲我相信你是個女人，所以我還要摸。」

連一蓮終於發覺有點不對了。

這個「大姑娘」的眼神忽然變得好奇怪，只可惜她發覺得遲了一點。

唐玉已閃電般出手，揑住了她手臂關節處的穴道，笑嘻嘻的說道：「因爲你雖然是個冒牌的男人，我正好也是個冒牌的女人！」

連一蓮驚叫了起來：「難道你是個男的！」

唐玉笑道：「如果你不信，你也可以摸摸看。」

三

連一蓮幾乎暈了過去。

這個大姑娘居然是個男人！

剛才她居然還抓住這個男人的手，來摸她自己，居然還抱住他，親他的嘴。

想到這些事，連一蓮簡直恨不得一頭撞死。

唐玉還在笑，笑得就像是剛偷吃了三百隻小母雞的黃鼠狼。

連一蓮卻連哭都哭不出。

唐玉道：「你不能怪我，是你要勾引我，要把我帶到這裡來的。」

他笑得愉快極了：「這裡實在是個好地方，絕不會有人找到這裡來。」

連一蓮道：「你……你想幹什麼？」

唐玉道：「我也不想幹什麼，只不過想把你剛才做的事，也照樣做一遍。」
他真的說做就做，這句話剛說完，就已經親了連一蓮的嘴。
連一蓮又羞，又急，又氣，又怕。
最該死的是，她心裡偏偏又覺得有種說不出的奇怪滋味。
她真想死了算了。
只可惜她偏偏又死不了。

唐玉的手已經伸進了她的衣服。
她搜過他，他當然也要搜搜她，只不過他搜她的時候，當然不會像她那麼客氣了。
連一蓮大聲道：「你殺了我吧！」
其實她自己也知道這句話說得很無聊，唐玉當然絕不會這麼便宜她的。
唐玉就算要殺她，一定也要先做很多別的事之後才動手。
那些「別的事」，才真的要命。
連一蓮哭出來了。
她本來不想哭的，可惜她的眼淚已完全不聽她指揮。
唐玉的手在移動，動得很軟，很慢。
動得真要命。
他微笑道：「我知道你在怕什麼，因爲你一定還是個處女。」

聽見「處女」這兩個字，連一蓮哭得更傷心了。

唐玉道：「可是你也應該看得出，像我這樣的男人，對女人並沒有太大興趣，所以只要你聽話，我說不定會放了你。」

這些話，好像並不是故意說出來哄她的。

他這個男人實在太像女人，說不定是真的對女人沒什麼興趣。

連一蓮總算又有了一線希望，忍不住問：「你要我怎麼聽話？」

唐玉道：「我也有話要問你，我問一句，你就要答一句，只要我聽出你說了一句謊話，我就要……」

他笑了笑：「那時我就要幹什麼，我不說你也知道。」

連一蓮當然知道。

就因爲她知道，所以才害怕。

唐玉道：「我問你，你究竟是什麼人，跟趙無忌是什麼關係，你怎麼知道他有沒有師妹，怎麼會對他的事知道得這麼多，爲什麼還要來調查我的來歷？」

連一蓮道：「如果我把這些事都說出來，你就會放了我？」

唐玉道：「我一定會放了你。」

連一蓮道：「那麼你先放了我，我就說出來，一定說出來。」

唐玉笑了。

就在他開始笑的時候，他已經撕開了她的衣服，微笑道：「我一向不喜歡跟別人討價還價的，如果你再不說，我就先脫光你的衣服。」

連一蓮反而不哭了。

唐玉道：「你說不說？」

連一蓮忽然大聲道：「不說。」

唐玉反而感到有點意外，說道：「你不怕？」

連一蓮道：「我怕，怕得要命，可是我絕不會說出來。」

唐玉更奇怪：「爲什麼？」

連一蓮用力咬著嘴唇，說道：「因爲我現在已經知道你是個男人，知道你要害趙無忌，不管我說不說，你都不會放過我的。」

這一點她居然已想通了。

唐玉忽然發覺這個女孩子雖然膽子奇小，但卻聰明絕頂。

連一蓮道：「不管我說不說，你反正都會……都會強姦我的。」

她居然自己說出了這兩個字。

因爲她的心已橫了，人已豁了出去，大聲說道：「你動手吧，我不怕，我就當作被瘋狗咬了一口，可是我死也不會放過你！」

唐玉實在想不到她怎會忽然變成這樣子，如果別的男人看見她這樣子，也許就會放過她了。

可惜唐玉不是別的男人。

他簡直不能算是個人。

連一蓮終於暈了過去。

就在唐玉伸手去拉她腰帶時，她已暈了過去。

四

連一蓮醒來的時候，已經是兩天之後的事了。

她居然還沒有死，居然還能再張開眼睛，已經是怪事。

——有些事比死更可怕，更要命，也許她不如還是死了的好。

可是那些事並沒有發生。

——她還是個處女，那種事是不是發生過，當然，她知道得很清楚。

那個不是人的人爲什麼會放過她？

她真的想不通了。

她醒來的時候，是在一輛馬車裡，全身仍然軟綿綿的，全無力氣，連坐都坐不起來。

是誰把她送上這輛馬車的？現在準備要送她到什麼地方去？

她正想找個人問，車窗外已經有個人伸進頭來，微笑道：「大小姐你好。」

這個人不是那冒牌的大姑娘，也不是趙無忌，她雖然不認得這個人，這個人卻認得她。

連一蓮道：「你是誰？」

這人道：「是個朋友。」

連一蓮道：「是誰的朋友？」
這人道：「是大小姐的朋友，也是老太爺的朋友。」
連一蓮道：「哪個老太爺？」
這人說道：「當然是大小姐的老人爺呀！」
連一蓮的臉色變了。
這個人不但認得她，好像連她的底細都知道。
她的身世並不悲慘，卻是個秘密，她不願讓任何人知道這秘密，更不願讓趙無忌知道。
她立刻又問道：「你也是趙無忌的朋友？」
這人微笑，搖頭。
連一蓮道：「我怎會到這裡來的？」
這人道：「是個朋友送來的，他叫我把大小姐送回家去。」
連一蓮道：「這個朋友是誰？」
這人道：「他姓唐，叫唐玉。」
聽見「唐玉」這名字，連一蓮又暈了過去。

第二條羊

一

四月十二，晴。

唐玉起來的時候太陽早已照上窗戶。

平常到了這種時候，他們早已起程動身了，今天卻直到現在還沒有人來催他，難道無忌也像他一樣，今天起床也遲了些？

其實他睡得並不多，他回來得很遲，上床時已經快天亮了。

他最多只睡了一個多時辰，可是看起來精神卻顯得特別好。

一個人心情愉快的時候，總是會顯得容光煥發，精神抖擻。

他的心情當然很愉快，因爲昨天晚上他又做了件很得意的事。

想到連一蓮發現他是男人時，臉上那種表情，直到現在他還是覺得很好笑。

他相信連一蓮醒來時一定會覺得很奇怪，一定想不通他爲什麼會放過她。

本來他也不想放過她的。

可是就在他拉下她腰帶時，忽然有樣東西從連一蓮身上掉了出來。

看到這樣東西，他立刻就猜出了連一蓮的真實身分。

他不但知道這個女孩子的來歷，而且還知道她和趙無忌之間的關係。

但是他不能殺她，也不想殺她。

因爲這個女孩子活著遠比死了對他有用。但是他也不能把她放走，因爲他絕不能讓她和趙無忌見面。

這本來是個難題，幸好他正好在這裡，所以這難題也很快就解決了。

這裡雖然還是大風堂的地盤，卻已近邊界——大風堂當年和霹靂堂劃定的地區邊界。

霹靂堂和唐家結盟之後，第一件要做的事，就是徹底毀滅大風堂。

現在他們的行動雖然還沒有開始，可是在各地都已有埋伏佈置。

尤其是在這裡。

這裡是大風堂最後的一個據點，卻是他們發動進擊時的第一站。

他們暫時雖然還不能像大風堂一樣，在這裡正式開舵，暗地早已有了佈置，甚至連大風堂分舵裡都已有人被他們收買。

他們收買了這個人，就好像已經在大風堂心臟裡種下了一株毒草。

——因爲這個人不但一向老實可靠，而且還是大風堂在這裡最高負責人之一。

——大風堂絕對想不到這個「奸細」是誰的。

唐玉微笑著，穿上了她的紅裙。

現在連一蓮當然已經被唐家埋伏在這暗卡中的人送走了。

他們做事一向迅速可靠。

昨天晚上，他把她送去的時候，心裡也並不是完全沒有一點惋惜。

她還是個處女。

她年輕，美麗，健康，結實。

她的胸脯飽滿堅挺，皮膚光滑如絲緞，一雙修長雪白的腿，在夜色中看來更迷人。

如果說他不心動，那是騙人的。

他雖然不能殺她，可是先把她用一用，對他也許反而有好處。

一個處女，對她第一個男人，總是會有種特別奇妙的感情。

到了生米已經成熟飯時，女人通常都認命的。

只可惜他已經不能算是個真正的男人了。

自從練了陰勁後，他身上某一部分男人的特徵，就開始退化。

他的慾望漸漸已只能用別的法子來發洩，一些邪惡而殘酷的法子。

二

唐玉走到外面的大院裡來時，大車已套好，馬也上了鞍。

看到馬上的鞍，想到鞍裡的針，他的心情當然更愉快，幾乎忍不住要笑出來。

趙無忌知道他就是唐玉時，臉上的表情一定更有趣。

奇怪的是，一向起得很早的趙無忌，今天居然還沒有露面。他正想問趕車的馬伕，趙無忌已經來了，卻不是從房裡走出來的，而是從外面走進來的。

原來他今天起得比平常還早，只不過一起來就出去了。

——一清早他就到哪裡去了？去幹什麼？

唐玉沒有問。

他從來不過問趙無忌的私事，他不能讓趙無忌對他有一點懷疑。

他始終遵守一個原則。

——盡量多聽多看，盡量少說少問。

反正馬已上好了鞍，趙無忌也已經快上馬了，這次行動，很快就已將結束。

想不到趙無忌走進來之後，第一件事就是吩咐那個馬伕：「把馬鞍卸下來。」

唐玉在呼吸，輕輕的，慢慢的，深深的呼吸，他緊張時就會這樣子。

他不能不緊張。

因爲趙無忌看起來好像也很緊張，臉色，神情，態度，都跟平時不一樣。

——難道他已發現了秘密？

唐玉微笑著走過去。

他的呼吸已恢復正常，他的笑容還是那麼可親，但是他心裡已經作了最壞的準備。

只要趙無忌的神色有一點不對，他立刻就要先發制人。

他隨時都可以發出那最後的一擊。

那一擊絕對致命。

無忌的臉色的確很沉重，顯然有點心事。

但是他對他這個朋友，並沒有一點防範的意思，只不過長長嘆了口氣，道：「這是匹好馬。」

唐玉道：「確實是匹好馬。」

無忌道：「到了連朋友都不能救你的時候，一匹好馬卻說不定能救你的命。」

唐玉道：「我相信。」

無忌道：「好馬都有人性，你對牠好，牠也會對你好的，所以只要能夠讓牠舒服一點，我就會讓牠舒服一點。」

他忽又笑了笑：「如果我是一匹馬，要我在沒事的時候也背個馬鞍，我也一定會覺得很不舒服很不高興。」

唐玉也笑了。

無忌又解釋：「今天我們既然不走，就正好讓牠舒服一天。」

其實他不必解釋，唐玉也聽出來了。

他並沒有懷疑他的朋友，只不過憐惜這匹好馬而已。

可是今天他爲什麼不走呢？

無忌道：「我們一定要在這裡多留一天，因爲有個人今天晚上要到這裡來。」

他的表情又變得有點緊張：「我一定非要見到這個人不可。」

這個人當然是很重要的人，他們這次見面，當然有很重要的事要商議。

——這個人是誰？

——這件事是什麼事？

唐玉也沒有問。

無忌卻忽然問他：「你不想知道我要見的這個人是誰？」

唐玉道：「我想知道。」

無忌道：「你爲什麼不問？」

唐玉道：「因爲這是你的私事，跟我完全沒有關係。」

他笑了笑又道：「何況，如果你想告訴我，我不問你也一樣會告訴我的。」

無忌也笑了。對這個朋友的明理和懂事，他不但欣賞，而且覺得很滿意。

他忽然又問：「你早上喝不喝酒？」

唐玉道：「平常我是不喝的，可是如果有朋友喝，我一天十二時辰都可以奉陪。」

無忌看著他，長長嘆息，道：「能夠交到你這樣的朋友，真是我的運氣。」

唐玉又笑了。因爲他實在忍不住要笑，幾乎真的要笑破肚子。

幸好他常常在笑，而且總是笑得那麼溫柔親切，所以誰也沒法子看出他心裡在想什麼。

二

有酒，有人，卻沒有人喝酒，他們甚至連一點喝酒的意思都沒有。

無忌道：「我並不是真的想找你來喝酒的。」

唐玉微笑道：「我看得出。」他的笑容中充滿了瞭解和友誼。「我也看得出你一定有什麼事要跟我說。」

無忌手裡拿著酒杯，雖然連一滴酒都沒有喝，卻一直忘記放下。

唐玉道：「無論你心裡有什麼煩惱，都可以告訴我。」

無忌又沉默了很久，才緩緩道：「我想你一定知道我跟大風堂的關係。」

唐玉並不否認，道：「令尊大人的俠名，我小時候就聽說過。」

無忌道：「你當然也聽人說過，大風堂是個什麼樣的組織。」

唐玉道：「我知道大風堂的總堂主是雲飛揚雲老爺子，另外還有三位堂主，令尊大人也是其中之一。」

這些都是江湖中人都知道的事，他盡力不讓趙無忌發現他對大風堂知道的遠比別人多。

說不定他還可以從趙無忌嘴裡聽到一些他本來不知道的事。

無忌道：「其實大風堂的組織遠比別人想像中更龐大，更複雜，只憑他們四個人，是絕對沒法子照顧得了的。」

他果然沒有讓唐玉失望，接著道：「譬如說，大風堂雖然也有收入，可是開支更大，雲老爺、司空曉風、上官刃，我先父卻都不是善於理財的人，如果不是另外還有個人在暗中主理財務，幫補虧空，大風堂根本就沒法支持下去。」

這正是唐玉最感興趣的事。

無論做什麼事都需要錢，大風堂既然不願像別的幫派那樣，沾上娼與賭這兩樣最容易賺錢的事，當然就得另找財源。

賺錢並不容易，理財更不容易。

視錢如糞土的江湖豪傑們，當然不會是這一行的專家。

他們也早已猜到，暗中一定另外有個人在主持大風堂的財務。

無忌道：「江湖中絕對沒有任何人知道他的身分姓名，連大風堂裡知道的人都不多，因爲他答應做這些事的時候，就已經和雲老爺子約法三章——」

任何人都不能干涉他的事務和賬目。

任何人都不能透支虧空。

他的身分絕對保密。

無忌道：「雲老爺子答應了他這三件事後，他才肯接下這個燙手的熱山芋。」

唐玉靜靜的聽著，表面上絕對沒有露出一點很感興趣的樣子。

無忌道：「因爲他本來並不是武林中人，如果別人知道他和大風堂的關係，就一定會有麻煩找上他的。」

唐玉嘆了口氣，道：「也許還不僅麻煩而已，如果我是大風堂的對頭，我一定會不惜一切，先把這個人置之於死地！」

這句話真是說得恰到好處。

能夠說出這種話來的人，就表示他心中坦蕩，絕不會做出這種事。

無忌嘆道：「如果他有什麼意外，對大風堂實在是很大的損失，所以……」

他的表情更緊張，聲音壓得更低：「所以我今天不能不特別小心。」

唐玉道：「今天要到這裡來的人，就是他？」

無忌道：「今天晚上子時之前，他一定會到。」

唐玉雖然一向都很沉得住氣，可是現在卻連他自己都已感到他的心跳加快了。

——如果能除掉這個人，簡直就等於砍掉大風堂的一條腿。

——這個人今天晚上就要來。

對唐玉來說，這實在是很大的誘惑。

可是他一直在警告自己，表面上絕不能露出一點聲色來。

無忌道：「他雖然不是武林中人，卻是個名人，關中一帶的票號錢莊，最少有一半都跟他有來往，所以，別人都叫他財神。」

財神。

這兩個字一入唐玉的耳朵，就好像已經用刀子刻在他心裡了。

只要有了這條線索，找到這個人已不難。

唐玉立刻作出很嚴肅的樣子，道：「這是你們大風堂的秘密，你不應該告訴我的。」

無忌道：「我一定要告訴你。」

唐玉道：「爲什麼？」

無忌道：「因爲你是我的朋友，我信任你，而且……」

他凝視著唐玉，慢慢的接著道：「有件事我非要你幫忙不可。」

唐玉立刻道：「只要我能做到的，我一定替你做。」

無忌道：「這件事你一定能做得到，也只有你能做得到。」

唐玉沒有說什麼。他已隱隱感覺到，又有一隻羊要自動送入他的虎口。

四

酒杯還在手裡，還沒有放下去。

無忌終於喝了一口，又香又辣的人麯，沿著他舌頭，慢慢流入他的咽喉。

他總算覺得比較振奮了些，總算說出了他的煩惱——

大風堂在這裡也有個分舵。

因爲這裡是大風堂最後一站，也是對敵的前哨，所以這裡的分舵不但組織較大，屬員也較多。

一山不容二虎。

可是這兩位舵主卻相處得很好，因爲他們都只知道爲大風堂做事，並沒有爭權奪利的私心。

在大風堂最機密的檔案裡，對他們的記錄是——

姓名：樊雲山。

綽號：玉面金刀客，半山道人。

年齡：五十六。

武器：紫金刀，三十六枚紫金鏢。

師承：五虎斷門刀。

妻：彭淑貞。（歿）

子：無

嗜好：少年頗近聲色，中年學道。

司空曉風對他的評語是：

聰明仔細，守法負責，才堪大用。

另一位是——

姓名：丁棄。

綽號：獨臂神鷹。

年齡：二十九。

武器：劍。（斷劍）

師承：無

妻：無。

子：無。

嗜好：好賭，好酒。

司空曉風有知人之明，也有知人之名，大風堂檔案裡每一個人的紀錄後，都有他的評語。

只有丁棄是例外。誰也不知道是司空曉風不願評論這個人，還是這個人根本無法評論。

唐玉道：「我知道這個人。」

無忌道：「你也知道？」

唐玉道：「近幾年來，獨臂神鷹在江湖中的名氣很大，而且做了幾件令人側目的事。」他笑了笑：「想不到他也投入了大風堂。」

唐玉的笑容一向溫柔可親，可是這次卻彷彿帶著點譏誚之意。

因爲丁棄的名氣雖然不小，可惜他的名氣並不是那種值得別人羨慕尊敬的。

他的家世本來很好。

他的父親是武當門下的俗家弟子，丁家是江南的世家，有名望、有財產。

但是他十五歲的時候，就被他父親趕出了家門。

武當四大劍客中，最負盛名的金雞道人，是他父親的同胞師兄，看在他父親的面上，收他爲弟子。

想不到他在武林中人人視爲聖地的武當玄真觀裡，居然還是一樣我行我素，酗酒滋事。

有一次他居然喝得大醉，竟逼著他師父的一個好朋友下山去決鬥。

他的右臂就是在這次決鬥中被砍斷的，他也被逐出了武當，連他的劍都被折斷。

從此之後，他就失去了下落。

想不到七八年後他又出現了，帶著他那柄斷劍出現了。

他獨臂，斷劍，練成了一種辛辣而詭秘的劍法，單身上武當，擊敗了他以前的師父金雞道人。所以他自稱神鷹。

他仍然我行我素，獨來獨往，這幾年來，的確做了幾件令人側目的事。

可惜他做的這些事，就像他的爲人一樣，也不能讓別人佩服尊敬。

幸好他自己一點都不在乎。

無忌明白唐玉的意思，也看得出他笑容中的譏誚之意。

但是無忌自己的看法卻不一樣：「不管他以前是什麼樣的人，自從入了大風堂之後，他的確是全心全力的在爲大風堂做事。」

唐玉微笑，道：「也許他已經變了，已經放下屠刀，立地成佛。」

無忌道：「他是的。」

唐玉道：「玉面金刀客爲什麼又叫做半山道人？這兩個名字應該是兩個完全不同的人。」

無忌道：「樊雲山中年喪妻之後，就開始學道，所以玉面金刀就變成了半山道人。」

唐玉笑道：「想不到大風堂的舵主中，居然有個學道的人。」

無忌也不禁微笑。

可是他的笑容很快就又消失：「大風堂的紀律雖嚴，卻從不過問別人的私事，丁棄的喝酒，樊雲山的學道，對他們的職務並沒有影響，他們一直是大風堂的舵主中，最忠心能幹的兩個人。」

他的聲音更低沉，慢慢的接著道：「但是現在我卻發現這兩個人中，竟有一個是奸細。」

唐玉好像嚇了一跳：「是什麼？」

無忌道：「是奸細。」他顯得悲慘而憤怒：「這兩個人之中，已經有一個被大風堂的對頭收買了。」

唐玉好像還不能相信，所以忍不住要問：「你怎麼知道的？」

無忌點頭道：「因爲我們派到對方那邊去打聽消息的人，全都被出賣了。」

他又解釋：「他們本來都有很好的掩護，有的甚至已在那邊潛伏了很久，一直都沒有被發現，可是最近……」

他的聲音忽然哽咽，過了很久，才能接下去說：「最近他們忽然全都被捕殺，竟沒有一個人能活著逃回來。」

唐玉也在嘆息。

其實這些事他不但全都知道，而且知道得比誰都清楚。

那幾次捕殺，他不但全都參加了，而且殺的人絕不比任何人少。

無忌接著又道：「有關他們的事，一直都是由樊雲山和丁棄負責連絡的，他們行動和秘密，也只有這兩個人知道，所以……」

唐玉接著道：「所以也只有這兩個人才能出賣他們？」

無忌道：「不錯。」

唐玉道：「這兩個人中，誰是奸細？是樊雲山？還是丁棄？」

這句話居然是從唐玉嘴裡問出來的，連唐玉自己都覺得很好笑。

收買這個奸細的人就是他，負責和這個奸細連絡的人也是他。

如果趙無忌知道這件事，臉上會有什麼樣的表情？心裡會有什麼樣的感覺？

唐玉居然能夠忍住沒有笑出來，本領實在不小。

無忌一直在看著他，忽然道：「這兩個人中，究竟誰是奸細，只有你才能告訴我。」

無忌果然已接著道：「因爲只有你才能替我把這個奸細找出來。」

唐玉卻連一點反應都沒有，他知道這句話一定還有下文。

如果是別人聽見這句話，一定會嚇得跳起來。

唐玉道：「爲什麼？」

無忌道：「這兩個人你都不認得？」

唐玉道：「當然不認得。」

無忌道：「如果我說你是唐家的人，他們會不會相信？」

唐玉還是不動聲色，道：「他們好像沒有理由不信。」

無忌道：「唐家既然可以買通大風堂的舵主，大風堂是不是也一樣可以買通唐家的人？」

唐玉道：「好像是的。」

他回答得很小心，每句話都加上「好像」兩個字，因爲他還不十分明瞭趙無忌的意思。

無忌道：「所以現在樊雲山和丁棄都認爲我已買通了唐家一個人，我到這裡來，就是爲了要跟這個人見面，我們約好了今天見面。」

唐玉道：「如果你這麼樣說，他們好像也沒有理由不信。」

無忌道：「我還再三強調，這個人是個非常重要的人，有樣非常重要的東西要交給我，所以我們一定要全力保護他，絕不能讓他落在別人手裡。」

唐玉道：「他們知不知道，這個人是誰？」

無忌道：「不知道。」

唐玉道：「既然不知道，怎麼去保護他？」

無忌道：「因爲我也沒有見過這個人，所以我們早已約好了辨認的方法。」

唐玉道：「什麼方法？」

無忌道：「他一來就會到大街上一家叫同仁堂的藥舖裡去，買四錢『陳皮』，四錢『當歸』，然後再到對面一家滷菜店去，買四兩燒雞，四兩牛肉，他堅持要掌櫃的把份量秤準，一分不能多，一分也不能少。」

唐玉道：「這樣的人的確不多，很容易就能認得出來的。」

無忌道：「然後他就用左手提著陳皮和燒雞，右手提著當歸和牛肉，從大街的東邊往左轉，走到一個桑樹林子裡，把左手的陳皮和燒雞吊在樹上，右手的當歸和牛肉丟到地下，那時候我們就可以去跟他見面了。」

唐玉笑道：「用這種法子來見面，倒真的很有趣。」

無忌道：「不但有趣，而且安全。」

他又解釋：「除了跟我約好的這個人之外，誰也不會做這種事的。」

唐玉笑道：「如果還有別人做這種事，那個人一定有毛病，而且，毛病還很重。」
無忌道：「所以我相信樊雲山和丁棄絕不會弄錯。」
唐玉道：「既然是你跟他約好的，你就應該到那裡去等，爲什麼叫他們去？」
無忌道：「因爲我只知道他今天日落之前會來，卻不知是什麼時候。」
唐玉道：「你的行蹤很秘密，當然不能夠整天守在街上等，所以，只有叫他們去。」
無忌道：「不錯。」
唐玉道：「他帶來給你的是些什麼東西？」
無忌道：「是一個人的名字。」
唐玉道：「就是那個奸細的名字？」
無忌道：「不錯。」
唐玉道：「直到現在爲止，你還不知道這名字是樊雲山？還是丁棄？」
無忌道：「可是那奸細自己心裡一定有數。」
唐玉道：「他當然不能讓那個人把這名字交給你。」
無忌道：「絕不能。」
唐玉道：「所以他只要一看見那個人，就一定會想法子把他殺了滅口。」
無忌道：「他不惜一切，都一定要把這個人殺了滅口。」
唐玉道：「其實唐家並沒有這麼樣一個人要來。」
無忌道：「不錯。」

唐玉道：「所以這個人就是我。」

無忌道：「我只有找你幫我這個忙，因為他們都不認得你，而且只知道我的同伴是個穿紅裙的姑娘。」

唐玉道：「所以我只有換件衣服，改成男裝，偷偷的溜出去，到大街上去買點陳皮當歸，燒雞牛肉，就可以替你把那個奸細釣出來了。」

他嘆了口氣，苦笑道：「這法子實在不錯，簡直妙極了，唯一不妙的是，如果那條魚把我這個魚餌吞下去了怎麼辦？」

無忌道：「我也知道這樣做多少有點冒險，可是我想不出別的法子，我一定要在財神到這裡之前把那個奸細查出來。」

唐玉道：「所以你只有來找我？」

無忌道：「我只有找你。」

唐玉又嘆了口氣，道：「你實在找對人了。」

他表面在嘆氣，其實卻已經快笑破肚了，他實在沒想到趙無忌這條肥羊也會自動來送入他的虎口，而且還另外帶了一隻羊來。

五

趙無忌這個計劃本來的確很巧妙，除了用這個法子之外，的確很難把那奸細找出來，只可惜他實在找對人了。

唐玉當然不會把真正的奸細找出來的，這個奸細當然也絕不會想要把唐玉殺了滅口。

他們正好乘這個機會，把不是奸細的那個人殺了滅口。

他們正好把罪名全都推到這個人身上，真正的奸細就可以高枕無憂，繼續出賣他的朋友了，因爲以後絕不會有人懷疑他。他們還可以趁這個機會把趙無忌和那個財神也一網打盡。

這真是一舉數得，妙不可言，連唐玉自己都沒有想到自己會有這麼好的運氣。

所以不是奸細的那個人，也變成了一條羊，被趙無忌送入了唐玉的虎口。

第三條羊

一

四月十二日，晨。

平常這時候，樊雲山已做完了他的「功課」，從丹室出來吃早飯了。

今天他比平常遲一點，因爲今天一早就有個他預想不到的客人來，跟他談了很久，說了些讓他覺得心煩的話。

——這個分舵裡居然有奸細，居然連趙簡的兒子都知道了。

他主持這分舵已多年，現在居然要一個年輕小伙子來告訴他這件事，而且還教他應該怎麼做，這使得他很不滿意。

他對年輕人一向沒有好感，他一向認爲年輕人辦事不牢，沒有一個可靠。

這也許只不過因爲他自己已經不再年輕，雖然這一點他是絕不肯承認的。

他對趙無忌當然還是很客氣，直送到大門外，才入丹室。

丹室就是他煉丹的地方，也是完全屬於他自己的小天地，沒有得到他的允許，任何人都不能進去。

煉丹不是煉金。

雖然有些人認爲煉丹也和煉金一樣荒謬，他並不在乎。

煉丹就是「燒汞」，也叫做「服石」，是件高雅而神奇的事，非常非常高雅，非常非常神奇，那些俗人們當然不會懂。

只有像劉安那樣的貴族，韓愈那樣的高士，才懂得其中的奧妙和學問。

他通常都在他的「半山軒」裡吃早飯，通常都是紅薇和紫蘭去伺候他。

紅薇和紫蘭雖然年輕，卻很規矩。

可是今天他遠遠就聽見了她們的笑聲，其中居然還有男人的聲音。

是誰有這麼大的膽子，敢到樊大爺的私室去，跟他的丫頭調笑？

他用不著看，就知道一定是丁棄。

因爲誰都知道丁棄是他的好朋友，只有丁棄才可以在他家裡穿堂入戶，自由出入，甚至還可以吃他的早飯。

他進去的時候，丁棄已經把廚房特地爲他準備的燕窩雞湯吃了一大半，正在跟他兩個年輕又

漂亮的丫頭說笑話。

如果別人敢這麼樣做，樊雲山說不定會打斷他的腿。

丁棄卻是例外。

他們不但是好朋友，也是好伙伴。

看見他進來，丁棄就大笑，道：「想不到你居然也是吃人間煙火的，而且居然吃得這麼好。」

樊雲山也笑了：「學道的人也是人，也一樣要吃飯的。」

丁棄笑道：「我以前還認爲你只要吃點石頭就行了。」

樊雲山沒有再接下去，雖然是好朋友，也不能拿他「煉丹」這件事來開玩笑。

這件事是絕對神聖不可侵犯的。

幸好丁棄已改變話題，忽然問道：「趙公子是不是也到這裡來過？」

樊雲山道：「他來過。」

丁棄道：「你也已知道那件事？」

樊雲山點頭。

他當然應該知道，至少他也是這裡的舵主之一。

丁棄笑道：「我到這裡來，倒不是爲了要來喝你的雞湯的。」

樊雲山道：「你現在就要去等待那個人？」

丁棄道：「你不去？」

樊雲山道：「我還得等等，莫忘記我也要吃飯的。」

丁棄笑了：「好，你吃飯我先去。」

樊雲山也覺得很好笑，現在同仁堂和滷菜店根本還沒有開門，那個人就算來了，也沒地方去買陳皮當歸，牛肉燒雞。

他忽然發現又應該替紅薇和紫蘭做幾件新衣裳穿了。

年輕人做事總是難免沉不住氣，年輕人的眼睛也太不老實。

去年做的衣裳，現在她們已穿得太緊，連一些不該露出來的地方，都被繃得露了出來。

這當然不是因爲衣服縮小了，而是因爲她們最近忽然變得成熟了起來，男人看見她們的時候，都忍不住要多看兩眼。

丁棄是個男人。

他的眼睛實在不能算很老實。

他已走出門，忽然又回頭，道：「我發現學道的人非但可以吃飯，而且還有個好處。」

樊雲山道：「什麼好處？」

丁棄道：「學道的人隨便幹什麼，都不會有人說閒話，如果我也像你一樣，幾個年輕的小姑娘來伺候我，別人就要說我是個色狼了。」

他大笑著走出去。

樊雲山本來也在笑，可是一看到丁棄走出去，他的笑容就不見了。

他實在受不了這個年輕人的狂妄和無禮。

雖然他們的地位一樣，他的資格總比較老些，丁棄至少總應該對他尊敬一點。

不幸的是，丁棄這個人竟似乎從來都不懂「禮貌」這兩個字是什麼意思。

現在他終於開始吃他的早飯了。

紅薇和紫蘭，一直站在他旁邊，看著他，紅著臉偷偷的笑。

他當然懂得她們的意思。

一個發展良好，身體健康的女孩子，剛剛嚐到「那種事」的滋味後，總是特別有興趣的。

何況他自從「服石」之後，不但需要特別強烈，而且變得特別勇猛，甚至比他新婚時更勇猛，絕對可以滿足任何女人的需要。

每天吃過早飯之後，他通常都會帶兩個年輕的女孩子，到他的丹室去，傳授給她們一點神仙的快樂。

現在她們好像已經有點等不及了。

樊雲山慢慢的放下筷子，站起來，走向他的丹室——

這次從丹室出來的時候，他雖然顯得有點疲倦，心情卻好了很多，甚至連丁棄的無禮，也變得沒有那麼討厭了。

享受過一番「神仙的樂趣」之後，無論誰都會變得比較輕鬆愉快，寬懷大度。

現在他只需要一壺好茶，最好當然是一壺福建武夷山的鐵觀音。

他立刻想到了「武夷春」。

二

「武夷春」是家茶館。

這家茶館是福建人開的，福建人都講究喝茶，都喜歡喝鐵觀音。

這家茶館的鐵觀音，據說真是產在武夷絕頂，派人用快馬運來的。

這家茶館在采芝齋隔壁。

采芝齋是家很有名的糕餅茶食舖，就在同仁堂老藥舖隔壁，王胖子開的那家滷菜店對面。

所以樊雲山今天如果不到武夷春來喝茶，那才真的是怪事。

世界上的怪事絕不會太多，所以他來了！

茶館裡的人認得樊大爺的人當然不少，知道他是大風堂舵主的人卻沒有幾個。

如果他常常仗著大風堂的威名在外面招搖，現在他已經是個死人。

丁棄一定也來了，一定就在附近，他沒有看見丁棄，卻看見了小狗子。

小狗子不是狗，是人。

雖然大家都把他當作狗一樣呼來叱去，他畢竟還是個人。

他是高升客棧十一個店小二裡面，做事做得最多，錢拿得最少的一個。

現在也不知是哪位客人，又叫他到王胖子的滷菜店來買滷菜了。

樊雲山知道這個趙公子就住在高升客棧，還帶著個穿著大紅裙子的大姑娘。

這位趙公子原來也是個風流人物。

小狗子提著幾色滷菜回去了。

一個賣橘子的小販，挑著擔子走到王胖子的滷菜店門口。

王胖子出來買了幾斤橘子給他的女兒吃。

他的女兒並不胖，因爲她只喜歡吃橘子，不喜歡吃肉。

王胖子是這個賣橘子小販的老主顧。

賣橘子的小販走得累了，又累又渴，就走到茶館裡來，找茶館裡的伙計，討碗茶喝。

茶當然不能白喝。

他用兩個橘子換了一壺茶喝。

茶館裡的伙計把橘子收到後面，分了一個給掌櫃的小兒子，就提了個大水壺出來替客人沖水。

樊大爺是老客人，也是好客人，他當然要特別巴結。

他第一個就來替樊大爺沖水，還特地帶了個熱手巾把子來。

樊雲山覺得很滿意。

他喜歡別人的恭維奉承，所以他的小賬總是給的特別多些。

伙計千恩萬謝的走了，他打開這把熱手巾，裡面就有樣東西掉下來，落入他的手心裡，好像是個捲起來的紙條。

茶喝得太多，當然難免要去方便方便。所以又喝了幾口茶之後，他就站了起來，到後面去方便了。

這些都是很正常的。

這些事無論被誰看見，都絕不會覺得有一點可疑的。

就算被一個疑心病最大的老太婆看見，也絕不會想到，就在這件事進行之中，已經有一件很重要的消息，從住在高升客棧裡一個穿著紅裙的大姑娘那裡，傳到了樊雲山手裡。

三

唐玉現在穿的已經不是紅裙子了。

現在他穿的是一套趙無忌的衣裳，青鞋、白襪、藍衫。質料剪裁雖都很好，卻絕不讓人覺得刺眼。

趙家並不是暴發戶，無忌一向很懂得穿衣服，這一點連唐玉都不能不承認。

唐玉從來不會喜歡一個快要死在他手裡的人，可是他居然有點喜歡趙無忌。

他覺得趙無忌這個人很奇怪，有時候看起來雖然很笨，其實卻很聰明，有時候看起來雖然很聰明，卻偏偏又很笨。

唐玉決定替他買口上好的棺材，叫樊雲山把他的屍身送回和風山莊去。

他們畢竟是「朋友」。

「我要買四兩燒餅，四兩牛肉。」

唐玉用極道地的官話告訴王胖子：「一分也不能多，一分也不能少。」

到同仁堂去買陳皮和當歸的時候，他已看到坐在武夷春喝茶的樊雲山。

這個一向循規蹈矩，做事一絲不苟，從來都沒有出過一點差錯的人，居然會是個「奸細」，實在是誰都想不到的事。

他們的對象本來是丁棄，但是唐缺卻堅決認爲樊雲山絕對比丁棄容易打動。

唐缺的理由是：

——像樊雲山這種人，對丁棄那種不拘小節的年輕人一定很不滿。

——這地方本來是樊雲山一個人的地盤，現在大風堂又派了個丁棄這樣的年輕人來，而地位居然跟他完全平等，無論他要做什麼事，都不能不跟這毛頭小伙子去商量，這對一個已經習慣做老大的人來說，也是件不可忍受的事。

唐缺對煉丹居然也有研究！

他知道煉丹是件極奢侈的事，也知道服過丹之後，不但性情會因身體的燥熱而改變，連性慾都會變得極亢奮。

這也正是一些「有道之士」，爲什麼會冒險去煉丹的原因。

所以唐缺認爲：

——如果我們能提供給樊雲山一點煉丹的靈藥和秘訣，把幾個隨時可以讓他「散熱」的女孩子送給他，而且保證一定會替他教訓教訓丁棄，他一定什麼事都會肯做的。

後來的事實，果然證明他的看法完全正確。

唐缺看人的眼光確實有獨到之處，這一點連唐玉都不能不佩服。

唐玉也看見了丁棄。

丁棄實在可以算是個很好看的年輕人，只可惜太「隨便」了一點，看起來簡直有點像是個市井中的混混兒。

在四月天，他身上居然就穿起件夏布袍子，把右面一隻空盪盪的衣袖束在一根用青布做的腰帶裡，亂蓬蓬的頭髮顯然也有好幾天沒梳過。

他甚至還把他那柄斷劍插在腰帶上，連劍鞘都沒有配一個。

一向非常講究穿衣服的樊雲山，對他這副樣子當然看不順眼。

只要一看見他，樊雲山就會覺得全身都很不舒服。

四兩牛肉，四兩燒雞都已經切好了，用油紙打成了小包。

唐玉用左手提著陳皮和燒雞，用右手提著當歸和牛肉，走過了長街，開始往左轉。

他相信樊雲山一定已接到了他要小狗子送出來的消息。

爲了避嫌疑，他一直都陪著趙無忌待在房裡，只不過關照小狗子去打掃他那間客房，監督著小狗子把痰盂倒了出去。

趙無忌一定絕不會想到，小狗子也早就被他們買通了。

——只要一個人對自己的生活覺得不滿意，你就有機會收買他的。

這是唐缺的理論。

唐玉發覺唐缺的理論總是很有道理。

桑樹林已經在望。

唐玉相信樊雲山當然絕不會想「殺他滅口」，但是他們也絕不會先出手對付丁棄。

趙無忌當然會在暗中監視他們。

所以他們現在唯一的問題是，要怎麼樣才能讓丁棄出手來對付他！

只要丁棄一出手，他就是奸細了，隨便他怎麼否認都沒有用的。

就算他們不殺他，趙無忌也絕不會饒他。

唐玉微笑。

他已經有把握要丁棄出手。

爲了保護他這個「非常重要的人」，丁棄和樊雲山都跟著他走了過來。

——丁棄不是奸細。

——丁棄當然已開始在懷疑樊雲山。

——如果這個「重要的人」和樊雲山之間有勾結，他交給趙無忌那個名字，當然就不會是真的奸細的名字。

——如果他交出來的名字是丁棄，丁棄也沒法辯白。

——丁棄當然也想到了這一點，所以他只要發覺這個「重要的人」和樊雲山之間的情況有一點不對，一定就會出手。

這其中的關鍵看來雖很複雜，其實卻像「一加一等於二」同樣簡單。

所以唐玉忽然轉過頭去，看著樊雲山笑了笑，好像是要他放心！

「我交給趙無忌的名字，絕對不會是你。」

四

天氣晴和，陽光明朗。

丁棄也許有很多不太好的毛病，眼睛卻連一點毛病都沒有，在這麼好的天氣裡，連一里外的麻雀是公的，還是母的，他都能看得出。

這也許是他自己吹牛，可是唐玉這樣笑，他總不會看不見。

他轉過頭，就看見樊雲山也在笑，他忍不住問：「你認得這個人？」

樊雲山搖了搖頭。

丁棄說道：「看起來，他卻好像認得你？」

樊雲山還在笑，雖然沒有承認，但是也不再否認。

他並不怕被丁棄看出他們之間的秘密，他本來就想要誘丁棄出手。

想不到的是，丁棄的出手遠比他意料中快得多。

他的笑容還沒有消失，丁棄的掌緣已猛切在他左頸後的大血管上。

唐玉剛想把左手提著的陳皮和燒雞掛上樹枝，樊雲山已倒了下去。

他知道丁棄會出手的，可是他也想不到樊雲山竟會被丁棄一擊而倒。

這一擊不但迅速準確，最可怕的是，出手之前，完全沒有一點警兆。

既然已決定攻擊，他就絕不再猶疑，絕不讓對方有一點預防準備。

唐玉忽然發覺自己以前一直低估了他，這個人實在比別人想像中更危險。

丁棄居然還沒有撲過來，還站得遠遠的，用一雙鷹一般的眼睛盯著他。

唐玉慢慢的把陳皮和燒雞掛上樹枝，才回過頭：「你就是獨臂神鷹？」

丁棄道：「我就是。」

唐玉道：「你知道我是什麼人？」

丁棄道：「我知道。」

唐玉道：「你也知道我有樣東西要交給趙無忌？」

丁棄道：「我知道。」

唐玉道：「你不想讓我交給他？」

丁棄道：「我不想。」

唐玉道：「你想把我殺了滅口？」

丁棄並不否認。

唐玉嘆了口氣，重重的把右手提著的當歸和牛肉，丟在地上，說道：「那你就動手吧。」

丁棄道：「你爲什麼不動手？」他冷笑，「既然你是唐家的人，爲什麼還不把你們的獨門暗器拿出來？」

唐玉明白了。

丁棄不敢逼近來，只不過因爲怕他的暗器——這個「重要的人」既然是從唐家來的，身上當然帶著有唐家的獨門暗器。

唐玉本來就是唐家的人，本來就帶著唐家的獨門暗器。

如果他把他的暗器使出來，就算有十個丁棄，也一樣要粉身碎骨，死無葬身之地。可惜他不能拿出來。

因爲他已經看見了趙無忌。

趙無忌是從一棵粗大的桑樹後出現的，現在已逼近丁棄。

他的動作並不快，卻極謹慎，絕沒有發出一點讓丁棄警覺的聲音。

丁棄的注意力，已完全集中在唐玉身上。

面對著一個身上很可能帶著唐家獨門暗器的人，天下間絕沒有任何人敢疏忽大意。

唐玉忽然嘆了口氣，道：「可惜。」

丁棄道：「爲什麼可惜？」

唐玉道：「現在你看起來簡直就像是個活靶子，如果唐家真的有人在這裡，就算是個三歲小孩子也可以把你打出七八個透明窟窿來。」

他又嘆了口氣，說道：「只可惜我身上連一樣暗器都沒有，我根本就不是唐家的人。」

丁棄的臉色變了，就像是一條忽然發現自己落入虎口的羊，不但驚慌，而且恐懼。

他想拔劍。

他的手剛握住劍柄，無忌的鐵掌已猛切在他左頸後的大血管上，用的手法跟他剛才擊倒樊雲山時同樣迅速準確。

唯一不同的是，無忌有兩隻手，另一隻手上還有把刀，短刀。

三寸六分長的刀鋒，已完全刺入了丁棄的腰。

虎口

一

刀柄還在丁棄腰上，正是絕對致命的部位，刀鋒已完全看不見了。

唐玉抬起頭，吃驚的看著趙無忌，他實在想不到趙無忌的出手會這麼狠。

他看起來實在不像這麼狠的人。

——左頸後的那一擊已經夠了，爲什麼還要加上這一刀？

趙無忌忽然說道：「我本來並不想殺他的。」

他顯然已看出唐玉心裡在想什麼：「我也知道應該留下他的活口來。」

唐玉道：「爲什麼殺了他？」

無忌道：「因爲這個人太危險。」

這一點唐玉也同意。

無忌道：「要對付這種人，就絕不能給他反擊的機會。」

唐玉道：「因為他也絕不會給你反擊的機會。」

無忌道：「如果他有兩隻手，他一定也會再給樊雲山一刀。」

幸好丁棄只有一隻手。

樊雲山的胸膛彷彿還有起伏，彷彿還有呼吸，卻不知他的心是不是還在跳？

無忌彎下腰，把他的身子扳過來，把耳朵貼上他的胸膛，希望能聽到他的心跳聲。

唐玉在看著無忌。

無忌的背對著他，距離他還不到三尺。

這才真是個最好的靶子，連三歲的小孩子都不會打不中的靶子。

唐玉的手縮入了衣袖。

現在他是男裝，當然不能再把那根金釵插在頭髮上。

他把那根金釵插在衣袖裡。

他的手縮進去，就捏住了金釵，只要他指尖一用力，釵頭裡的油蠟就會流出來，保護他的手，他就可以把釵頭扭斷。

他手裡立刻就有一滿把毒砂，唐家威鎮天下的五毒斷魂砂。

只要他將這把毒砂灑出去，就算他是閉著眼睛灑出去的，無忌都死定了。

幸好他這把毒砂並沒有灑出去，因為他還沒有忘記財神。

現在他心目中最大的一條羊已經不是趙無忌，而是財神。

只有趙無忌才能把這條羊送入他的虎口。

財神還沒有來，他怎麼能死？

唐玉的手又慢慢的從衣袖伸了出來，反正財神已經快來了，趙無忌已經在他掌握之中。

他一點都不急，只不過覺得有種奇異的渴望和衝動，就好像一個貪歡的寡婦，在渴望著男人的擁抱。

樊雲山的心還在跳，本來跳得很慢，很微弱，現在已漸漸恢復正常。

他甚至已經可以站起來。

看見了丁棄，他還是顯得很悲傷，黯然道：「他是個聰明人，只可惜太聰明了些，如果他笨一點，也許就不會落得這種下場。」

這是句很有哲理的話，無忌卻不想跟他討論人生的哲學。

無忌道：「他是個奸細。」

樊雲山道：「我知道。」

無忌道：「他想殺你，如果他活著，非殺了你不可。」

樊雲山道：「我知道。」

無忌道：「可是他已經死了。」

樊雲山道：「既然他已經死了，不管他生前做錯過什麼事，都可以一筆勾消，我一定會好好料理他的後事。」

無忌微笑，拍著他肩，道：「你記不記得我們今天晚上還有個約會？」
樊雲山道：「我不會忘。」
無忌道：「也記得我們約的是誰？」
樊雲山道：「財神！」
無忌道：「他的行蹤一向不願讓太多人知道，這次很可能也是一個人來。」
樊雲山道：「我懂。」
無忌道：「所以他的安全，我們一定要負責。」
樊雲山道：「我一定會盡量調動本門弟兄中的好手保護他，但是……」
無忌道：「但是你還不知道我們約好在什麼地方見面？」
樊雲山道：「是的。」
無忌道：「其實，你應該可以想得到的。」
他笑了笑，又道：「財神通常都在什麼地方？」
樊雲山立刻明白了：「財神通常都在財神廟。」

唐玉一直在注意著無忌。
他發現無忌跟樊雲山說話時，已經帶著命令的味道，樊雲山居然也看作理所應當的事。
有些人好像天生就是做首腦的材料，趙無忌好像就是這種人。
幸好他已經快死了，而且死定了。

唐玉看著他的時候，已經好像是在看著個死人。

無忌道：「走，我們現在就到財神廟去。」

唐玉道：「我們？」

他盡量壓制著心裡的興奮，道：「我也去？」

無忌微笑道：「難道你不想去見見財神？」

唐玉也笑了：「有沒有人不想去見財神的？」

無忌道：「沒有。」

唐玉笑得更愉快，道：「我可以保證連一個都沒有，不但以前沒有，以後也不會有。」

二

每個人都想見到財神，所以每個地方都有財神廟。

據說天上地下所有的錢財，都歸財神掌握，無論誰只要能見到財神，都會發大財的。

奇怪的是，財神卻偏偏好像是個很窮的神，甚至比那位終年為衣食奔波，在「陳蔡之間」幾乎連飯都沒得吃的孔老夫子都窮！

孔廟通常都是金碧輝煌，莊嚴雄偉的大廟。

財神廟卻通常都是個很窮的廟，又窮又破又小。

這實在是個諷刺，很好的諷刺。

因為它至少使人明白了一點——錢財雖然可愛，卻並不值得受人尊敬。

這個地方的財神廟也一樣，又窮又破又小，那位長著張黑臉，跨著匹黑虎的財神像，金漆都已剝落，衣服上都好像打著補釘。

「有件事我始終不懂，」唐玉四面打量著，接著道：「爲什麼財神看起來總是這麼窮？」

這問題他只不過是隨便說出來的，並沒有希望得到答案。

無忌笑了笑道：「如果你看見真正有錢的人，你就會懂了。」

唐玉又問道：「爲什麼？」

無忌道：「那些人的錢雖然多得連數都數不清，自己卻還是視錢如命，穿的衣服上打滿補釘，吃的是鹹菜乾和泡飯，身上掛滿了鑰匙。」

唐玉道：「他的身上爲什麼要掛滿了鑰匙？」

無忌道：「因爲他們生怕別人揩油，連柴米油鹽都要鎖在櫃子裡，有些人的內衣褲穿得發臭了還不肯洗。」

唐玉又忍不住問道：「爲什麼？」

無忌微笑道：「因爲衣服洗多了會破的。」

唐玉也笑了：「難道財神也會像他們這樣，把一個錢看得比門板還大？」

無忌道：「不是視錢如命的人，怎麼能做財神！」

現在已是黃昏。

他們剛吃過一頓很舒服的飯，在春天溫暖的夕陽下，慢慢的逛到這裡來。

他們的心情都很愉快。

無忌道：「如果我是財神，就絕不會花幾兩銀子去吃頓飯。」

唐玉笑道：「因爲財神是不能亂花錢的。」

無忌道：「絕對不能。」

唐玉嘆了口氣，道：「幸好我們都不是財神。」

無忌道：「可是你很快就要見到一個財神了，一個活財神。」

唐玉道：「今天他一定會來？」

無忌道：「一定。」

唐玉實在很想告訴趙無忌——這個財神，就是你的瘟神，只要他一來，你就要送命。

他實在很想看看趙無忌發現真相時的表情。

樊雲山已經來了。

他的臉色，並不太好，丁棄在他脖子後面的那一擊，直到現在，還是讓他覺得很不好受，但卻絕對沒有影響到他做事的效率。

「我已經把本門弟兄中的高手，全部調到這裡來，現在這條路上都已有我們的人防守。」

無忌對他的辦事能力很滿意，唐玉更滿意。

樊雲山調來的人手，當然都是他們自己的人，那其中很有幾個好手。

現在趙無忌已經在他們包圍中，他根本用不著再等機會，就憑他和樊雲山兩個人，已足夠要他的命！

何況他身上還有那個荷包——荷包上的牡丹，牡丹的花心。

只要一想到那種暗器的威力，他就會變得像是個孩子般興奮激動，幾乎忍不住要伸手進去摸一摸。

但是他一定要忍住。

無忌又在問道：「在外面防守的兄弟們，是不是都已經知道了我們要等待的人是誰？」

樊雲山道：「我只告訴他們，除了一個穿黑披風，提紅燈籠的人之外，無論誰走到這條路上來都要把他擋回去。」

他再三保證：「除了他之外，絕沒有任何人能混進來。」

這不僅是在對無忌保證，也是在對唐玉保證。

既然沒有任何人能混進來，當然也沒有人能來救趙無忌。

現在他已完全孤立。

唐玉在心裡嘆了口氣，這計劃實在是無懈可擊，連他自己都覺得十分滿意。

天色漸漸暗了下來，樊雲山剛點起盞油燈，就聽見外面傳來一陣彷彿蟬鳴般的吸竹聲。

「財神來了！」

三

這位財神看起來既不窮，也不寒酸。

他身材高大，頭髮灰白，臉色紅潤，看起來一表堂堂氣派極大，穿著也極考究，正是那種無論誰看見都會很信任的人。

如果你有錢，你一定也會把錢存進他的錢莊裡去。

但是無忌替他引見樊雲山和唐玉時，他的臉色卻很難看。

無忌道：「他們都是我的好朋友。」

財神板著臉，冷冷道：「我是不是說過，除了你之外，我不見別人？」

無忌道：「是的。」

財神道：「他們是不是人？如果他們是人，就請他們走。」

無忌怔住。他想不到這位財神連一點面子都不給他，幸好樊雲山和唐玉都很知趣，都已經在「告辭」了。

無忌更抱歉，很想說幾句讓他們聽了覺得比較舒服一點的話。

唐玉已過來握住他手，微笑道：「你什麼都不必說，因爲我們是好朋友。」

他真是個好朋友。

他把無忌的手抓得好緊。

無忌好像也覺得有點不對了，正想甩掉他的手，已有另一隻手猛切在他左頸後的大血管上。

那當然是樊雲山的手。

他倒下去的時候，正好看見財神怒喝著向唐玉撲了過去。

但是他知道那是沒有用的。

財神絕不是唐玉的敵手，連唐玉一招都擋不住。

無忌再張開眼時，財神果然已經被人用繩子綁了起來。

他自己也當然被繩子綁住，而且還被點住了穴道，——唐玉一放開他的手去對付財神時，樊雲山已點了他的穴道。

看見他的眼睛張開，財神就在冷笑，道：「你這兩個好朋友，真是好朋友。」

無忌嘆了口氣，道：「只不過你剛才根本不必請他們出去的。」

財神道：「爲什麼？」

無忌道：「因爲他們根本不是人。」

唐玉笑了，大笑。

他笑得實在愉快極了：「我是個人，只可惜你永遠想不到我是什麼人。」

無忌道：「哦？」

唐玉指著自己的鼻子，道：「我就是唐玉，就是你恨不得把他活活扼死的那個唐玉。」

無忌不說話了。

到了這種地步，他還有什麼話好說？

現在唐玉總算看到了他的表情，他連一點表情都沒有。

到了這種地步，他還有什麼表情？

唐玉道：「我本來並不一定要殺你的，我也知道活人一定比死人有用。」

無忌道：「現在，你爲什麼要改變主意？」

唐玉道：「因爲有一個人告訴我，一定非把你殺了不可。」

無忌道：「誰告訴你的？」

唐玉道：「就是你自己。」

他笑得更愉快：「你自己教給我，如果要對付一個很危險的人，就絕不能給他反擊的機會，你這個人剛好是個很危險的人，我這個人剛好很聽話。」

無忌道：「你爲什麼還不動手？」

唐玉道：「因爲我不想你做個糊塗鬼，我們總算是朋友。」

這隻老鼠既然已經被他抓住了，他爲什麼要一下子就吞到肚子裡去？

貓捉老鼠，本來就不一定是爲了飢餓，而是爲了這種樂趣。

他正在享受這種樂趣：「本來說不定還會有人來救你的，可惜你自己偏偏又要再三關照，除了這位財神之外，絕不許任何人來。」

樊雲山道：「他不是關照我，而是命令我，就算是我的老子來了，也不能放進去。」

他故意嘆了口氣，又道：「恰巧我也是個很聽話的人。」

唐玉也嘆了口氣，道：「大風堂有了你這樣的人，真是他們的運氣。」

他看看無忌：「可是不管怎麼樣，你總算對我不錯，你的後事，我一定也會叫樊雲山好好去辦的，你臨死之前還想什麼，只要告訴我，我說不定也會答應。」

無忌沉默著，忽然道：「我只有一件事想問你。」

唐玉道：「什麼事？」

無忌緩緩道：「上官刃是不是在唐家堡？」

唐玉道：「是的。」

他毫不考慮就說了出來，因爲無忌已經等於是個死人。在一個死人面前，什麼事都不必隱瞞著的。

無忌道：「爲什麼？」

唐玉道：「上官刃不但在唐家，而且很快就要變成唐家的人了。」

唐玉道：「因爲他很快就要入贅到我們唐家來，做唐家的女婿。」

無忌道：「你們爲什麼要招他做女婿？」

唐玉道：「他是個很有用的人，只有他才能替我們帶路。」

無忌道：「帶路？」

唐玉笑道：「這裡是大風堂的地盤，如果我們要到這裡來，是不是要找個帶路的人？」

無忌道：「是的。」

唐玉道：「你還能不能找到一個比上官刃更好的帶路人？」

無忌道：「不能。」

現在這件事好像已經應該結束了，財神已經進了廟，羊已入了虎口。

奇怪的是，無忌居然又笑起來了。

他笑得實在不像一條已經在虎口裡的羊。

他笑得簡直有點像是隻老虎。

他笑得簡直讓人分不清究竟是誰在虎口？

最後一著殺手

一

唐玉在笑。

無忌居然也在笑。

唐玉笑得很開心，因爲他本來就是真正很開心。

無忌笑得居然也像是真的很開心。

唐玉不笑了。

他忽然問樊雲山：「你看不看得出你們的趙公子在幹什麼？」

樊雲山道：「他好像是在笑。」

唐玉道：「現在他怎麼還能夠笑得出來？」

樊雲山道：「我不知道。」

唐玉嘆了口氣，道：「我一向覺得自己是個很聰明的人，別人也認爲我很聰明，可是我也想不通他怎麼能笑得出來？」

無忌道：「我本來也不想笑的，可是我實在忍不住要笑。」

唐玉道：「有什麼事，讓你覺得這麼好笑？」

無忌道：「有很多很多事。」

唐玉道：「你能不能說一兩件給我聽聽？」

無忌道：「能。」

唐玉道：「你說，我聽。」

無忌道：「我覺得很好笑的事，你未必會覺得好笑的。」

唐玉道：「沒關係。」

無忌道：「你還是想聽？」

唐玉道：「嗯。」

無忌道：「如果我說，有個明明已被人點住穴道，而且還被繩子綁住了的人，隨時都可以站起來，你是不是會覺得很好笑？」

唐玉道：「哈哈。」

無忌道：「如果我說有個明明已被殺死了的人，隨時都會從外面走進來，你是不是也會覺得很好笑？」

唐玉道：「哈哈哈。」

他發出的是笑聲，可是他臉上那種溫柔動人的笑容卻不見了。

無忌道：「我記得你說過，有些事情聽起來雖然不好笑，可是你若親眼看見，就會笑破肚子。」

唐玉當然也記得那個笑話。

無忌道：「有些事卻剛好相反，聽起來雖然很好笑，等你真的親眼看見時，就笑不出來了。」

他忽然站起來。

他明明已被點住穴道，而且還被繩子綁住，可是他居然真的站了起來。

唐玉親眼看見他站了起來。

唐玉笑不出來了。

然後他就看見一個明明已被殺死的人走了進來。

他看見了丁棄。

從外面走進來的這個人居然是丁棄。

那把刀的刀柄還在他腰上，刀鍔下的那塊血漬還是和剛才同樣的明顯。

可是他卻活生生的走了進來。

無忌道：「你還沒有死？」

丁棄道：「我看起來，像不像個死人？」

他不像。

他的臉色紅潤，容光煥發，看起來不但愉快，而且健康。

無忌道：「那一刀沒有把你殺死？」

丁棄道：「那一刀，根本就是殺不死人的。」

他忽然從腰上拔出了那把刀，刀鋒立即彈出，他再用手指一按，刀鋒就縮了進去。

無忌道：「原來這只不過是騙小孩子的把戲。」

丁棄道：「可是這種把戲非但騙不倒小孩，連呆子都騙不倒。」

無忌道：「這種把戲，只能騙倒些什麼人？」

丁棄道：「只能騙聰明人，有時候愈聰明的人反而愈容易上當。」

無忌在微笑，道：「原來聰明人也一樣可以騙得倒的。」

丁棄道：「而且要用笨把戲才騙得倒，有時候愈笨反而愈好。」

其實這絕不是笨把戲。

這是個完全的計劃，複雜、周密、精巧。

就算唐玉這樣絕頂聰明的人，也是想過很久之後才能想通其中的巧妙。

但是他居然還能保持鎮靜。

這不僅因爲他天生沉得住氣，也因爲他還有最後一著殺手沒有使出來。

他對綴在他荷包上的那兩枚暗器絕對有信心。

他相信無論在什麼情況下，只要把那種暗器使出來，立即就可以扭轉局勢，反敗爲勝，無論什麼人遇到他那種暗器，都會變得粉身碎骨，死無葬身之地！

他絕對有把握。

任何人在這種情況下都會有反應的——驚慌、憤怒、恐懼、輕蔑、辯白、爭論、乞憐、訕笑、衝動。

這些反應他完全都沒有。

就因爲他沒有反應，所以別人永遠猜不透他心裡在想什麼？下一步要做什麼？

這實在是個可怕的對手，但是無忌卻決心要把他徹底摧毀。

無忌看著他，微笑道：「也許你已經想到，我們這把戲中，只有一點關鍵是最重要的。」

唐玉居然又笑了笑，道：「你說出來，我還是聽。」

無忌道：「其實，我早已知道你就是唐玉！」

唐玉道：「哦？」

無忌道：「你擊倒胡跛子的時候，我就已經開始懷疑了，只不過那時候我還沒有把握能確定！」

——胡跛子的武功並不弱，你一出手就能把他擊倒，只因爲他認出了你是唐玉，他連做夢也想不到唐玉會出賣他。

——你出賣了胡跛子，帶走了那小孩，只因爲你要讓我相信你絕對不是唐家的人。

——你要交我這個朋友，只因爲你要找機會殺我。

——你說你到和風山莊去，爲的是避仇，只不過是在掩飾你真正的目的。

無忌道：「這計劃本來的確很巧妙，只可惜其中還是有一點最大的漏洞。」

唐玉道：「哦？」

無忌道：「你能想到把那小孩帶走，的確是很妙的一著，避仇也是種很好的藉口，只可惜，你忘了謊話是一定會被揭穿的。」

他嘆了口氣，接著道：「一個人要做大事，就不該在這些小事上面說謊，其實你根本用不著把那小孩帶走，我還是會交你這個朋友，你來找我，也根本不必說是爲了避仇，可惜你偏偏要自作聰明，反而弄巧成拙了。」

唐玉沉默著，過了很久，居然也嘆了口氣，道：「一個人要做大事，就不該在小事上面說謊，這句話我一定會記住。」

他忽然發現自己實在低估了趙無忌。

那時候他總認爲這些事非但無足輕重，而且和趙無忌完全無關。

他實在想不到趙無忌居然連這種事都會去調查追究。

那裡還是大風堂的地，大風堂門下什麼人都有，要調查這種事當然不難。

無忌道：「如果你要知道一個人是不是在騙你，就一定要從這些不關緊要的小地方去調查，才能查得出真相。」

因爲重要的關鍵處別人一定會計劃得很周密，算準你絕對查不出什麼來，他才會開始行動。

——星星之火，可以燎原，百里長堤，往往會因一點缺口而崩潰。

無論多麼小的疏忽，都可能造成致命的錯誤。

無忌道：「我揭穿了你的謊話後，原來也不能斷定你就是唐玉，可惜……」

可惜唐玉又扮成了女裝，扮得甚至比女人還像女人。

只有練過「陰勁」的人，才會扮得這麼逼真，因爲他男性的特徵已漸漸消失。

唐玉忍不住問道：「你怎麼知道我練的是陰勁？」

無忌道：「因爲，你曾經用陰勁殺了喬穩。」

他淡淡的接著道：「這麼多因素加起來，我若還不知道你就是唐玉，我就真的是個呆子。」

二

破舊的財神廟，陰暗而潮濕，甚而還有種令人作嘔的腐臭氣。

可是他們五個人誰也沒有注意到這些事。

唐玉看來還是很鎮定，又問道：「你既然已知道我就是唐玉，爲什麼不先下手爲強，先找個機會殺了我？」

無忌道：「因爲你還有用。」

唐玉道：「你要利用我查出這裡的奸細是誰？」

無忌道：「我還要利用你，把唐家潛伏在這裡的人全都找出來。」

現在他已經從唐玉的身上，找出了小狗子，王胖子，賣橘子的小販，武夷春的堂倌。

從這些人身上，他一定還可以找出更多別的人來。

無忌道：「我們早已懷疑樊雲山，但是我們不能確定。」

所以他就和丁棄安排好圈套。

無忌道：「真正的奸細，反而不會想要殺你滅口的，因爲只有真正的奸細才知道你的身分和秘密。」

他也算準了他們一定會乘這個機會殺了另外一個不是奸細的人，才好把奸細的罪名推到他的身上，讓真正的奸細逍遙法外。

所以他就安排了丁棄的「死」，而且一定要讓唐玉相信丁棄真的死了。

無忌道：「所以我除了在他左頸後那一擊外，我還要再給他一刀。」
不但這把「刀」是早已安排好的，丁棄的腰上當然也早已做了手腳。
無忌道：「可是你若仔細去看，一定還是會看出破綻來。」
唐玉道：「所以，當時你要趕快把我拉走。」
無忌道：「我知道你對『財神』一定更有興趣，一定會跟我走的。」
他把丁棄交給了樊雲山，因爲丁棄絕對可以制得住樊雲山。
無忌道：「我還有另外一件事交給丁棄去做，這件事也是個很重要的關鍵。」
唐玉道：「什麼事？」
無忌道：「一個明明已經被點住穴道，而且被繩子綁住了的人，怎麼會忽然就站了起來？」
唐玉道：「因爲繩子綁得不緊，穴道也沒有真的被點死。」
無忌道：「繩子是誰綁的？」
唐玉道：「是樊雲山。」
無忌道：「穴道是誰點的？」
唐玉道：「也是樊雲山。」
無忌道：「他爲什麼不把繩子綁緊？爲什麼不把穴道點死？」
因爲樊雲山還不想死。
他還要學道，還要煉丹，還希望能夠長生不老，還要繼續享受那種「神仙的樂趣」。
無忌道：「其實這一點你也就早應該想到的，他既然可以出賣大風堂，爲什麼不能出賣你？」

他問丁棄：「你是怎麼打動他的？」

丁棄道：「我只不過問他，是想繼續學道煉丹？還是想死？」

無忌道：「你一共就只是給他兩條路？」

丁棄點頭，說道：「他只有這兩條路可走！」

無忌道：「我想他一定考慮了很久，才能決定走那條路？」

丁棄微笑，道：「我的話還沒有說完，他就已決定了。」

三

樊雲山選的是哪條路？就是最笨的人，也該想得出來。

無忌道：「我看見樊雲山來了，就知道他走的是哪條路了。」

因爲他還活著，還可以煉丹學道。

無忌道：「所以，我剛才故意讓你拉住我的手，因爲我一定要讓他來點我的穴道。」

那時候財神已經往唐玉撲過去，唐玉一定要放開無忌，去對付財神，只有樊雲山「剛好有空」出手，去點無忌的穴道。

這計劃中每一個細節都算得很準。

無忌道：「樊雲山既然已是我們的人，他調到這裡來的當然也是我們的人，別人是絕對沒有法子混進來的。」

——既然沒有人能混進來，當然也沒有人能來救唐玉。

——現在唐玉才真的是已經完全孤立了。

無忌微笑道：「這件事做得連我自己都覺得很滿意，你還有什麼話說？」

唐玉沒有話說了。

幸好他還有最後一著殺手！

散花天女

一

——蜀中唐門，以獨門毒藥暗器威震天下！

——唐門子弟出來闖江湖，每個人身上，都帶有他們威震天下的獨門毒藥暗器。

——唐門子弟大多數都是收發暗器的高手。

——「滿天花雨」的手法，更是武林中絕傳已久的獨門絕技！

——唐玉絕對是唐門子弟中的頂尖高手。

這都是事實，江湖中每個人都知道，無忌也不應該不知道。

所以他應該想得到唐玉一定還有最後一著致命的殺手！

可是他好像一點都不在乎。

他應該注意唐玉的手。

因爲這雙手上隨時都可能發出致命的暗器來。

可是他卻在看著那位財神。

他忽然問：「你是不是財神？」

財神居然說：「我不是。」

無忌又問：「你是什麼人？」

財神居然說：「我是個小偷。」

做小偷絕不是件光榮的事，這位財神爲什麼要說自己是小偷？

無忌道：「小偷通常都不會承認自己是小偷的。」

這小偷道：「可是我一定要承認。」

無忌道：「爲什麼？」

這小偷道：「因爲我這個小偷和別的小偷不同。」

無忌道：「有什麼不同？」

這小偷道：「我偷的東西和別人不同，我只偷別人不想偷，不敢偷，也偷不到的東西。」

他忽然反問無忌：「別的小偷會不會去偷你家裡的老鼠？」

無忌道：「不會。」

這小偷道：「可是我偷。」

他又問無忌：「別的小偷敢不敢去偷御花園裡養的老虎？」

無忌道：「不敢。」

這小偷道：「可是我敢去偷。」

他再問無忌：「別的小偷能不能偷得到皇后娘娘的裹腳布？」

無忌搖頭。

這小偷道：「可是我偷得到。」

無忌道：「原來你不但是個小偷，還是位神偷。」

這小偷道：「我本來就是。」

無忌道：「可是，這些東西好像都不値錢？」

這小偷道：「我本來就只偷這些不値錢的東西。」

無忌道：「爲什麼？」

這小偷道：「因爲那都是別人請我去偷的。」

無忌道：「你去偷東西還要別人來請你？」

這小偷道：「不但要來請我，而且還要付給我五萬兩。」

無忌道：「五萬兩什麼東西？」

這小偷道：「五萬兩銀子，先付。」

無忌道：「爲什麼要先付？」

這小偷道：「因爲我的信用一向很好，只要收了錢，不管別人要我偷什麼，而且保證一定能偷得到。」

無忌道：「我記得以前好像也有個人是這樣子的。」

這小偷道：「誰？」

無忌道：「司空摘星。」

這小偷笑了。

無忌道：「你也知道他這個人？」

這小偷道：「我不但知道他，而且還認得他。」

他笑得連嘴都合不攏：「我碰巧正好是他的徒弟。」

江山代有才人出，武林中也同樣是這樣子的，每一代都有那一代的名俠，各領風騷，佔盡風流。

——西門吹雪。

天下無雙的劍客，天下無敵的劍法，孤高絕傲，白衣如雪。

——葉孤城。

天外飛仙——白雲城主，約戰西門吹雪於紫禁之巔，不戰已名動天下。

——老實和尚。

這個和尚，從不說謊，吃冷饅頭，穿破衣裳。

——花滿樓。

一雙眼睛雖然瞎了，一顆心卻皎潔如明月。

——木道人。

著棋第一，劍法第三，亦狂亦道，武當名宿。

他們雖然都已是上一代的名俠，但是他們的俠名卻絕對可以流傳到千載以後。

除了他們之外，當然還有陸小鳳。

長著四條眉毛的陸小鳳。

貧無立椎，富可敵國的陸小鳳。

江湖唯一能夠用兩根手指夾住葉孤城那一劍「天外飛仙」的人就是陸小鳳。

西門吹雪唯一的一個朋友，就是陸小鳳。

木道人最佩服的是陸小鳳。

花滿樓最尊敬的是陸小鳳。

老實和尚一見陸小鳳就要跑。

可是陸小鳳一看見司空摘星就頭痛。

陸小鳳替司空摘星起的名字是：

——偷王之王，偷遍天下無敵手。

司空摘星什麼都偷，什麼都偷得到。

司空摘星身材高大，挺胸凸肚，卻偏偏有一身天下無雙的小巧功夫。

陸小鳳曾經跟他比翻觔斗，誰輸了誰就要去挖蚯蚓。結果挖蚯蚓的人是陸小鳳，挖了十天十夜，挖得一身都是泥。

現在這個小偷居然說他是司空摘星的徒弟。

無忌道：「失敬！失敬！」

這小偷道：「不客氣，不客氣。」

無忌道：「貴姓。」

這小偷道：「姓郭。」

無忌道：「大名。」

這小偷道：「雀兒。」

無忌道：「你就是這一代的偷王之王，偷遍天下無敵手的郭雀兒？」

這小偷道：「我就是。」

無忌道：「失敬失敬。」

郭雀兒道：「不客氣，不客氣。」

無忌道：「你到這裡來有何貴幹？」

郭雀兒道：「也沒有什麼別的貴幹，只不過來偷點東西而已。」

無忌道：「這次，也是別人請你來偷的？」

郭雀兒道：「可是這次我免費。」

無忌道：「例不可破，這次你爲什麼免費？」

郭雀兒道：「因爲你們大風堂的司空曉風碰巧正好是我師父的堂弟，站在你旁邊的那個丁棄，又碰巧正是我的朋友。」

無忌道：「是丁棄請你來的？」

郭雀兒嘆了口氣，道：「本來他也找不到我的，可是我流年不利，正好在走楣運，昨天晚上正好在他那狗窩裡喝酒。」

無忌道：「他請你來偷什麼？」

郭雀兒道：「偷的只不過是些雞零狗碎，一文不值的玩意兒。」

無忌道：「你偷到了沒有？」

郭雀兒有點生氣了：「天下還有我郭雀兒偷不到的東西？」

無忌道：「既然你偷到了，東西在哪裡？」

郭雀兒道：「就在這裡。」

他的手本來是空的，可是現在他伸出手時，手裡已多了兩件東西。

一根金釵，一個荷包。

用緞子做成的荷包，上面用金線繡著兩朵牡丹，正面一朵，反面一朵。

二

唐玉終於被擊倒，他的身子雖然還沒有倒，可是他的意志和信心已完全崩潰。

這種內心的崩潰，遠比肉體被擊倒更可怕。

無忌笑了。

他一直在注意唐玉看到這兩樣東西時的反應，現在無論誰都看得出這個人已徹底被摧毀。剩下的，已只不過是個空殼子而已。

無忌道：「就只有這兩樣?沒有別的了？」

郭雀兒道：「我本來也以爲還有別的，想不到這位唐公子身上居然只有這兩樣寶貝，這根金釵居然是空心的。」

他嘆了口氣：「做小偷的人碰到這種空心大少，實在是霉氣沖天。」

無忌道：「你怎麼知道金釵裡面是空的？」

郭雀兒道：「我一拿到手上就知道了，因爲份量根本不對。」

無忌的眼睛裡發出了光，微笑道：「金釵雖然是空的，但是我可以保證裡面裝的東西絕對比金子更貴重得多。」

他又補充著道：「據說唐家的斷魂砂也可以買得到的。」

郭雀兒道：「我也聽人說過，只要你走對門路，而且出得起價錢，就可以買得到。」

丁棄道：「這樣還不行。」

郭雀兒道：「還要怎麼樣？」

丁棄道：「他們還要把你的祖宗三代都調查清楚，才肯賣給你。」

郭雀兒道：「什麼價錢？」

丁棄道：「據說是五百兩黃金買一兩斷魂砂。」

無忌道：「毒針呢？」

丁棄道：「大概也要幾百兩一根。」

無忌忽然拿出了個紙包，裡面有半根打斷了的繡花針。

他微笑道：「如果是五百兩金子一根，這半根針至少也應該值三百兩。」

丁棄道：「三百兩金子，倒也可以算是發了筆小財。」

郭雀兒道：「你是從哪裡找來的？」

無忌道：「從馬鞍裡。」

他又嘆了口氣：「我想不到這位唐公子爲什麼三更半夜到馬房去，所以就跟著去看看，他進去轉了一圈就出來了，我卻足足找了一個多時辰。」

就因爲他在馬廄裡耽誤了很久，所以不知道連一蓮來了。

現在看起來好像也只不過是件小事，根本無足輕重。

但是有許多本來無足輕重的小事，後來卻改變了一個人一生的命運！

郭雀兒道：「一兩斷魂砂，五百兩黃金，好貴的價錢。」

唐玉忽然冷笑，道：「這種價錢我買，有多少我買多少。」

郭雀兒道：「難道連這個價錢還買不到？」

唐玉道：「還差得遠。」

郭雀兒道：「應該是什麼價錢？」

唐玉道：「一千兩金子一錢還不是精品。」

無忌道：「其實，這個價錢也不算太貴。」

丁棄道：「還不算貴？」

無忌道：「一錢斷魂砂，說不定可以要好幾個人的命。」

唐玉道：「如果用法正確，可以要三個人的命。」

無忌道：「而且你用唐家的斷魂砂殺了人之後，別人一定會把這筆賬算到唐家身上去，你只要花一千兩金子，殺了人之後連後患都沒有。」

他笑了笑，道：「如果你想通這道理，就不會覺得這價錢貴了。」

丁棄終於承認：「這價錢好像的確不算太貴。」

這本來就是唐家幾宗最大的財源之一，要維持那麼大一個家族並不容易。製造這種暗器也是一件花費很大的事。

郭雀兒道：「這麼樣說來，這根金釵豈非要值好幾千兩金子？」

唐玉道：「這是無價的，根本就買不到。」

郭雀兒道：「爲什麼？」

唐玉道：「因爲這裡面的斷魂砂是精品，荷包裡面的針也是精品。」

郭雀兒笑道：「這樣看來我實在應該小心點，莫要被別人拾去了。」

唐玉道：「你放心，我不會做這種蠢事的。」

他忽然長長嘆息，黯然道：「現在我已經認輸了。」

郭雀兒道：「肯認輸的人，才是聰明的人。」

唐玉道：「金釵裡的斷魂砂，荷包裡的毒針，你們都可以拿去。」

郭雀兒道：「謝了。」

唐玉道：「我這個腦袋你們也隨時可以拿去。」

郭雀兒道：「我雖然不想要你的腦袋，可是我知道有人要的。」

唐玉道：「這荷包呢，難道也會有人要？」

郭雀兒看看丁棄，丁棄看看無忌，無忌道：「你是不是要我們把這個荷包還給你？」

唐玉道：「我不想。」

他慢慢的接道：「因爲我知道你絕不會還給我的，你一定會認爲我又想玩什麼花樣。」

無忌並不否認。

唐玉道：「我只不過希望你們能替我把這荷包毀掉。」

這要求雖然很奇怪，卻不能算過份。

唐玉道：「我只希望能在臨死之前，能親眼看到你們把這荷包毀掉。」

無忌道：「爲什麼？」

唐玉道：「因爲……」

他臉上的表情忽然變得很悲傷：「因爲我不願看著它落入別人手裡。」

他雖然沒有說出原因，可是每個人都已想到，這個荷包裡一定有一段傷心的往事，關係著一個逝去的情人。

一個人臨死之前，總是會變得特別多愁善感的。唐玉畢竟也是個人。

郭雀兒顯然已經被打動了。

丁棄的脾氣雖然硬，心腸卻不硬，就連無忌都看不出這其中會有什麼詭計。

誰也想不到這兩朵牡丹的花心裡還有秘密。

不管你用什麼法子毀掉這荷包，只要這兩朵牡丹的花心一碎，不但你這個人完了，附近一丈方圓裡的人，也必死無疑。

不管是誰動手毀這個荷包，別的人一定也都會站在附近。

唐玉當然是例外。

他一定已經遠遠的躲開，因爲只有他知道其中的秘密！

他們經過了無數年計劃，集中了無數人的智慧，花費了無數的金錢人力，才造成了這個秘密！

他們把這秘密稱爲——

「散花天女！」

三

製造這暗器的計劃，是由唐缺起草，再經過唐家內部所有核心人物的同意，才擬定成的。

計劃的第一步，是結交霹靂堂，因爲他們一定要取得霹靂堂秘製火藥的配方。

這件事說來容易，其實卻極困難。

霹靂堂主雷震天絕不是個容易對付的人。

他們花了整整三年工夫，甚至連唐家最美的一個女兒也被當作禮物送給了雷震天，才總算打動他。

計劃的第二步，是要把霹靂堂的火藥和唐家的暗器配合，製造出一種新的暗器來。

這種暗器要像毒蒺藜一樣，能夠打得很遠，又要像毒砂一樣，能夠飛散。

毒蒺藜是用十三片葉子配合成的，每片葉子上都有劇毒，每片葉子上的毒性都不同。

如果他們能夠把霹靂堂的火藥加進去，只要暗器發出，無論碰到什麼，火藥都會被引爆，這十三片葉子就會飛射而出，那豈非令人防不勝防？

如果他們真的能製造出這種暗器來，那就必將縱橫江湖，無敵於天下了。

他們居然真的做出來了。

這種空前未有，超越一切的暗器，就叫做——

散花天女！

四

在閃動的燈光下看來，這兩朵牡丹花不但美，而且美得令人注目。

郭雀兒嘆了口氣，道：「這兩朵花繡得真好。」

丁棄也嘆了口氣，說道：「實在好極了。」

郭雀兒道：「我雖然不知道這是誰繡的，但我可以想像得到。」

丁棄道：「一定是個又多情，又美麗的女孩子……」

一個多情而溫柔的少女，瞞著家人，在燈光下偷偷的繡這個荷包，送給她的情郎，不幸的是，荷包繡成，她已香消玉殞了。所以她的情郎至死都帶著這個荷包，至死都不願讓它落入別人手裡。

這是個多麼淒艷，多麼動人的故事。

一個感情豐富的年輕人，看到了這麼樣一個荷包，很容易就會聯想到這一類的事。

郭雀兒和丁棄恰巧都是這種人。

他們不但很容易就會被感動，而且充滿了浪漫而奇妙的幻想。

何況這個荷包又不是什麼重要的東西，爲什麼不成全別人？

郭雀兒道：「你看怎麼樣？」

丁棄道：「我沒意見。」

沒有意見，通常就是不反對的意思。

郭雀兒道：「那麼你就替唐公子把這個荷包毀了吧。」

丁棄道：「爲什麼要找我？」

郭雀兒道：「因爲我狠不下這個心，下不了手。」

丁棄道：「你怎麼知道我就能下得了手？」

他們都沒有問無忌。

他們和唐玉之間，並沒有仇恨，他們根本不知道唐玉是個什麼樣的人。

他們甚至已開始有點覺得無忌太無情，因爲唐玉看起來實在是很多情的樣子。

郭雀兒忽然想到了一個好主意：「我們爲什麼不把這個荷包還給唐公子？」

反正他的任務已完成，隨便趙無忌要怎樣對付唐玉，隨便唐玉要怎樣對付這個荷包，都已不關他的事。

丁棄立刻同意：「好主意。」

這實在是個好主意。

如他們知道這主意有多好，用不著等別人動手他們自己也要一頭撞死。

小屋

一

——郭雀兒已經把這個荷包倒空了，因爲他已經決定要把這個荷包還給唐玉。

——他會不會改變主意？

——無忌會不會阻止他？

唐玉的心在跳，跳得好快。

不但心跳加快，而且指尖冰冷，嘴唇發乾，連咽喉都好像被堵住。

他第一次有這種感覺，已經是很多很多年以前的事了。

那天是四月，也是春天，那時他還是十四五歲的大孩子。

那天的天氣比今天熱，他忽然覺得心情說不出的煩躁。

那時候夜已很深了，他想睡卻睡不著，就一個人溜出去，東逛逛，西逛逛，逛到他表姊的後園裡，忽然聽到一陣歌聲。

歌聲是從他表姊閨房裡面一間小屋裡傳出來的，除了歌聲外，還有水聲。

水聲就是一個人在洗澡時發出來的那種聲音。

小屋裡有燈光。

不但從窗戶裡有燈光傳出來，門縫裡也有。

他本來不想過去的，可是他的心好煩，不是平常那種煩，是種莫名其妙的煩。

所以他過去了。

門下面有條半寸多寬的縫，只要伏在地上，一定可以看見小屋裡的人。

他身子伏了下去，伏在地上，耳朵貼住了地，眼睛湊到那條縫上去。

他看見了他的表姊。

他的表姊那時才十六歲。

他的表姊正在那小屋裡洗澡。

一個十六歲的女孩子，已經很成熟了，已經有很堅挺的乳房，很結實的大腿。

……

那是他第一次看見女人成熟豐滿的胴體，也是他第一次犯罪。

可是那一次他的心跳還沒有現在這麼快。

郭雀兒已經把荷包拋出來了。

從他聽到唐玉要毀了這荷包，到他拋出這荷包，也只不過是片刻間的事。

可是對唐玉來說，這片刻簡直比一甲子還長。

現在荷包已經拋過來了，用金線繡成的牡丹在空中閃閃的發著光。

在唐玉眼中看來，世界上絕沒有任何事比這瞬弧光更美的。

他盡量控制著自己，不要顯出太興奮，太著急的樣子來。

等到荷包落在地上，他才慢慢的彎下腰撿起來。

他撿起的不僅是一個荷包，一對暗器，他的命也被撿回來了。

不僅是他自己一條命，還有趙無忌的命，樊雲山的命，丁棄的命，郭雀兒的命。

就在這一刹那，他又變成了主宰，這些人的性命已被他捏在手裡。

這是多麼輝煌，多麼偉大的一刹那！

唐玉禁不住笑了，大笑。

郭雀兒吃驚的看著他，道：「你在笑什麼？」

唐玉道：「我在笑你！」

他已將那兩枚超越了古今一切暗器的「散花天女」捏在手裡。

他大笑道：「你自己絕不會想到剛才做的是件多麼愚蠢的事，你不但害死了丁棄和趙無忌，也害死了自己！」

郭雀兒還是在吃驚的看著他，每個人都在吃驚的看著他。並不是因爲他的笑，更不是因爲他說的這些話，而是因爲他的臉。

他臉上忽然起了種奇怪的變化。

沒有人能說出是什麼地方變了，可是每個人都看得出變了。

就在這一瞬間，他的目光驟然變得遲鈍，瞳孔驟然收縮。

然後，他的嘴角，眼角的肌肉彷彿變得僵硬了，臉上忽然浮起了一種詭秘的死黑色。

但是，他自己卻好像連一點都沒有感覺到。

他還在笑。

可是，他的眼睛裡忽然又露出種恐懼的表情，他已發現，自己又犯了一個致命的錯誤。

他忘了他的手上既沒有套手套，也沒有塗上那種保護肌膚的油蠟。

他太興奮，就這樣空著手去扳下了兩枚暗器，他太用力，暗器的針尖已刺入他的指尖。

沒有痛楚，甚至連那種麻木的感覺都沒有。

這種暗器上的毒，是他們最新提煉的一種，連解藥都沒有研究成功。

這種暗器根本還沒有做到可以普遍使用的程度。

等他發覺自己全身肌肉和關節都起了種奇怪而可怕的變化的時候，已經太遲了。

他已經不能控制自己，連笑都已控制不住，他甚至已不能運用他自己的手。

他想把手裡的兩枚暗器發出去，可是他的手已經不聽指揮。

就在這一瞬間，這種毒已徹底破壞了他的神經中樞。

看著一個顯然已恐懼之極的人，還在不停的大笑，實在是件很可怕的事。

郭雀兒道：「這是怎麼回事？」

無忌道：「毒！」

郭雀兒道：「哪裡來的毒？」

無忌沒有回答，唐玉的手忽然抽起，動作怪異笨拙，就像是個木偶的動作。

剛才由他大腦中發出的命令，現在才傳到他的手。

現在他才把暗器發出去。

可是他的肌肉和關節都已經硬了，準確性也已完全消失。

兩枚暗器斜斜飛出，就像是被一種笨拙的機弩彈出去的，力量很足，一直飛到這財神廟最遠的一個角落撞上牆壁。

然後就是「波」的一響，聲音並不太大，造成的結果卻驚人。

幸好無忌他們都站得很遠，反應也很快。總算沒有被那飛激四射的碎片打中。

但是這瞬間發生的事，卻是他們一生永遠忘不了的。

因爲就在這一瞬間，他們等於已到地獄的邊緣去走了一趟。

—

漫空飛揚的煙硝塵土，飛激四射的毫光碎片，現在總算都已經落下。

冷汗還沒有乾。

每個人身上都有冷汗，因爲每個人都已親眼看到這種暗器的威力。

過了很久，郭雀兒才能把悶在胸口裡的一口氣吐出來。

「好險！」

現在他當然已知道剛才他做的是件多麼愚蠢的事了。

他看著無忌，苦笑道：「剛才我差一點就害死了你！」

無忌道：「真是差一點。」

郭雀兒又盯著他看了半天，道：「剛才你差一點就死在我手裡，現在，你只有這句話說？」

無忌說道：「你是不是希望我罵你一頓？」

郭雀兒道：「是的。」

無忌笑了：「我也很想罵你一頓，因爲我不罵你，你反而會覺得我這個人城府太深，太陰沉，不容易交朋友的。」

郭雀兒居然也承認：「說不定我真會這麼想的。」

無忌嘆了口氣，說道：「可惜我不能罵你。」

郭雀兒道：「爲什麼？」

無忌說道：「因爲，我還沒有被你害死。」

郭雀兒道：「我如真的害死了你，你怎能罵我？」

無忌道：「我若被你害死，當然也沒有法子再罵人。」

郭雀兒道：「那你現在爲什麼不罵我一頓？」

無忌笑道：「既然我還沒有被你害死，爲什麼要罵你？」

郭雀兒怔住了，怔了半天，可不能不承認：「你說的好像也有點道理。」

無忌道：「本來就有道理。」

他大笑：「就算你認爲我這道理狗屁不通，也沒有法子跟我抬槓的。」

郭雀兒道：「爲什麼？」

無忌道：「因爲我說的有道理。」

郭雀兒也笑了，道：「現在我總算又明白了一件事了。」

無忌道：「什麼事？」

郭雀兒道：「千萬不能跟你講道理，寧可跟你打架，也不能跟你講道理。」他大笑：「因爲誰也講不過你。」

剛才他心裡本來充滿了悔恨和歉意，可是現在已完全開朗。

現在，他心裡已完全承認無忌說的有理。

能夠讓別人心情開朗的話，就算沒有理，也是有理的。

唐玉也沒有死。

他居然還沒有倒下，還是和剛才一樣，動也不動的站在那裡。

可是他的臉已完全麻木了，剛才驟然收縮的瞳孔，現在已擴散，本來很明亮銳利的一雙眼睛，現在已變得呆滯無神，連眼珠都已經不會轉動，看起來就像是條死魚。

丁棄走過去，伸出手在他眼前晃了晃，他的眼睛居然還是直勾勾的瞪著前面，丁棄伸出一根手指，輕輕一推，他就倒了下去。

但是他並沒有死。

他還在呼吸，他的心還在跳，脈搏也在跳。

每個人都應該看得出，他自己心裡一定情願死了算了。

他這樣子實在比死還難受，實在還不如死了的好。

可惜他偏偏死不了。

難道冥冥中真的有個公正無情的主宰，難道這就是老天對他的懲罰？

丁棄心裡居然也覺得有種說不出的恐懼：「他爲什麼還沒有死？」

樊雲山忽然道：「因爲他是唐玉。」

樊雲山今年已五十六歲，在江湖中混了大半生，這麼樣一個人，無論是善是惡，是好是壞，至少總有一樣好處。

這種人一定很識相，很知趣。

所以他很瞭解自己現在所處的地位，他一直都默默的站在旁邊，沒有開過口。

但是他還想活下去，活得好些，如果有機會表現，他還是不肯放棄。

丁棄道：「因爲他是唐玉，所以才沒有死？」

樊雲山道：「不錯。」

丁棄道：「是不是因爲老天故意要用這種法子來罰他這種人？」

樊雲山道：「不是。」

丁棄道：「是爲了什麼？」

樊雲山道：「因爲他是唐家的人，中的是唐家的毒，他對這種毒性，已有了抗力。」

丁棄道：「抗力？」

樊雲山道：「如果你天天服砒霜，份量日漸加重，日子久了之後，別人用砒霜就很難毒死你，因爲你對這種毒藥已有了抗力。」

丁棄說道：「既然唐玉對這種暗器上的毒，已有了抗力，爲什麼還會變成這樣子？」

樊雲山道：「唐家淬煉暗器的毒藥是獨門配方，江湖中從來沒有人知道他們的秘密。」

丁棄道：「你也不知道？」

樊雲山道：「可是我知道，如果這種暗器上的毒藥，是種新的配方，唐玉雖然已對其中某些成分有了抗力，對新的成份還是無法適應。」

他想了想，又道：「而且毒藥的配合不但神秘，而且奇妙，有些毒藥互相剋制，有些毒藥配合在一起，卻會變成另一種更劇急的毒，這種毒性雖然毒不死他，卻可以把他的知覺完全摧毀，甚至可以使他的經脈和關節完全麻木。」

丁棄道：「所以他才會變成這麼樣一個半死不活的人？」

樊雲山道：「因爲他身體裡大部分器官都已失去效用，只不過比死人多了一口氣而已。」

丁棄看著他，道：「想不到你對毒藥也這麼有研究，你是不是也煉過毒？」

樊雲山道：「我沒有煉過毒，可是煉毒和煉丹的道理卻是一樣的。」

他嘆了口氣，又道：「煉丹的人只要有一點疏忽，也會變成這樣子。」

丁棄道：「這豈非是在玩火！」

樊雲山苦笑道：「玩火絕沒有這麼危險。」

丁棄道：「你爲什麼還要煉下去？」

樊雲山沉默著，過了很久，才黯然道：「因爲我已經煉了。」

因爲他已經騎虎難下，無法自拔。

世上有很多事都是這樣的，只要你一開始，就無法停止。

一個半死不活的人，無論是對他的朋友，還是對他的仇敵，都是個問題。

丁棄道：「這個人好像已死了，又好像沒有死，我實在不知道應該怎麼辦了。」

無忌道：「我知道。」

丁棄道：「你準備怎麼樣？」

無忌道：「我準備送他回去。」

丁棄道：「回去？回到哪裡去？」

無忌道：「他是唐家的人，當然要送回到唐家去。」

丁棄呆了。

他的耳朵和眼睛都很靈，可是現在他幾乎不能相信自己的耳朵。

他忍不住要問：「你在說什麼？」

無忌一個字一個字的說道：「我說我準備把他送回去，送回唐家去。」

丁棄道：「你要親自送他回去？」

無忌道：「是的。」

三

燈油已殘了，月色卻淡淡的照了進來，這古老的財神廟，竟變得彷彿很美。

他們還沒有走。

也不知是誰提議的：「我們為什麼不在這裡坐坐，聊聊天，喝點酒？」

於是樊雲山就搶著去沽酒。

一個五十六歲的老人，居然要去替一個年輕小伙子去沽酒，這種事以前他一定會覺得很荒謬，無法忍受。

可是現在情況不同了。

他相信無忌和丁棄絕不會食言，也不會再重提舊事，找他算賬，但是這並不表示他們已經完全原諒了他。

從他們說話的口氣裡，他聽得出他們心裡還是看不起他的。

可是現在他已經沒法子去計較了。

他只希望他們能讓他回家鄉去，在那裡，誰也不知道他曾經做過奸細，還是會像以前那麼樣尊敬他，把他當朋友。

現在他才知道，一個人實在不應該做出賣朋友的事，否則連自己都會看不起自己。

他已經在後悔。

唐玉已經被抬到那張破舊的神案上，無忌還扯下了一幅神帳替他蓋起來。

郭雀兒也不知從哪裡找出了幾個蒲團，盤膝坐著，看著無忌，忽然道：「你知不知道最近我常聽人說起你？」

無忌笑笑：「想不到我居然也成了個名人。」

一個人開始有名的時候，自己總是不會知道的，就正如他的名氣衰弱時，他自己也不會知道一樣。

郭雀兒道：「有人說你是個浪子，在你成婚的那天，還去宿娼。」

無忌笑笑，既不否認，也不辯白。

郭雀兒道：「有人說你是個賭徒，重孝在身，就去賭場裡擲骰子。」

無忌又笑笑。

郭雀兒道：「有人說你非但無情無義，而且極自私，甚至對自己嫡親的妹妹和未過門的妻子都漠不關心，有人甚至打賭，說你就算看見她們死在你面前，也絕不會掉一滴眼淚。」

無忌還是不辯白。

郭雀兒道：「所以大家都認爲你是很危險的人，因爲你冷酷無情，城府極深，而且工於心計，連焦七太爺那種老狐狸都曾經栽在你手裡。」

他想了想，又道：「可是大家也都承認你有一樣好處，你很守信，從不欠人的債，在你成婚的那天，還把你的債主約齊，把舊賬全都算清。」

無忌微笑道：「那也許只因為我算準了他們絕不會在那種日子把我迫得太急，因為他們都不是窮兇極惡的人。」

郭雀兒道：「你的意思是說，這只不過表示你很會把握機會，也很會利用別人的弱點，所以才故意選那個日子找他們來算賬？」

無忌道：「這樣做雖然有點冒險，可是至少總比提心吊膽的等著他們來找我的好。」

郭雀兒道：「不管怎麼樣，你對丁棄總算不錯，別人都看不起他，認為他是個不孝的孽子，叛師的惡徒，你卻把他當朋友看待。」

無忌道：「那也許只不過因為我想利用他來替我做成這件事，所以，我只有信任他，只有找他幫忙，唐玉和樊雲山才會上當。」

他笑了笑，道：「何況我早就知道他既不是孽子，也不是叛徒，有關他的那些傳說，其中都另有隱情。」

郭雀兒當然也知道，丁棄離家，只因為他發現了他後母的私情。

他殺了他後母的情人，逼他的後母立誓，永不再做這種事，為了不願他老父傷心，他一定要瞞起這件事。

他父親卻認為他忤逆犯上，對後母無禮。

所以他只有走。

他叛師，只因為有人侮辱了金雞道人，他不能忍受，替他的師父約戰那個人，被砍斷了一條手臂，他師父卻將他趕出了武當，因爲他已是個殘廢，不配再練武當劍法。

無忌道：「無論誰遇到這種事，都會變成他這種脾氣的，可是像他這種人，只要別人對他有一點好，他甚至願把自己的腦袋割下來。」

郭雀兒道：「就因爲這緣故，所以你才對他好？」

無忌道：「至少這是原因之一。」

郭雀兒道：「聽你這麼樣說，好像連你自己都認爲自己不是個好人？」

無忌道：「我本來就不是。」

郭雀兒盯著他，忽然嘆了口氣，道：「可惜可惜。」

無忌道：「可惜什麼。」

郭雀兒道：「可惜這世界上像你這樣的壞人太少了。」

丁棄笑了：「這個雀兒雖然又刁又狂，但一個人是好是壞，他至少還能分得出的。」

郭雀兒道：「這個雀兒也還能分得出誰是朋友。」

無忌看著他們，道：「你們真的認爲我是個朋友？」

郭雀兒道：「如果你不是個朋友，我跟你說這些廢話幹什麼？」

無忌嘆了口氣，說道：「想不到世界上真有你這樣的呆子，居然要交上我這種朋友。」

郭雀兒道：「呆子至少總比瘋子好一點。」

無忌道：「誰是瘋子？」

郭雀兒道：「你。」

無忌笑了。「我本來以爲我只不過是個浪子，是個賭鬼，想不到我居然是個瘋子。」

郭雀兒道：「現在上官刃雖然做了唐家的東床快婿，正是春風得意的時候，可是我想他心裡一定還有件不痛快的事。」

無忌道：「爲什麼？」

郭雀兒道：「因爲你還沒有死。」

斬草不除根，春風吹又生，沒有把無忌也一起殺了，上官刃一定很後悔。

郭雀兒道：「如果唐家的人知道你做的這些事，一定也很希望能把你的腦袋割下來，讓唐玉的父母叔伯，兄弟姐妹都去看看。」

他嘆了口氣：「現在你居然要把唐玉送回去，好像生怕他們找不到你，如果你不是瘋子，怎麼會做這種事？」

無忌雖然還在笑，笑得卻很淒涼。

只有一個隱藏著很多心事，卻不能說出來的人，才會這麼樣笑。

他笑了很久，笑得臉都酸了。

他忽然不笑了，因爲他已決定要把這兩個人當作朋友。

有很多事雖然不能向別人說出來，在朋友面前卻不必隱瞞。

他說：「我不是個孝子，先父遇難後，我既沒有殉死，也沒有在先父的墓旁結廬守孝，既沒有痛哭流涕，哭得兩眼出血，也沒有呼天號地，到處去求人復仇。」

他看起來實在不像是個孝子，好像已忘記了復仇這件事。

他認爲孝子並不是做給別人看的，決心也不是做給別人看的。

他說道：「這是我自己的事，我不想連累任何人，也不想讓大風堂爲了這件事和唐門正面衝突，因爲那樣流的血太多。殺人者死，上官刃非死不可，無論爲了什麼原因我都絕不能放過他。」

郭雀兒道：「所以你一定要自己去找他？」

無忌道：「既然沒有別的力量去制裁他，我只有自己動手。」

他又道：「可是唐門組織嚴密，範圍龐大，唐家堡裡就有幾百戶人家，我就算能混進去，也未必能找得到上官刃。」

郭雀兒道：「據說，唐家堡也和紫禁城一樣，分成內外三層，最裡面一層，才是唐家直系子弟和重要人物住的地方。」

丁棄道：「唐家所有的機密大事，都是在那裡決定的，他們自己把那個區稱爲『花園』，其實卻比龍潭虎穴更危險。」

郭雀兒道：「就算是他們的本門子弟，如果沒有得到上頭命令，也不能妄入一步。」

丁棄道：「現在上官刃不但要做唐家的姑老爺了，而且已經參與了他們的機密，爲了他的安全，他們一定會把他的住處安排在那座花園裡。」

郭雀兒道：「你就算能混進唐家堡，也絕對進不去的，除非……」

無忌道：「除非是我能找個人帶我進去。」

郭雀兒道：「找誰帶你進去？」

無忌道：「當然是要找唐家的直系子弟。」

郭雀兒道：「唐家的直系子弟有誰會帶你進去？除非他瘋了。」

丁棄道：「就算瘋了也不會帶你進去的。」

無忌道：「如果他死了呢？」

這句話聽起來好像很荒謬，幸好丁棄和郭雀兒都是聰明絕頂的人。

他們本來也聽得怔了怔，可是很快就明白了無忌的意思。

無忌道：「唐玉是唐家的直系子弟，如果我把他的屍體運回去，唐家一定會把我召入那後花園去，盤問我他是怎麼死的？是誰殺了他？我爲什麼要把他的屍體運回來？」他笑了笑，「唐玉當然是唐家的核心人物，這些問題他們絕不會放過。」

郭雀兒道：「你跟他是什麼關係？」

無忌道：「我當然是他的好朋友。」他微笑：「這一路上，一定有很多人看見我跟他在一起，今天下午，我還跟他在一起吃飯喝酒，無論誰都看得出我們是好朋友，如果唐家派人來打聽，一定有很多人可以作證。」

郭雀兒道：「原來你早已計劃好了，連吃頓飯都在你的計劃之中。」

無忌道：「現在我們雖然已經把唐家潛伏在這裡的人查出來，但是我們暫時絕不會出手對付他們，因爲——」

郭雀兒道：「因爲你要留下他們爲你作證，證明你是唐家的朋友。」

無忌道：「因爲他們都不認得我，絕沒有一個人知道我就是趙無忌。」他又解釋：「這一年來，我的樣子已改變很多。如果我改個名字，再稍微打扮打扮，就算以前見過我的人都不會認得出我的。」

郭雀兒道：「這計劃聽起來好像還不錯，只不過你好像忘了一件事。」

無忌道：「你說。」

郭雀兒道：「唐玉現在還沒有死。」

無忌道：「沒有死更好。」

郭雀兒道：「爲什麼？」

無忌道：「因爲這樣子唐家的人一定對我更信任，更不會懷疑我是趙無忌。」他微笑：「如果我是，趙無忌怎麼會把他活著送回唐家去？」

郭雀兒道：「有理。」

無忌道：「這就叫『置之於死地而後生』，明明是不可能的事，我卻偏偏做了出來，就是因爲要讓別人想不到。」

郭雀兒嘆了口氣，道：「現在連我都好像有點佩服你了！」

無忌笑道：「有時候我自己都很佩服自己。」

郭雀兒道：「所以你只要帶著唐玉一走，我就會大哭三天。」

無忌道：「爲什麼要哭？」

郭雀兒道：「明明知道你是去送死，我卻偏偏攔不住，我怎麼能不哭？」

無忌道：「你剛才也認爲我這計劃不錯，爲什麼又說我是去送死！」

郭雀兒道：「因爲唐玉還沒有死，現在他雖然說不出話，也不能動，但是到時卻可以被治好的。」

丁棄道：「他中的本來就是唐家的毒，唐家當然有解藥救他。」

無忌道：「這一點我並不是沒有想到過。」

丁棄道：「你還是要這麼樣做？」

無忌道：「因爲你們說的這種可能並不大，他中毒太深，就算仙丹也未必能把他醫好，就算能醫好，也絕不是短期能見效的，那時候我可能已經殺了上官刃。」

郭雀兒道：「你只不過是『可能』殺了上官刃而已。」

無忌道：「不錯。」

郭雀兒道：「唐玉是不是也『可能』很快就被治好？」

無忌道：「可能。」

郭雀兒道：「只要他能開口，只要能說出一句話，你是不是就死定了？」

無忌笑了笑，道：「這種事本來就要冒險的，就算是吃雞蛋，都『可能』會被噎死，何況是對付上官刃這種人？」

郭雀兒苦笑道：「你說的話好像總是多少有點道理。」

無忌道：「所以你寧可跟我打架，也不能跟我講道理。」

他微笑，又道：「你當然不會跟我打架的，因爲我們是朋友。」

郭雀兒道：「既然是朋友，我們是不是也應該陪你去冒險？」

無忌沉下臉，道：「那你們就不是我的朋友了。」

他冷酷無情，甚至對千千和鳳娘都那麼無情，就因爲他不願連累任何人。

郭雀兒忽然大笑道：「其實你就算求我陪你去，我也不會去的，我還活得很好，爲什麼要陪你去送死？」

無忌道：「其實，我也不一定是去送死。」

郭雀兒道：「就算你能殺了上官刃又如何，難道你還能活著逃出唐家堡？」

無忌道：「也許我有法子。」

郭雀兒道：「你唯一的法子，就是把你自己裝進一個雞蛋裡去，再把這個雞蛋塞回老母雞的肚子裡，讓這個老母雞把你帶出來。」

他一直不停的笑，笑得別人以爲他已經快要嗆死了的時候才停止。

他瞪著無忌，忽然道：「從現在起，我們已不是朋友。」

無忌道：「爲什麼？」

郭雀兒道：「我爲什麼要跟一個快要死了的人交朋友?爲什麼要跟一個快要死了的瘋子交朋友？」

他又大笑，大笑著跳了起來，頭也不回走了出去。

無忌居然連一點阻攔的意思都沒有。

丁棄嘆了口氣，苦笑道：「他說別人瘋，其實他自己才是個瘋子，不折不扣的瘋子。」

無忌居然在微笑，道：「幸好這裡還有一個沒有瘋也絕不會忽然發瘋的。」

丁棄道：「誰？」

無忌道：「唐玉。」

請續看【白玉老虎】下冊

古龍精品集 14

白玉老虎（中）

作者：古龍
發行人：陳曉林
出版所：風雲時代出版股份有限公司
地址：10576台北市民生東路五段178號7樓之3
電話：(02) 2756-0949　　傳真：(02) 2765-3799
封面原圖：明人山轡圖（原圖爲國立故宮博物館典藏）
封面影像處理：風雲編輯小組
執行主編：劉宇青
行銷企劃：林安莉
業務總監：張瑋鳳
出版日期：古龍80週年紀念版2019年1月
ISBN：978-986-146-342-1

風雲書網：http://www.eastbooks.com.tw
官方部落格：http://eastbooks.pixnet.net/blog
Facebook：http://www.facebook.com/h7560949
E-mail：h7560949@ms15.hinet.net
劃撥帳號：12043291
戶名：風雲時代出版股份有限公司

風雲發行所：33373桃園市龜山區公西村2鄰復興街304巷96號
電話：(03) 318-1378　　傳真：(03) 318-1378
法律顧問：永然法律事務所 李永然律師
　　　　　北辰著作權事務所 蕭雄淋律師

行政院新聞局局版台業字第3595號 營利事業統一編號22759935

定價：240元

國家圖書館出版品預行編目資料

白玉老虎／古龍作.　--　再版.　-- 臺北市：
風雲時代，2007〔民96〕
　冊；　公分.　--（古龍武俠名著經典系列）
　ISBN: 978-986-146-341-4（上冊：平裝）
　ISBN: 978-986-146-342-1（中冊：平裝）
　ISBN: 978-986-146-343-8（下冊：平裝）
857.9　　　　　　　　　95023858